請讓我
咬口你的肉
Can I Have a Bite?
阿治 著
九日曦 繪

第一章

一大早，方毅練完球在學校廁所洗個臉，頭就被咬掉了。

花三秒鐘將頭長回來，他轉身，看見一名長著野獸黑圓耳的男同學正鼓著腮幫子，捧著他的頭顱津津有味地啃食。那人吃得滿嘴鮮血，臉頰還沾上一點肉，牙齒叼出兩顆眼珠，吃果凍似的含入口中咀嚼，而後吞嚥。

方毅瞠目結舌站在一旁，不明白發生什麼事，男同學連他的耳朵也不放過，咬掉耳垂，吐掉耳釘。最後，他的臉只剩左頰肉和下頷皮膚，男同學露出滿足卻又不完全喜悅的表情，打了一個飽嗝。

方毅想起老姊吃完一整包洋芋片時也是如此，那是做了某種極度爽快之事，同時感到罪惡的表情，夾雜興奮與不安。

他想上前撿回耳釘，但見上頭沾滿口水，又卻步了。

不對，現在不是撿耳釘的時候。方毅繼續站在原地盯著奇怪的男同學。

對方從書包夾層拿出一個塑膠袋，撕下他頭顱上剩餘的肉，打包，用邦提圈捆好，左顧右盼，像在確認附近有無人跡，再將裝肉的塑膠袋和顱骨收入書包。

接著，他起身低頭用清水沖淨地上的血跡，來到方毅面前，環住他的腰，似乎想把他抱走，卻抱不動。

「你要幹麼？」方毅皺起眉頭。

那男同學一愣，與他對視兩秒，看看手上塑膠袋，又望向方毅，又盯著塑膠袋。再度將目光轉回方毅時，他撞鬼似的尖叫，鬆開方毅的腰，將塑膠袋丟在地面，整個人貼到廁所門上，「你、你的頭、頭怎麼還在？」

方毅搔搔頭，猶豫片刻和對方解釋：「呃……因爲我身體會再生。」或許是他從不受身體傷痛威脅，面對這類突發事故總是格外冷靜。

反倒那男同學瑟瑟發抖，持續退後，簡直把方毅當成會吃人的妖怪，「再生？什麼再……啊！不要過來！」

「喔好，對不起。」原本拿了一張擦手紙要撿耳釘的方毅，被他一吼，站回原地，用脖子上的毛巾擦拭頭髮——頭髮是乾的。他才恍然想起，濕頭髮已經被眼前這人咬去了。

「你、你都看見了？」

「算是。」

「我不是故意的！我什麼都沒做，我沒有吃你，我沒有……」

「你有吧？你嘴邊還有我的眼皮。」

男同學用手抹了抹嘴角，瘋了似的喊叫：「我沒有……我沒有……」忽然便嚎啕大哭起來。

方毅一嚇，不知如何是好，此時上課鐘聲響起，趕忙想佯裝無事逃回教室。

那男同學見他靠近，大叫：「你說你不過來的。」

方毅有些無奈，「但我要回去上課了，不然你快走。」

那人擤擤鼻子，停止哭泣，看方毅幾眼，偷瞄那包被他丟地板的美食，似乎想撿卻不敢上前拾取。

方毅留意到他的視線，彎腰拾起那包血肉，像在拿噁心物品般拎著小角，朝對方丟去，「接好。」

塑膠袋在男同學手上彈幾下才被接住，方毅突然覺得嫌棄那包「外帶」有點奇怪，畢竟是自己的肉。

男同學捏著那包塑膠袋，對方毅的戒心降低不少，但仍緊捉書包背帶，眼睛盯著方毅。

「快走啊。」

男同學試著往廁所外踏出一步，確認方毅無動於衷後，迅速逃之夭夭。

方毅聞到手上有血腥味，便用洗手乳洗過手才離開廁所，走了幾步，回頭發現那人的背影往上消失在不遠處的旋轉樓梯，應該是學弟。

他手插入口袋，訝異著這世界眞是無奇不有，食人獸這種奇怪的生物他只在動漫中看過，沒想到學校裡也存在一隻。但他並未感到恐懼，畢竟從小不曾感受過疼痛，整個人被汽車輾碎，都能安然無事地匍匐爬出車底，安慰被緊急煞車聲驚嚇、滑倒擦傷的小妹妹，遑論這次只是被咬掉一顆頭——雖然小妹妹當時害怕極了。

他快步回教室，第一堂的老師已走上講臺。他掏出抽屜裡的課本，專心聽課做筆記，冷不防想起離開廁所前，忘記撿起被吐在地上的耳釘……

下課後方毅回到廁所，那枚耳釘已然消失無蹤。

他猶如怪人趴在地板上尋找，被路人投以異樣眼光。他尷尬笑兩聲，失落地離開廁所，又想著耳釘已經被那傢伙含過，丟掉就算了，大不了買個新的，或者別戴，免得又被學長白眼，教訓他打球戴耳釘會受傷。

不過其實真的不勞學長費心，他流血僅是零點一秒的事——他是個再生人。

小時候方毅不小心打翻滾水在手上，方母焦急叫來救護車，被救護人員罵不要浪費醫療資源。她掀起他的袖子，正打算和救護人員爭執，然而他被燙傷的皮膚卻一片白皙光滑，猶如新生肌膚般。

方母多次確認方毅的手上沒有傷口，以為自己在做夢，便回床上睡一覺，卻被方芸的哭聲吵醒。

「媽媽，弟弟的手被切斷了啦。」

她立刻驚醒，連眼鏡都來不及戴就衝到廚房，看見砧板上滿是鮮血，一隻小小的食指躺在蘋果旁，差點暈倒。

方母捧起方毅的小手，方毅不停掙扎，拿起刀子想繼續切水果。她顫抖著聲音說：

「阿毅，讓媽媽看一下你的手，好不好？」

他滿不情願地放下刀子，把手伸到她面前。

方母來回翻看他的手，卻發現十根指頭完好如初。她拿起砧板上的手指，放在方毅的右手食指旁邊，大小形狀一模一樣，連指甲也是相同長度，偏偏他的手指就是好好長著，沒有被切斷的跡象，不可置信地愣愣問：「這是你的手嗎？」

方毅小臉淡定，點點頭，「嗯，剛剛不小心切到的。」

「可是你的手……」

「長回來了。」

於是，這天方毅在母親和方芸面前演示已試過上百遍的遊戲，徒手拔眼珠，一秒後漂亮的大眼重新填滿眼眶；用菜刀劃開脖子，不一會兒血便止住了。

方芸被嚇得逃回房間，方母則摀嘴要方毅停止表演。

方毅喔了一聲，將菜刀放回原處，拿起那瓣沾滿血的蘋果，洗淨，拿至電視機前食用。

這能力令方家所有人感到震驚又有趣，某個小時候很膽小、長大後很失控的姊姊甚至曾提議：「要不要把弟弟的器官拿去賣？只要每天切個幾次，我們家就發大財了欸。」

結果立刻被方母臭罵一頓。

但方毅本人自有記憶以來便與再生能力相伴，對此事沒特別感覺，反倒因動不動就被叫去做危險工作感到困擾。

況且，這能力也並非毫無缺點，他因此不懂體諒他人的痛苦，國小時看見同學跌倒雙膝磨破皮而哭嚷不休，冷冷罵：「你哭屁？愛哭鬼。」被老師罰站一個中午。

又或者，他上課無聊拿釘書機釘自己的手，同桌男孩問他：「這樣不會痛嗎？」

他據實以告：「不會。」

男孩隨即奪過釘書機，也往手上釘。鮮血滲出，男孩大哭，方毅若無其事寫著生字本，假裝這事與自己無關。

男孩卻哭喊：「方毅跟我說不會痛我才釘的，方毅騙我。」

方毅臉臭了，決定要跟這傢伙絕交，但在那之前，他被喝去罰站，還加上半蹲。在教室後方，他用指甲不斷刺自己的肉，發洩對同桌的恨意以及滿腔委屈。

然而這些都不是最討厭的，長大了解人情世故後，他漸漸不會陷入這些難堪，除了某件永遠無法改善的事——細胞分裂需要能量，他的肉當然也不會憑空產生。根據他的經驗，每生成一公斤的肉體，就需要多補充兩千大卡，人頭的重量約莫四到五公斤，加上可能方毅聰明，腦子比常人大，斷一顆頭就必須補充一萬多大卡。

這一萬多大卡哪裡來？就是吃。

出車禍的那日，他靠著吃下二十個十八吋披薩才把身體長全。原本對他出車禍一事不以爲意的一家人慌了，姊姊更是嚴厲警告：「你再給我出車禍，我真的要把你器官挖去賣了！你根本是想吃披薩才故意被車撞。」

方毅感到委屈，若他真受傷，耗費的金額肯定比二十個披薩來得大筆。

「但你吃披薩保險又不會賠！」姊姊大吼：「你就不趕快跟媽說你的能力，虧她還幫你買保險，浪費！」

「對不起，我下次走路會小心。」最後，方毅屈服於姊姊的淫威，決定以後走人行道都要打起十二分精神。

自這事後，方毅不再任意傷害身體，就算受傷，也會盡量利用學校團膳補足熱量，畢竟他家實在不是太寬裕。

因此，他十分慶幸這傢伙是在學校把他的頭咬掉，要是他回家才說要補充一萬大卡，方芸絕對會立刻挖出他的心臟賣掉。

早在午飯前，他體內的ADP[1]便已多得令他腦袋渾沌，不過身為好學生的他，還是強撐著聽完四節主科。

午餐時間，方毅等其他同學盛完飯，才偷偷摸摸將剩餘的飯全部塞入碗中，碗不夠大還使勁用飯匙壓扁米粒。接著是油膩的豬五花，雖然他不太喜歡油膩食物，可它富含的熱量讓他拋下個人喜好，能解決那一萬大卡才是最重要的。

方毅邊吃邊感受到身體能量漸漸恢復，放下湯匙計算熱量，差不多再吃五碗飯就好，可班裡團膳已用完，沒機會再吃了。

他離開教室，打算前往隔壁班和排球隊隊友求救，門邊的同學在此時呼喚他。

「方毅，外找。」

方毅肚子仍有些飢餓，不太願意理睬不速之客，裝沒聽見走出門，尚未反應過來，手便被一人拉住，往樓梯的方向奔去。

搞什麼？他還有五碗飯沒吃，這人把他拉走，是打算請他喝兩杯高熱量珍珠奶茶嗎？

最終他們停在人煙稀少的五樓廁所前，方毅看清那人的臉，皮膚白皙、眼型偏圓、五官小巧，配合他窄瘦似孩童的臉，拼湊成一張討人喜愛的容顏。他的髮色是濃郁的黑，幾

1 ADP：雙磷酸腺苷，細胞內ADP多，表示細胞內缺乏能量。

乎不反光，身材消瘦，在高中校園中算個頭小，長袖制服穿在身上有些過大，袖子蓋過三分之二的手掌。

方毅一眼認出他，除了那對黑色圓耳已經消失，他就是剛剛吃掉他頭的男同學，衣服上繡的學號開頭是「8」，下方繡著「周予銘」三個藍字。

方毅對於間接把他耳釘弄丟，又導致他必須額外補充一萬大卡能量的罪魁禍首沒好感，他天蠍座，記仇大師。瞧對方有些畏縮，不太敢看他，也不說話，方毅沒有耐心繼續等待，再耗下去，隔壁班的餐桶恐怕就要搬下樓了，便主動打破沉默：「食人獸，找我做什麼？」

「不、不要這麼叫我，學長。」周予銘低下頭，話聲微弱。

「啊。」方毅搔搔後腦，意識到這稱呼確實無禮，「抱歉。」

周予銘將手絞在身後，也道歉：「對不起，剛剛偷吃你的頭。」

方毅有些意外，原來對方是來請罪的，還以為要殺人滅口，他的反感稍微降低，一派輕鬆道：「沒事，你沒看到我的頭長回來了嗎？除了耳釘不見以外，一切安好。」

周予銘看看他耳垂，面露愧疚，語氣堅定，「我會賠你！」

「沒差啦，那東西不貴。」方毅擺擺手，想起自己只是一時興起才買了耳釘，沒必要為難學弟，加上他不打算花時間處理，也不再執著此事。

「謝謝你，學長。」

「不會。你回去吃飯，我也要回去了。」方毅滿腦子都是即將被搬走的餐桶，急著返回教室。

周予銘卻叫住他，「等一下，學長，你早上是不是說，你的身體會再生？」

「嗯，對。」方毅煩了，但面對陌生學弟，他還是耐著性子。

「意思是，我不管吃你幾次，你都能長回來嗎？」

「差不多。」

「不會痛嗎？」

「不會。」

「不會死嗎？」

「……不會。」兄弟，你問題眞的很多。方毅忍不住腹誹。

「那你能不能……」周予銘欲言又止。

「我能不能怎樣？快點說。」方毅很想棄這磨蹭的傢伙不顧。

周予銘突然咚一聲跪地，將頭埋在他腳前，抱住他的腳踝，由下而上看他，猶如撒嬌的幼犬。

方毅錯愕不已，想把他拉起，低聲罵：「你幹麼？我又沒生氣，等等別人以爲我霸凌學弟。」

「幫幫我，讓我吃你的肉吧，我怕我再忍著不吃肉就要殺人了。我現在每天都好渴望吃人肉，看到同學都像看到食物，好香、好餓……再這樣下去我一定會失控咬死他們。我不要，也不可以……拜託，拜託，學長，救我，我什麼都願意做，只要你答應我。」周予銘說著，聲音有些沙啞，泫然欲泣。

方毅愣了愣，而後硬是將他身體拉直，喝道：「你先起來。」

周學弟乖乖在他面前站好，手背身後，低著頭。

方毅將手抱在胸前，「我先問你，你從小到大都吃人肉？」

「沒有，我半年前被一隻狗咬了，昏迷很多天，醒來才變這樣。」

「你家人知道嗎？」

「不知道，我不敢說，他們很愛我，一定會爲了我殺人。」

這學弟似乎是個懂事的人。

「所以你就自己抓人吃？」

「沒有！」周予銘音量拔高，極力否認：「我沒有殺過人。」

「別睜眼說瞎話，要不是我會再生，我已經慘死了。」

「對不起，但你是我吃的第一個人，我保證！我從發病以來就一直忍著不吃人，忍了半年。但我前幾天連續發了三天的高燒，康復後意志力就變得很薄弱，看誰都流口水，今天是眞的沒辦法控制自己才吃你的，不是故意的，不是故意的，我沒有故意要吃你！眞的……」周予銘慌張辯解，有些語無倫次，眼眶再度侵紅。

方毅暗罵這人怎麼這麼愛哭？然而看著他焦急的表情，一時間無法生他的氣。一方面，從他的態度，方毅感受出他的爲難與痛苦，另一方面，這學弟太楚楚可憐，除了態度，那彷彿風一吹就倒的外貌亦然，若非親眼見證，他恐怕難以相信這人會吃人頭當作早餐。

他軟下語氣安撫：「好，你冷靜，我知道你不是故意的，你很乖。」

「謝謝你……」周予銘的雙眼因感激愈加濕潤。

方毅撇過頭，有點想拿東西遮住他的臉，拜託不要用那種犬類眼神看他，「我大概懂了，那你打算怎麼做？」

「你答應了嗎？」

「沒有，你先講清楚，我再考慮。」

周予銘面露失落，「就是我餓的時候，來班上找你，你讓我咬幾口。」

「聽起來好怪。」方毅雖不會疼痛，不過對於被人咬這件事，還是感到有些噁心。

「你也可以把肉切下來給我，我再吃。」周予銘強調。

「用什麼切？切牛肉的刀可以嗎？」腦中產生的畫面太怪誕，方毅笑了一聲。

周予銘聞聲低下頭，明瞭方毅或許不是針對他，卻不知爲何感到難受。

那表情被方毅捕捉到，他收起微彎的嘴角，倚向磁磚牆，陷入沉默……周予銘的請求十分合理，畢竟他或許是這世上唯一能解決他難題的人，但答應成爲他人的食物，怎麼想都有點奇怪，「讓我思考一下。」

「學長，拜託您。」

等等，學弟，別用「您」稱呼我。方毅無聲想著，然後開口：「嘖，我是很同情你啦，可是要我當別人的食物實在有點……」

「學長……」周予銘扯扯方毅的制服袖子。

方毅抬手抽回袖子，周予銘再度拉住他，他又嘖了一聲，搶回對方手中的布料。

周予銘喚第二聲：「學長……」

方毅板起臉，嚴肅盯向學弟，「學弟，我告訴你，你不可以……」看到周予銘的瞬間，他語塞了。

那傢伙眸中淚光盈盈，小嘴微噘，雙頰紅潤，眉頭輕皺，被袖子覆蓋的細瘦小手捉著他袖口，像個懂事的小孩，想讓媽媽留下來，但知道她得上班，只敢輕輕地抓，惹人憐的表情讓人不忍訓斥。

這讓方毅整個人不正常了，滿腦子的道理和拒絕來到嘴邊，差點變成「你好可愛」以及「好，包在我身上」。他強忍心動，揚著下巴，維持冷傲，口氣卻不再強硬，「當別人的食物太奇怪了啦……你真的什麼都願意做？」

周予銘見狀，趕緊進攻，「嗯！我可以幫學長去合作社跑腿、幫學長提書包、幫學長做掃地工作，還有……」

「等一下，你自己的掃地工作呢？」

「叫朋友幫我，嘿嘿。」

這人壞透了！他答應下來的話不就是在為虎作倀？

周予銘見方毅皺眉，慌張道：「不只、不只這些，我上面只是舉例而已，學長叫我做其他事也都可以，不要犯法和傷害別人就好。」

「我也不會叫你做犯法的事。」

「學長……只有學長能救我了。」周予銘低頭，「拜託。」

周予銘又想跪下抱他的腿，被方毅伸手拉住，牽起他時，他看見對方眼裡的渴求，彷彿沒有他的答應，世界就會天崩地裂。

不過確實是如此，周予銘不願意傷人、犯法，應該是隻有良心的小怪獸，若被拒絕，等同將他推進犯罪的火坑……而這一切都在動搖著方毅視而不見的決心。

被周予銘死纏爛打地央求，方毅有種被拿捏住的不悅感，似是深知他面冷心熱，便竭力將這點利用極致，但換個立場想想，除了糾纏會再生的他，又有什麼方法可以自救？

最終，方毅敗給心軟及同理心，或許也是被周予銘的道德感和堅決撼動了。

「好啦，我答應你。」他嘆一口氣，將目光拋向遠方。趁周予銘尚未緩過神，他回過頭，將餐盒塞入對方手中，「不過在那之前，你要拿著我的碗，去把你們班的飯全部盛給我。」

「蛤、蛤？為什麼？」餐盒在周予銘手上彈跳，險些又接不住。

「什麼笨問題？當然是我要吃啊，你以為我長肉不用力氣嗎？我先和你預告，我每長一公斤的肉就要消耗兩千大卡，意思是，你今天吃我一顆頭，就要請我吃一萬大卡的食物。你早上還不知道，我不逼你賠償，從今以後，除了聽我的話以外，吃完肉都要請我吃相對應熱量的食物，要是能吃的那種，不可以叫我喝一碗公的奶油。現在，你去盛飯，讓我把早上喪失的熱量補回來，不然我就不給你吃了，繼續忍著你的食欲吧。」

周予銘拿著餐碗，凝視裡頭的菜渣，沒有立刻動作。

方毅催促：「快去。」

周予銘抬頭，「我盛完以後，能再吃你一些肉嗎？」

方毅傻了，「你會不會太貪吃？你不是還打包了一些走嗎？」

「我吃完了。」

「我臉上的肉算多吧，你這麼快就吃完了？」

「可能你是我這半年來吃的第一餐，一吃就停不下來……」

「我眞衰，遇到一個貪吃怪。」

周予銘又露出我見猶憐的表情，「可以嗎？」

方毅當壞人的計畫徹底失敗，氣得捲起袖子，「要吃，現在就給我吃，吃到飽，我等等不想再看見你了！」

方毅的上手臂因被袖子覆蓋而極少曝曬陽光，雪白膚色和打球曬黑的前臂形成色階。

周予銘看見他的肉，忍不住飢腸轆轆地舔拭嘴角，不過有禮貌的他，在吃之前先和學長道了謝。黑色的圓耳從髮叢冒出，皮膚開始慢慢長毛，他化身成一隻擁有熊耳、身體像巨大藏獒的生物，制服扣子被撐開。

方毅被嚇呆了，眼睜睜看著高他近一米的生物將他的雙臂撕去，吐在地面，恢復人形。他手臂重新長出，變回和兒時一樣的膚色，他看著蹲在地面啃他手臂的學弟，愣愣問：「你咬人會變成這個樣子喔？」

「嗯，能忍的時候會忍著，但現在這樣比較方便咬。」

方毅就這麼注視著周予銘啃雞翅似的，把他的手臂啃到見骨。他撇過頭，突然後悔看完整個過程。

周予銘吃完後將骨頭藏在身後，「學長，我要去盛飯了。」

「去，快去。」然而剛目睹人類「茹毛飲血」的方毅，已經食欲盡失。

係。

兩人在方毅高二、周予銘高一這年的中秋前夕達成協議，展開一段不可告人的詭異關係。

大部分時間是周予銘主動找方毅，撫摸飢餓的肚子，用小狗似的眼神和方毅乞食……或許不能算乞食，是用人畜無害的表情誘惑對方掀起袖子，露出白生生的手臂讓他撲咬。

那畫面十分不尋常，因此他們通常選擇無人的圖書館三樓舞臺教室進行祕密交易。此處只有話劇社社課時間或週六的特殊課程會被使用到，加上有個能容下兩人的大置物櫃，要是眞有人來，他們還能躲進櫃中避難。

方毅曾提議做這種絕對不能讓他人發現的血腥事，找間廁所關著更安全。

但周予銘嘴癟癟嘴搖頭，「不可以在廁所吃東西，會想吐。」

「那你之前爲什麼要在廁所襲擊我？」方毅不解。

周予銘撇過頭，心虛說：「因爲你滿臉都是水的樣子，看起來太美味了。」

方毅聽了他的荒唐理由，後悔莫及，當初就不應該爲了逞一時涼快，將整臉和頭髮用水潑濕。

這日，方毅從實驗室返回教室，又見周予銘蹲在他們班門口。

「學長，請問你有什麼事情需要幫忙嗎？」

聽這話，他知道學弟肯定又餓了，明明一副營養不良、不愛吃東西的模樣，食量卻異常大，「你怎麼這麼容易餓？」

「我的飢餓好像會累積，之前半年沒吃東西的餓，全都補來現在了。」周予銘老實回答。

「放學再去圖書館三樓，現在你先幫我把吹風機拿去體育室還。」方毅用下巴指指做科展實驗和游泳池借的吹風機。

「好的，學長。」周予銘取過電線整齊捲在把手的吹風機，抱在懷中，但抱的方向錯誤，捲好的電線又垂到地面。

方毅懶得理笨拙的學弟，拎著鉛筆盒和筆記本回教室。

見狀，周予銘拉住他，「我有點嘴饞，能給我吃根手指嗎？」

「要上課了，跑去圖書館來不及。」

「沒關係。」

「什麼沒關係？你上課都遲到的嗎？」

「在這裡就好。」周予銘擅自端起他的手，確認附近沒有人，下一秒，他的右手食指已被含入口中。

溫熱潮濕的口腔包覆手指，特殊的感受讓方毅有些渾身酥麻，下意識想抽手，不過又想周予銘咬都咬了，怪罪也沒有意義，盡快咬掉不要被人發現就好。

然而那傢伙僅是瞪著圓溜大眼、含著手指看他，微擰眉頭，發出類似吸奶嘴的聲音，沒有要鬆口的意思。

方毅忍不住開口催促：「好了，你要吃多久？咬掉就鬆口，有人來了。」

周予銘這才鬆口，露出嫌棄的表情。

「你那什麼表情？給你吃還嫌棄，沒禮貌。」方毅將沾滿口水的指頭抽出，皺了皺眉，忽覺不對勁，再次端詳不知是新是舊的食指，瞧見上頭仍有早上不小心用原字筆畫到的痕跡，「你沒吃嗎？」

「嗯。」

方毅傻眼，「你幹麼含了不吃？很噁心欸。」

「你的手有塑膠味，我不敢吃。」

方毅聞了聞左手，嗅到一股熟悉的氣味，恍然大悟，「因爲我剛剛實驗戴乳膠手套，戴久了本來就有味道。」

「那、那我會不會中毒？」周予銘撇嘴，嘔幾聲，想吐掉口中的異味。

「沒這麼誇張。」方毅又好氣又好笑。

「那就好，我還是下午再吃好了。學長，對不起，打擾你了。」

「喔，好，你可以齁？別亂咬人喔。」

「不會。」周予銘應聲，抱著吹風機跑走了。

方毅到洗手臺用肥皂洗淨雙手，但因爲心理作用的緣故，依舊感到手指黏黏的，周予銘口腔的熱意殘留於指節。他又一次擰開水龍頭沖冷水，像是要將皮膚的記憶徹底洗滌。

放學後，方毅抵達舞臺教室，周予銘已經坐在門口等他。

看見方毅後，周予銘眉開眼笑——是那種看見美食上桌的笑。

兩人脫鞋，將鞋藏在門口堆放的紙箱後，進入教室並鎖上門。

方毅卸下書包，暫置於一旁電腦椅，接著坐上沙發，脫去外套，雙手豪邁地張在椅背上，「來吧。」

周予銘遲遲未動作，方毅轉過頭看他，他正用祈求的小眼神看著他。

「我今天……可以吃肚子嗎？手，有點吃膩了。」周予銘跪坐在沙發上，抿著嘴，似乎想討好賣乖。

方毅差點忍不住往他頭上敲一拳，這傢伙看似乖巧，其實比想像中難伺候。

「不可以……今天穿制服很難掀。」這是藉口，他只是不想露著肚皮讓一個人趴在上頭啃。

「我幫你脫掉？」

「不要，給我乖乖吃手就好。」

周予銘跪著不動作，方毅略顯不耐，「不吃我穿外套囉，你今天就餓肚子。」

「學長，大家吃肉也不會一直吃豬腳或雞翅，不是嗎？」

「好像是這樣沒錯……等等，為什麼我要被你說服？」

「順便把學長身上的舊皮膚替換掉，不是也很好？」周予銘眨眨天真的雙眼，「而且學長用新的手去打排球，感覺比較痛。」

這傢伙怎麼知道這種事？

周予銘彷彿聽見他的疑惑，「因為我發現學長只要給我吃手，隔天打球就會瘀青。」

方毅被他的細心震驚，沒想到這食人獸默默關注著自己，像在觀察水果有沒有撞爛一樣，他不曉得該感到恐怖抑或是開心。

他又陷入思考，摸摸肚子，想像周予銘牙齒咬他腹部的畫面——雞皮疙瘩。

「不過如果學長不要，我也可以吃手，反正只要是學長的肉，我都喜歡。」周予銘在他的手臂咬一口，心滿意足地傻笑。

那抹無邪的笑容，瞬間讓方毅覺得拒絕他便犯下滔天大罪，他只是個不想一直吃豬腳、想吃吃看豬排的小孩而已。

「好啦，給你吃。」他妥協，暴躁地解開制服襯衫上的塑膠扣，腹肉敞開，死魚般睜眼癱在沙發上，「但先警告你，吃掉的肉記得還我。」

「知道了，等等帶學長去吃迴轉壽司，我今天帶了兩千塊出門。」

「這麼好啊？」因爲姊姊討厭壽司，方毅這輩子只吃過一次迴轉壽司，「你拿家裡的錢嗎？」

「算是，這是我存下的媽媽給我的餐費。我已經半年沒吃東西，足夠請你吃好多餐了。」語畢，周予銘化身成黑色怪物，張開長著密集尖牙的大口，開始咬方毅的肚子。

方毅肚子奇癢無比，卻被對方壓得動彈不得，牙尖曖昧地滑過他的側腰，舌頭在臍邊遊走，若非知曉不可喧嘩，他險些就叫出聲，「你可以咬掉再慢慢吃嗎？直接趴在我身上吃很癢。」

「你的肚子太硬，咬不掉。」

儘管他變相誇獎他有腹肌，方毅還是開心不起來，「那你可以不要用舔的嗎？又不是冰淇淋。」

「可是學長身上有很好吃的味道，直接吞掉太可惜。」

雖非貶意，只不過身爲人類，獲得如此形容實在不值得驕傲，方毅索性閉上眼，任憑宰割，「我聽說人肉吃起來像豬肉和羊肉的組合，你覺得如何？」

周予銘邊咀嚼邊回應：「我覺得你的肉吃起來很像高粱口味的牛肉乾，有嚼勁，也很香。」

「算了，不要說了，會害我以後不敢吃牛肉乾。」

周予銘直起身子，拿衛生紙擦嘴巴。

方毅以爲他用餐完畢，吃力爬起……但那隻黑色生物又從另一個方向撲到他身上，將他壓回沙發。

「你這餓死鬼！」方毅擰那黑生物的耳朵一把，當作教訓。

「啊，對不起，學長，你眞的太好吃了，再讓我吃幾口。」比起疼痛，周予銘比較在意嘴下的肉。

方毅放棄掙扎，暗自決定待會要點二十五盤壽司，把每一個品項都吃過。

就在周予銘吃到興頭上、方毅陶醉於壽司滋味的想像時，舞臺教室的門傳來解鎖聲。

方毅猛地回過神，呼喚周予銘：「有人來了。」

周予銘充耳未聞。

「喂！喂！周予銘！」

但周予銘聾了似，繼續享用著他的腹肉。

方毅意識到他的貪吃已無可救藥，決定直接推開他，未料那生物實在太重，怎麼推都不動如山。他心想完了，不到一個月，他們的祕密就要被發現了。

但那人打開門，和他對上一眼，立刻又碰一聲闔上門。

被關門聲嚇到的周予銘轉爲人形，慌忙詢問：「剛剛有人嗎？」

「……有。」

「怎麼辦？」

「噓，別說話。」方毅摀住他的嘴，將制服胡亂套上，拉著周予銘躲進置物櫃。然而怕髒的方毅立刻被裡頭的灰塵給震退，環顧四周尋找新的躲藏地點，視線最後落在位於舞臺旁的灰色塑膠門。

爲了準備教師節的社團表演，話劇社社長林潔芯來到舞臺教室，一打開門，便撞見一隻奇怪生物趴在一名裸著腹部的男同學身上，啃咬他的肚子。

她立刻將門重新甩上，揉揉眼睛，再次開門——舞臺教室空無一人，物品擺放的位置一如往常，只是上一位使用者似乎忘記關燈。

她鬆一口氣，果然是看錯。

林潔芯將道具推入教室，看見其中一個置物櫃的門沒有關好，狐疑地走上前，使勁打開門，大喊：「最好是我看錯！我就算再有病，也不可能產生一隻奇怪生物咬人肚子的幻覺，一定有人躲在這……欸？沒有人啊？」

她又看向另外一個櫃子，裡頭傳來窸窸窣窣的聲響。

她鼓起勇氣上前，大笑著開口：「你們一定很好奇爲什麼我會知道你們在這吧？因爲我之前也想說這裡有個大櫃子，可以跑來這裡做壞事。哈哈哈，被我抓到了，就地正法吧。」

然而，說完這句話，她只看見一隻蜘蛛從置物櫃中爬出。

她嚇得跳上沙發，茫然若迷，稍微移動身子，壓到一滴紅色液體。

「這什麼？顏料？」她用手指抹起，聞了聞，辨出是血的味道，再度跌坐在沙發上，怯生生環顧四周。

此時副社長何承睿抱著一頂假髮進門，「姐，妳在做什麼？」

「何承睿，教室鬧鬼了。」

何承睿一臉淡定，「喔，沒差啦，妳等一下演一次瘋女人，鬼就被嚇跑了。」

他戴起假髮，迅速甩動確認是否牢固，看起來頗像瘋子。

「明明是被你嚇跑。」林潔芯瞪他一眼，走上前摸他的假髮，吐槽道：「髮質好差。」

「一頂五十妳要多滑順？欸，等等，那裡有一撮頭髮。」

「啊，哪裡？」

「騙妳的。」

兩人打鬧起來，暫時停止追究社團教室的靈異事件，多功能教室中的方毅和周予銘趁機溜出，躡手躡腳至前門拿鞋。

「我第一次知道兩間教室是相通的，我之前還以為那扇門打開是儲藏室。」離開圖書館，方毅失速的心跳才終於減速，悠哉朝學校大門走，眺望遠處西下的夕陽。

周予銘卻沒在聽他說話，盯著方毅因汗水而光滑剔透的脖子流口水，牛頭不對馬嘴回覆：「學長，我還沒吃飽。」

方毅將手臂伸到他嘴邊，腹誹這人滿腦子只有食物，沒好氣說：「現在附近沒人，快吃。」

周予銘欣喜地張口咬下，兩隻手攀到方毅的臂上，狼吞虎嚥。

於是一人吃著，一人舉著手，在溫熱的夕陽餘暉照耀下離開學校。

方毅不由感嘆，若非他平時練球練得勤，回家肩膀恐怕要痠一整夜，「吃慢一點，小心噎到。」

「是，學長。」

抵達迴轉壽司店，兩人抽號碼牌，等二十多分鐘入座。

方毅雖飢餓難耐，依舊至廁所洗淨雙手，拿濕紙巾將杯具、筷子及桌面全擦拭一遍，才開始享用食物。

他細嚼慢嚥，集滿五個壽司盤，將盤子丟入回收口，螢幕響起抽獎的音效。

周予銘喊出聲：「我想抽到企鵝。」

方毅看一眼告示，這期的扭蛋是動物公仔，有企鵝、長頸鹿、貓熊、綿羊、大象等造型，這些動物被做成公仔稀鬆平常，但有個長滿長毛的黑色生物令他感到意外。牠通體烏黑，毛髮蔽眼，全身上下只有白晃晃的牙齒特別顯目——是藏獒，長得和周予銘變身後很類似，格格不入地被放在一群可愛動物中央。

方毅夾一口壽司吃，視線轉向緊盯螢幕的周予銘，想他還眞是孩子氣。

可惜抽獎畫面上小人衝浪失敗，扭蛋沒有滾出，周予銘頓覺失落，癟嘴趴下。

方毅嘴角失守，啜飲一口綠茶：「不用擔心，我打算吃二十五盤，你肯定會抽到。」

周予銘這才振奮心情，看著方毅吃壽司，替他將空盤丟入回收口……

第二十盤，螢幕顯示中獎，周予銘興奮地壓開扭蛋，見抽到的是藏獒，小臉一下子皺了，「爲什麼是這個？我不喜歡。」將藏獒丟在桌面，鼓著臉。

方毅撿起被拋棄的公仔，轉幾圈查看，不以爲然，「不會啊，滿可愛的，長得很像你。」

方毅意識到這話像在間接誇周予銘可愛，耳根子忽然染上微紅……不，他不是這意思！

所幸周予銘在意的不是這個，不可置信問：「我眞的長這樣嗎？」

「對，變身的時候，大概大幾千倍，多個熊耳朵就一樣了。」方毅據實以告。

周予銘取回公仔，來回端詳，嘴角愈垂愈低，眼神愈眨愈慌，最後把臉埋入臂彎，小聲說：「我是怪物，我果然是怪物。」

方毅準備夾壽司沾芥末的手止住，眼前學弟瘦小的身體上下抽動，似乎很難受，他忽然後悔把他長得像藏獒的事說出口。將壽司放回盤中，他從鉛筆盒拿出美工刀，用酒精紙巾拭淨刀片，使勁從臉頰割下一塊肉，以乾淨筷子夾起，「起來吃東西。」

「我不能吃壽司，會吐。」

「這不是壽司，是我的臉頰肉。」

周予銘抬頭凝視那塊滴血的肉，茫然末語，血落入方毅的茶杯，綻出一朵如玫瑰的紅花。方毅又把肉夾得更靠近他嘴邊，周予銘才張口吃掉。

「謝謝學長。」周予銘不知道方毅爲何忽然餵食自己。

「周予銘。」方毅直勾勾盯著他，眼神認眞。

他吸吸鼻涕，困惑問：「怎麼了，學長？」

「有我在，你就不是怪物。」

隔壁桌傳來中獎的聲音，一名年輕女孩打開扭蛋時埋怨道：「蛤……我比較想要抽到藏獒欸，怎麼是企鵝？」

方毅移開目光，轉過頭和女孩搭話：「同學，要不要跟我換？我抽到藏獒，但比較想要企鵝。」

那女孩先是一愣，隨後答應：「好啊，太棒了。」

方毅接過女孩的企鵝公仔，笑笑地丟給周予銘，「接好喔。」

周予銘卻未伸手，企鵝掉在他腿上，方毅正想笑，發現眼前的少年泣不成聲，「你幹麼？」

「學長，謝謝你。」

第二章

穿著白襯衫、黑大衣，外貌高銚俊俏的金髮少年將校園周圍繞過一圈後，返回學校大門口。他摸入西裝褲口袋，取出一臺陳舊手機，按下備註「孫先生」的號碼，「孫先生，我徹底調查過了，這兩個月，學校附近和校園內皆無人離奇失蹤，也沒有食人獸襲擊人的消息，不太像食人獸定居七個月的地方會發生的狀況，因此研判是偵測器出問題。我要把它拿回總部修理，麻煩開輛車來載我，這地方一個小時才一班公車，搭大眾運輸不方便。」

電話另一頭傳來低沉的男聲，充滿著不可違逆的氣勢，「偵測器不可能壞。你繼續駐守那裡，下個月的生活費我會轉給你，仔細調查，不要漏掉任何蛛絲馬跡。」

少年感到晴天霹靂，「孫先生，我已經在這窮鄉僻壤蹲兩個月了。」

「兩個月怎麼了嗎？沒把人抓出來，蹲了二十個月也得繼續蹲。」

少年小聲訴苦：「繼續在待在這鬼地方我會瘋掉，這裡連好市多都沒有……」

孫先生打斷他，「出任務逛好市多？你上次捅出那婁子，我沒叫你去山上已經是同情你。我待會要去開會，若是任務失敗，你明白會面臨什麼樣的懲處，好自爲之，別白白浪費這將功贖罪的機會。」

語罷，孫先生掛斷電話。

被一聲嘟剝奪抱怨權利的少年，登時滿腹怨氣地大罵：「沒良心的老東西，這裡一根食人獸的毛都沒有，要老子贖什麼罪啊？」

他用力踹一腳花圃的紅磚，肩膀忽被拍兩下，回過頭，一名頭戴髮捲的女學生正滿臉紅暈拿著手機，害臊地將手背在身後，「同學，我覺得你長得很好看，能和你要IG嗎？」

看到那髮捲，少年心情更糟糕。

自從他嘴砲學姐戴那東西出門很可笑，被一群前輩集體羞辱「空有一張帥臉，不尊重女性」後，就對這東西恨之入骨，這什麼鬼流行？他用殺氣騰騰的眼神斜睨那女同學，「沒看到我現在心情很不好嗎？滾。」

「對、對不起。」女學生嚇得跑回友人身邊。

少年又踢紅磚一腳，手插口袋，氣憤走人，想回宿舍睡一覺再說，突然看見一名婦人牽著一隻黑色臺灣犬經過。

牠的鼻子貼在地面嗅，而後拉著主人來到角落，發現花圃邊有塊肥豬肉，不知是哪個嘴巴破洞的傢伙掉的。那黑狗看見肥美嫩肉，張開狗嘴咬了過去。

「黑暗騎士，不要亂吃地上的東西。」婦人拚命拉扯牽繩，阻止狗吃下那塊肉。

少年高冷地斜視一人一犬……那隻狗叫「黑暗騎士」？太、太帥了吧！

然而黑暗騎士不遵從主人指示，將地上的肥豬肉咬入口中，不久便觸電似的開始抽動，癱倒在地口吐白沫。

「黑暗騎士、黑暗騎士！你怎麼了？」婦人用力搖晃愛犬，黑暗騎士卻沒有反應。她慌張將黑暗騎士抱起，張望四周。

少年被這一幕嚇到，此時附近沒人，他深怕被當成兇手或被叫去幫忙，趕緊跳上一旁的YouBike落跑。

在逃跑路上，他心中十分悲痛，黑暗騎士被敵軍暗算了，但他怕狗，沒辦法救牠……回到宿舍，少年惋惜地躺在床上緬懷黑暗騎士，猛地靈光一閃，暗算黑暗騎士的方法，似乎可以運用在他獵捕食人獸的計畫上。若這方法可行，他只需躺在宿舍，食人獸便會自動上鉤。

他從床上坐起，覺得自己是世上最聰明之人。黑暗騎士，請你不要感到悲傷，你的壯烈犧牲，將會爲世界帶來幫助。

少年不走梯子，直接跳下床，發出巨大聲響，在室友的異樣目光下，拿出快煮鍋及調味料，開始製作詭異料理。

室友見狀跑出房間，撥電話和舍監求救，「舍監，我能不能換宿舍？我的新室友怪到有點驚悚，他剛剛還笑著拿美工刀切自己的肉。」

可惜被舍監無情拒絕，「不方便。」

方毅所屬的排球隊晉級全國賽，比賽將辦在高雄某間大學的排球場，至少會南下住宿兩天一夜。不過第一場的對手並非強敵，隊員們都有心理準備可能會住更久，於是比賽前夕，方毅帶菜刀和大保鮮盒去學校，等待貪吃的學弟來找他。

放學時間，兩人前往舊科館。

自從發生那場驚魂的突發事件，他們不敢再使用圖書館三樓，轉移陣地至幾乎成廢棄狀的舊科學館地下室。因爲無人使用的關係，那裡環境髒亂，方毅原欲拒絕，但周予銘當天就拿著掃具及抹布將地下室打掃得一塵不染，方毅被他對吃的執著感動，接納了這個新據點。

尚未抵達用餐區，周予銘的下巴已沾滿黏呼呼的口水，方毅嚴重懷疑這傢伙言詞造假，不相信他可以忍住半年都沒吃肉，現在的他根本連一天都按捺不住。

抵達地下室，方毅自動脫掉背心、解扣上衣，最近密集練球，所以他要求周予銘別吃手。他反向跨坐在木頭課椅上，將手垂在椅背，讓那黑東西掛在他背上啃食。

那頭生物發出「姆啊姆啊」的咀嚼聲，爪子將他的雙臂按出紅痕，他不悅地打走他的手，結果對方又攀上來。曉得進食中周予銘根本不怕痛，於是方毅便不停打他，直到他改抓腰部。

吃飽後，周予銘心滿意足坐在地面，見方毅沒有如常立刻穿上衣服，提醒道：「學長可以穿衣服了，我吃飽了。」

「不，我書包裡有菜刀和保鮮盒，你切幾塊肉帶走，回家冰冷凍。」

「爲什麼？」

「我明天會請公假去比賽，可能下禮拜一前都不會回來，所以讓你先儲備糧食。」方毅想到過去保存食品的經驗，又補充：「不能用咬的，沾過口水容易壞。」

周予銘像被宣告一年不准吃麥當勞兒童餐的小孩，震驚失落地瞪大雙眼，「……這麼久？」

「一個禮拜而已還好吧？又不是叫你禁食。」

「可是，新鮮的學長比較好吃。」

這話聽在方毅耳裡有點怪怪的。

「不管，你帶回家冰冷凍，退冰也能吃。」說著，他拿出書包的菜刀切下一塊腰側肉，放入保鮮盒，「拿去，自己用。」

周予銘撇嘴不動，在方毅的多次催促下，才滿不情願接過刀挖肉。

「學長今天割了這麼多肉，晚餐要吃什麼？」周予銘的語氣透露出他的悶悶不樂。

「看你帶多少錢。」

「嗯……三九九吃到飽可以嗎？」

方毅笑了，「滿會算的嘛，知道這種時候吃吃到飽最划算。」

「有間我以前覺得便宜又好吃的吃到飽，想帶學長去吃吃看。」

「好。」

周予銘舔一口從方毅身上滑落的血液，又割一大塊肉，「學長的肉越來越冰了。」

「我很冷。」

「我快好了。」

結束後，周予銘將刀子擦乾淨還給方毅。

方毅穿上制服，想著之後冬天一定要再換個更溫暖的地方餵周予銘。他背起書包，轉過頭，看見周予銘掛有企鵝吊飾的斜背包鼓得扣不起來。

方毅目瞪口呆，「割那麼多肉是要過年嗎？還直接用書包裝，髒死了。」

「因爲孤單的時候就會想吃更多東西。」

「那你不要讓路人看到，等等人家報警。」

周予銘點了點頭，乖乖將一塊肉塞入口中，讓書包勉強能扣上。

片刻後，他們離開舊科館，走在校園附近，方毅撞見電線桿上貼著一張告示牌。

溫馨提醒：近日有不肖人士於路邊投放毒肉，請各位主人看好你們家的狗，避免牠們誤食身亡。

方毅不太在意，他們家沒養狗，無須擔心這事。

身旁的學弟忽然開始躁動，停下腳步，鼻子嗅聞四周，「學長，我聞到一股很香的味道。」

「不要跟我說是我身上的味道喔。」

周予銘鼻子挨近他，將他全身聞過一遍，「不是。」

接著，他像犬般用鼻子四處搜索，一下聞馬路左側，一下聞右側，最後在變電箱旁蹲下，伸頭探進變電箱與雜草間的縫隙，雀躍大喊：「學長，我找到了。」

方毅湊上前看，變電箱旁有塊像照燒雞腿的不明物體，似乎精心料理過，上頭還撒了芝麻。

周予銘的身體向前傾，露出貪婪的眼神，甚至化身成熊耳藏獒，張開血盆大口。

方毅先是愣了兩秒，隨後用平常救球的速度將周予銘拉起，氣急敗壞質問：「你幹麼？你該不會想吃吧？」

周予銘變回人形，心虛抿抿嘴，又偷瞄一眼那照燒雞腿。

方毅頭痛，直接將失控的學弟拉走，命令道：「不准再看了。你是狗嗎？為什麼要叼地上的東西來吃？」

「不知道，身體的本能。」

「你至少要有一點控制能力吧？叼地上的東西吃怎麼想都不是正常人會做的事。」

「對不起，學長，我、我可能不太正常。」

「不用你提醒。」方毅想起那日在迴轉壽司店周予銘自卑的表情，立刻改口：「不過那東西看起來確實不錯吃。」

他覺得自己已經丟失身為文明人該有的原則了。

突然，他留意到這事的怪異之處，照理說，會吸引周予銘的香氣只有人肉香，若那東西是照燒雞腿，周予銘反應不應該這麼大……可是變電箱旁為什麼會有人肉？怎麼想都不合理。

不過方毅決定不要為了一隻「雞腿」傷腦筋，或許周予銘只是被上頭的醬料吸引。

兩人坐上公車，周予銘的大書包撞到一名穿大衣的少年，和他道歉以後，至後方的空位拉著扶手。

來到鴛鴦火鍋吃到飽餐廳，方毅立刻點了一鍋日式昆布、一鍋壽喜燒湯底，夾一大盤肉，準備補充流失的熱量。

周予銘拿出英文課本看，方毅見狀問：「背單字？」

周予銘點點頭，「嗯，老師說我再考零分，就要每個單字抄五十次了。」

方毅挖一口在自助吧裝的咖哩飯，回想高一的英文。他通常小考都能滿分，段考則因作文通常會被扣個三到五分，不曉得這傢伙是怎麼考零分的。

周予銘突然說：「不知道學長的肉丟下去煮會是什麼味道。」

方毅差點把剛喝進嘴裡的昆布湯噴出，「拜託不要在我吃飯的時候說這個，認眞背單字。」

「哦……」但才剛低頭看單字片晌，周予銘的注意力又飄向冒白霧的火鍋，瞄瞄方毅身上的肉，呑口水。

方毅注意到他的眼神，「怎麼了，就這麼想煮？」

「煮什麼？」

「……煮我。」爲什麼要逼他說出這種話？

「學長覺得噁心就不要了。」學弟很貼心，然而下一秒他的口水就滴在英文課本內頁的兩隻海獺上。

方毅無奈，周予銘餓壞的樣子太讓人憐憫——雖然不久前他才吃完一頓肉——加上這餐是周予銘請的，讓他眼巴巴看他吃也不好意思，順便拯救課本上兩隻可憐的海獺。

方毅嘆口氣，「給你選一邊煮，選了就不能換，我不想用煮我肉的湯再煮其他東西吃。」

「眞的嗎？」周予銘雙眼發亮。

「對，你快點選。」

「學長比較不喜歡哪個？」周予銘問，眼睛卻緊盯壽喜燒鍋。

方毅注意到他的視線，「壽喜燒。」

「那我吃壽喜燒囉，謝謝學長。」周予銘放下英文課本，興高采烈從背包中拿出方才切下的肉，和方毅借菜刀，將方毅的肉切片。

吃到飽店通常不會有人檢舉外食，而那些肉也被周予銘切得不像人肉，所以方毅並未阻止。然而見周予銘刀法拙劣，隨時可能切到手，他愈來愈不安，「要不要我幫你切？」

周予銘搖搖頭，下一秒刀鋒和他的食指擦過，方毅直接搶走刀子和肉，老練地替他切肉。

不到五秒，手掌大的肉就被切成一煮就熟的薄度。

「拿去。」

「謝謝學長。」周予銘看見那堆肉中夾雜幾根手指，「學長，你好像也切到手了。」

「哦……那是幫你加料。」方毅捏造一個理由。他的刀法確實沒有比較好，甚至更彆腳，因爲他通常都把手指扶在一定會被切到的地方，覺得這樣比較穩。

但周予銘不能和他比，他們的前提不同。

周予銘等待壽喜燒鍋的湯重新滾燙，端起保鮮盒裝的肉片，要將它們倒入鍋中。

方毅默默撇開視線。

出乎意料，餓死鬼周予銘在肉滑到盒子邊緣時，停止動作，「不要好了，我不煮了。」

「怎麼了嗎？」方毅不知道他又在打什麼主意。

周予銘放下盒子，「要是以前的我，知道有人用這裡的鍋子煮人肉，一定會覺得很噁心。」

方毅頷首認同。

「己所不欲，勿施於人，我不能這樣子對其他客人。」他將那些肉重新用保鮮盒封好，放入書包，「我還是之後回家煮好了，先收起來。」

方毅覺得社會已經少有這麼有公德心的人了，遇到這種事，必須毫不吝嗇給予讚賞，「學弟，你眞的很棒，讚。」

語畢，方毅低頭舀了一匙熱湯，周予銘忽然起身，碰一下方毅的手腕。

方毅手滑，將高溫的熱湯撒在自己的手上。他不會感受到痛，只是靜靜看著手上的肉變色，一張嘴忽然含住那塊燙傷的肉，然後咬走。

方毅有種被算計的感覺，「周予銘，我收回剛剛的話，你這人太惡劣了。」

「好好吃！」周予銘顧著咀嚼高湯煮過的肉，「比生的好吃！」

方毅和隊友坐遊覽車至高雄比賽，度過三天無須脫去外衣供人享用的日子，頓時找回身爲人類的尊嚴。

第四天的比賽，他們學校敗給去年第三名的學校，止步八強。一群少年整理行李上遊覽車，一碰到座位就開始昏睡，昏厥兩個多小時返回學校，方毅迷茫睜開眼，搞不太清楚現在是白天或是晚間。

回家度過安靜的週末，方毅找回精神，坐到書桌前讀了點書。休息時間滑手機，看見周予銘的IG發了一個嘔吐表情符號的限動，沒有文字說明。

他們是在認識一個多禮拜後開始互相追蹤，方毅不常發文，偶爾會上線滑滑限動。他發現周予銘發文很頻繁，尤其極愛發僅有一個表情符號或是只打幾個字的限動，例如：

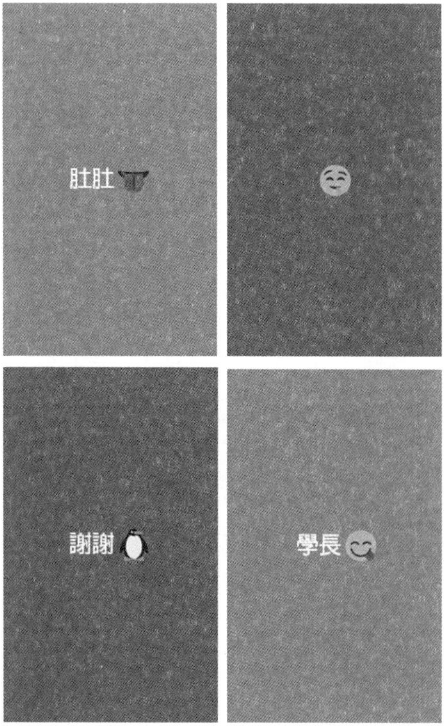

方毅越看越感不對勁，總覺得和自己有關，便問周予銘：「你寫這樣朋友不會問你什麼意思嗎？」

「不會，我發的是摯友，只有學長看得到，那是對你的感謝。」

「摯友是什麼？」方毅對社群軟體一竅不通。

「就是，只給學長看。」周予銘沒解釋清楚，就開始吃他的手。

方毅沒理解，卻也沒追問，反正不會出事就好，他不介意。

然而這次看到嘔吐表情符號的限動後，他按住思考片刻……周予銘是看到蟑螂之類的東西嗎？發這限動是什麼意思？

想起休息時間已經過了十分鐘，他才放下手機，再次投入物理課本及講義中。方毅的好成績並非完全出自聰明才智，他總是認眞做好每件事情，尤其是念書。

週一，方毅公假結束回學校上課，算著數學練習卷，思考周予銘爲何一整天都沒有來找他。猜測或許是肉還有剩，也沒有別的理由找他，於是他不再分心想周予銘。

生物間有四種常見交互作用：食性關係、競爭關係、共生關係、寄生關係。他們倆只是第一種，吃與被吃，若非他會再生，而周予銘得了怪病，他們本就沒機會見面。

隔天，周予銘仍舊沒有來找他，方毅開始覺得奇怪。

直到禮拜四中午，門口仍沒有出現周予銘的身影，方毅忍不住來到一年級教室所在的三樓。

二班教室中，穿著相同制服的學生們正在用餐，但周予銘的髮色和身材特別，方毅一眼就望見他，他趴在桌上，似乎正在睡覺。方毅決定不打擾，等下午再來一趟。

這時周予銘忽然離開座位，奪門而出，一路往廁所跑。

方毅不假思索追上去，看見周予銘趴在馬桶邊嘔吐，驚嚇之餘，同時出聲：「周予銘，你怎麼了？」

周予銘無力地回頭，看到方毅後茫然若迷，「學長，你怎麼在這？」

方毅有些難爲情，「哦，剛好經過。」

周予銘哭喪著臉，將馬桶內的嘔吐物沖去，「我肚子不舒服，最近一直吐。」

方毅陪他走回教室，順便關心他的身體，周予銘表示已經這樣持續兩天了，一吃東西就上吐下瀉。

「你吃了什麼？」語畢，方毅瞬間意識到自己在問廢話，他能吃的東西也只有他的肉——也就是他的肉出問題，「我的肉壞了嗎？」

周予銘不語。

「還是你沒保存好？你有冰冰箱嗎？」

周予銘以非常微小的幅度搖頭。

「不是叫你要冰冷凍？」方毅傻了，這傢伙怎麼不聽話？

「我原本有，但被媽媽看到，就趕快拿出來了。」

「所以你一直放在室溫？」

周予銘點點頭。

「你最後一次吃是什麼時候？」

「前天早上。」

方毅撫著額頭，他的肉已經七天沒冰，吃下肚當然會吐。他有點無語，卻又想到是自己思考不周，沒留意周予銘想瞞家人的心情，內心更多的是愧疚……不過他也不可能不去比賽，只爲了留下來當他的食物。

周予銘眞是上天派給他的難題。

方毅處在怨天尤人的情緒中，周予銘捧著肚子，乖巧地說：「沒關係，學長，我吐個幾天應該就好了。剛好這幾天不用麻煩學長脫衣服讓我吃，學長一放學可以馬上回家。」

「你這幾天都不打算吃東西？」

「我想吃，可是學長的肉硬，又是生的，我怕我吃了會更嚴重，所以就算了。」

方毅看到周予銘露出莫可奈何的表情，然後猛地鼓起臉頰。

「等等學長，我又想吐了，你先回教室。」

周予銘返回廁所，方毅實在沒轍，跟去廁所陪對方。他斷斷續續嘔吐一個午休，才虛脫回到教室。

方毅臨走前又擔心地看他一眼，直到他趴回桌上睡覺，才回教室休息。

翌日清晨六點，方芸被一陣香氣給熏醒，她滿懷期待走下樓，以爲是母親在料理早餐，進廚房卻看見他會再生的弟弟，正用菜刀將自己手臂上的肉切入鍋中。

方毅終於發瘋了，用自己的肉煮湯。比起驚恐，方芸更多的是興奮，偷偷摸摸湊上前，拍他肩膀，「你該不會想要開非法小吃店吧？學霸的腦袋果然和別人不一樣，有創意，姊姊當你股東。」

專注的方毅被嚇一大跳，皺眉，「嚇死我了。」

「我才嚇死，你煮這個要做什麼？」

方毅答應過周予銘，絕對不會向他人透露他以人肉爲食之事，因此沒有回答姊姊的問題。

未料狡猾的老姊開始告狀，「媽媽，弟弟要煮人肉拿去賣。」她知道母親這時候差不多已起床。

方毅慌張，拿一顆番茄堵住方芸的嘴，「妳安靜。」

「那你跟我說你要幹麼。」方芸開始吃番茄噴汁。

他思索一陣，「做科展用。」

「哦，原來如此。」方芸似乎是信了。

沒料到姊姊這麼好騙，方毅鬆一口氣，用湯匙戳戳肉，確認肉塊夠嫩，將湯和煮好的肉用保溫便當盒盛裝好，洗淨鍋子，坐公車上學。

方芸看著弟弟遠去的身影，把最後一口番茄吃掉，忽然感到十分不對勁。科展主題怎麼可能是煮人肉湯，把她當白痴嗎？

方芸瞬間怒不可遏，那小子居然敢瞧不起她？她將方毅小時候常抱、現在被丟棄在沙發的藏獒娃娃揍一頓，心想等方毅回來，他就死定了。

方毅抵達學校第一件事就是去找周予銘，然而學弟尚未到校，他便在教室外等候，同時突然覺得自己像極了送巧克力給暗戀的學長的女學生。思及此事，他臉部微血管登時擴張。

此時，他的耳邊傳來呼喚，背著書包的周予銘來到他面前，「學長怎麼一大早就來我們班？」

「拿這個給你，打開看，是吃的。」他將保溫餐盒遞給周予銘。

周予銘用一副「我不是說我不能吃東西嗎」的表情看他，但依舊聽話開啓盒子，一股水氣衝上他的臉，聞到香味的周予銘面上的憔悴散去一些，「這什麼？好香。」

「肉煮的湯。」

「學長做的嗎？」

方毅有些害臊，扭扭捏捏地應答。周予銘將整張臉探進那圓柱形的保溫盒，方毅覺得他看起來像笨蛋，「我走了，你吃吃看，能吃就吃完，不能吃就倒掉，反正是我自己的肉，沒花多少錢。」

「是，學長。」周予銘俏皮地和方毅行五指禮。

這時，忽然有個男學生湊到兩人身邊。

「方學長早安，偷買外帶喔？我怎麼沒有？」方毅轉頭，排球隊那無時無刻都睡眼惺忪的舉球員學弟阿敬正在打量那盒「人肉湯」，嗅了嗅，「牛肉湯？」

方毅一時想不到如何回應，周予銘則直接忽略問句，得意地說：「你當然沒有。」抱著保溫盒雀躍地和方毅告別。

晚自習後等公車時，方毅將IG點開滑，見周予銘發一則限時動態，頭貼又圍上綠框，習慣性點入觀看，白色的背景寫著五個字：清燉學長湯（美味燉湯符號）。

方毅整個人反胃起來，立刻將限時動態關掉，開始在IG搜尋如何封鎖幫他的料理取噁心名稱的周予銘。無奈他是社群軟體白痴，怎麼找都找不到——但他忽略了周予銘藏在翻譯年糕裡的文字：完食！能遇見學長眞好。

自從發現翻譯年糕藏字的功能，周予銘開始把小心情都藏在簡短的文字後。他知道方毅絕對不會知道這功能，因此內容總是特別放肆。

方毅每次下公車都會經過放照燒「雞腿」的變電箱，這日他一如往常經過，瞧見左前方的水溝旁有團咖啡色不明物體。他以爲是野狗糞便，卻在避開時，聞到一股日式照燒醬的香氣，瞄了不明物一眼，果然是和那日相似的肉塊。

到底是誰一直亂丟照燒「雞腿」？他疑惑不已，憶起電線桿上的告示，忽然了解了什麼，上前把肉塊踢入水溝中。

期中考將近，方毅的零碎時間都拿來讀書，他袒胸露背坐在地下室椅子上，書置於一旁課桌算物理。周予銘如常發出進食噪音，吵得他思路混亂。

自從從上次腸胃不適康復後，周予銘的食量更大，吃了將近半個鐘頭，還說他只有五分飽。

「你吃東西小聲一點，我在算題目，快段考了。」

「學長好認眞，我段考都不讀書。」

「通常說這種話的人，都會考很好。」
「沒有，我都考八十幾分。」
「還不錯。」沒想到這個英文單字考零分的人，平均能八十幾分。
「我說總分。」
方毅已經懶得吐槽，「那你還不念書。」
「我好懶惰。」周予銘猛地硬鑽進方毅和桌子之間的空隙，咬一口方毅的胸肌。
方毅氣得擰他熊耳朵，「誰准你咬前面的？」
「好吃！」
方毅又捏他兩下，但那東西完全不怕痛，於是他決定給這滿腦子只有吃的生物一個適合他的懲罰，「你這次段考平均分數要及格，不然一直到下次段考前，每餐你都只能吃一隻手。」
周予銘聞言果然停止進食，「不可以，太難了，我連三十分都拿不到。」
「那你就要認眞讀書。」方毅老奸巨猾地笑。
周予銘下唇越翹越高，淚眼汪汪問：「考及格有獎勵嗎？」
「考及格是應該的，沒有。」
「賴皮！」他將嘴巴張大到可以吞下一臺電風扇的程度，「那我要趁現在多吃一點。」直接把方毅胸口以上可食部分吞掉，包括腦漿。
身體重新長完整，方毅腦袋空白兩秒，再看物理題，已遺忘方才的思路，立刻怒氣大升，穿回制服，氣罵道：「貪心的傢伙，不准吃了。」

周予銘繼續裝可憐，「我只是想要有更大的動力可以唸書，不是貪心。」

方毅氣得不想理他，新的解法閃過腦海，再次坐下算題目。不過他沒有脫衣服，只讓周予銘獨自坐在地上委屈。

「學長，我還餓……學長，我還要吃……學長，我不亂咬了，讓我再吃幾口。學長……」

「考及格的話，給你吃最嫩的部位。」方毅轉頭看那坐在地上乞食的人類，已經恢復平時的和善。

周予銘愣幾秒，看著如此好說話的方毅歡呼：「耶，學長人眞好。」

「但前提是考及格，沒考及格，就兩個月吃手。」

「我會認眞念書的。」他整個人撲到方毅身上，舌頭伸進方毅的制服領口，舔拭方毅側頸和肩膀的交接處。

方毅渾身酥麻，把他推走，頓時口吃：「你、你做什麼？」這個動作太親密了，不該出現在他們之間。

「學長流汗肉會變鹹鹹的。」周予銘一臉滿足。

方毅的心跳速度瞬間從高鐵變成阿里山小火車，雙眼無神地撿起掉在地上的筆，「哦，你開心就好。」

居然愛吃他汗裡的鹽分，怪人……他還是投奔選修物理的懷抱好了。

從那日起，周予銘吃肉時也在讀書，他會搬來一張椅子，和方毅在地下室邊進食邊念書。

方毅則會戴著耳機隔絕周予銘的咀嚼聲，投入數學題。

「學長。」周予銘拍拍方毅，想問他觀念。

方毅在第三下才反應過來，摘下耳機，「怎麼了？」

「質量守恆是什麼？」

方毅信手拈來回覆：「就是在封閉系統中，質量不會因爲時間改變。化學反應和物理反應前後，總質量不會增加或減少。」

周予銘腦袋高速運轉三秒，「聽不懂。」

方毅放下筆，因材施教，「假設你現在有一大塊肉，你把它拿去秤重，一百克。接著你把它切成六小塊，再全部一起拿去秤重，會是幾克？」

「一百克。」

「對，質量守恆就類似這樣，把分子中的原子拆開，重新組裝，還是會有一樣的質量。」

「哦。」周予銘點點頭。

方毅認爲他應該聽懂了，畢竟質量守恆是國中的範圍，不難。

然而周予銘最後說出顚倒是非的結論，「我懂了，就像學長不管被我吃掉多少肉，還是會恢復原來的體重，所以學長符合質量守恆，我不符合。」

周予銘說得頭頭是道，方毅則爲他的段考感到絕望，這人物理不可能及格了，等著吃兩個月的手吧。

跳。

周予銘的成績意料之內沒有達標，但平均上升至四十九分，已經足以讓他走路蹦蹦跳跳。

「我原本預計平均三十分都拿不到，現在居然差一分就五十了。」周予銘看著成績單上的數字，和方毅分享。

方毅一面訂正考卷，一面不太有誠意地誇獎他：「很棒。」

「但我物理只考十一分。」

方毅毫不意外，「你哪一科考特別高？」

「英文，我考七十三。」

「進步很多欸。」

「我每次小考完都抄五十遍單字，所以我單字全對，題目選項也都看得懂。」周予銘心情愉快，甚至遺忘要進食。

方毅正打算將運動服上衣脫掉，想起兩人的約定，「不過你沒考及格，接下來的兩個月三餐只能吃手。」

被提醒這件事，周予銘像從天堂被打入地獄，小臉一下子皺巴巴，「我進步很多了，學長好嚴格。」

「但沒有達標，這是我們說好的。」方毅堅持，其實也是因尚未找到更溫暖的進食處，氣溫逐漸下降，不想在寒冬中裸著上身。

周予銘消沉地將成績單對折再對折，折成掌心大小，像丟垃圾般丟進書包，然後上前咬住方毅的手。

突然被咬，方毅有些受驚，掀起袖子，提醒道：「記得，只能吃一隻。」

黑色生物用臉頰蹭方毅的手，開始提出歪理，「那我可以先吃一口學長身上最嫩的地方看看嗎？如果先知道眞的很好吃，我一定會更加努力。」

「你不會。」

「學長……」黑生物使出撒嬌攻勢，在方毅身上翻滾。

方毅被他的毛搔得全身癢，奮力抵抗，「喂，下去，很癢，而且你的毛會不會有跳蚤啊？看起來都沒在洗。」

周予銘伸出黑色的短肢，扣住他的腰，方毅推了一把，周予銘便轉個方向繼續搔他。

四肢太短抓不牢方毅的周予銘滾至地面，摔出巨大聲響。

遲遲無法擺脫，方毅逐漸按捺不住癢意，直接起身。

方毅沒料到會讓周予銘摔這麼重，「你還好吧？」

黑色生物也一愣，隨後像遇到掠食者，躺在地上大字形裝死，皺起鼻子，「我不讀書了，我要擺爛。」

「你這人怎麼這麼沒上進心？起來，不要躺地板。」

周予銘不動作，別開臉生悶氣。

方毅想了想，周予銘確實大幅進步，給他一點小鼓勵，或許下次能進步得更快，「給你吃，你眞的就會認眞念書？」

「一定！我下次一定會考及格。」

「那給你吃一口，只能一口，不准多吃。」

周予銘耍賴又奏效，覺得方毅是世上最好的人，雀躍跳起，「收到。」

方毅掀起運動短褲，露出他白皙的大腿，冷風拂來，涼颼颼的，臉頰湧上淡淡的紅，「今天忘記帶刀子，不然本來要用切的。」

周予銘卻十分困惑，「學長，直接咬你褲子嗎？」

「沒有，你沒看到我褲子掀起來了？」

「可是，人最嫩的地方不是屁股嗎？」

方毅詫異，「是嗎，不是大腿內側嗎？」

「是屁股吧？」

「大腿內側。」他惶恐不安，如果眞的是屁股，他豈不是主動提出給周予銘吃臀肉的獎勵嗎？不可以，絕對不可以。

他趕緊拿出手機確認，然而網上幾乎沒有這類的答案，身邊周予銘的視線已經在他因從小運動而結實挺翹的屁股上停留一分鐘。方毅用雙手護住屁股，大喊：「不管，這是我的肉，我說什麼就是什麼，你不准咬我屁股，給我咬大腿。」

周予銘的眼神閃過一絲失落，又立刻恢復乖巧聽話，「好吧，學長願意先給我吃已經很好了，聽學長的。」說罷，咬了方毅一口神經敏感的大腿內側肉。

癢意從大腿沿著脊椎上衝至腦頂，方毅有種被小蟲爬過全身的偈促感……某個地方，開始不安分。

「好，我要認眞唸書了。」咬過方毅大腿肉的周予銘轉身拿出書包的考卷，開始訂正。

方毅坐回椅子後慢慢恢復冷靜，重新拾起紅筆。

周予銘卻忽問：「學長，如果我平均九十分以上，可以咬屁股嗎？我以前很喜歡吃雞屁股，也想吃吃看學長的屁股。」

「不可以！」方毅的情緒又開始動盪。周予銘這傢伙完全只把他當食物，不把他當人啊，到底爲什麼可以用如此純眞的表情，說出「我想吃你屁股」這種話？

方毅洗澡時，看一眼大腿內側，某塊肉特別白皙，肉的邊緣是鋸齒狀的咬痕。他用蓮蓬頭打濕全身，強迫自己忘記這天發生的事，低頭卻看見一件非常不妙的事。

好學生方毅忍不住罵了個髒話，滿臉漲紅，拿剪刀將大腿的肉剪掉，坐在塑膠板凳上猛力刷身體。

方毅不知道爲什麼，最近總是會被周予銘影響心情。

他心煩意亂走在路上，手上拿著姊姊命令他幫忙領貨給的錢，撞見一名小孩坐在速食店中滿足啃雞腿，惶然不已，別開視線，卻又見路口一對情侶推著一隻黑貴賓，貴賓搖晃尾巴，在推車裡咬著恐龍娃娃。

方毅用雙手遮著右邊視線，佯裝沒看見躲入便利商店，不巧和一個走出便利商店的男同學撞上，「不好意……欸？」

男同學與他對上視線，褐色的中分髮型、細而尾端上揚的雙眼、高鼻子和相較一般人稍長的臉……方毅渾身一震，和他點個頭，走向櫃檯。

那人看他幾眼，便利商店的電視播起殭屍電影的預告，被槍射倒的變異者用血肉模糊的身軀往主角奔去，男同學宛若撞鬼似的，狂奔出便利商店。

外頭坐在腳踏車上等他的少女問：「你幹麼這麼緊張？」

「我碰到國小班上那個怪物，超噁的，我到現在還是不敢正眼看他。」

「真假，方毅喔？」女孩往玻璃窗裡望，「好像是真的欸。」

「快走。」男同學跨上腳踏車，催促女孩迅速離開。

方毅拿著包裹走過自動門，看著兩人的身影消失在街頭。

因為就讀學區國小，方毅時常在家附近遇見國小同學，但他從未和他們打過招呼，最多就是點個頭。畢竟多看他們幾眼，他們都會像被妖怪盯上般嚇得逃跑。

他想起國小時，一名女同學一面發抖，一面拿著美工刀往他身上丟。不知害怕的他疑惑看著刀片插入腹部，靜靜取出，「妳幹麼？」

「你看，我就說吧，方毅是殭屍。」

「好可怕。」

「我不要和殭屍一起坐，我要拜託老師幫我換位子。」

原本許多孩子都圍在他身旁，見他拔出黏附人體組織和血的美工刀，頓時一哄而散，有些孩子還尖叫哭泣，引來老師關注。

「方毅，你怎麼在學校玩美工刀？太危險了，給我，我要通知家長。」

「不是，老師……」

「老師，方毅是殭屍。」

「蛤？你因爲別人說你是殭屍就拿刀子恐嚇他們？」

「老師，我沒有。」

「太不乖了。」老師氣急敗壞牽走他。

從眾多孩子之間經過時，方毅像與外界相斥的磁極，孩子空出一條兩公尺寬的走廊，深怕觸碰他。他忽然覺得敢牽他手的老師和善多了，雖然她有些不可理喻。

方毅原本還有個朋友育康，兩個人時常一起到合作社買零食吃。

從那天起，他不再和他對上眼，甚至不敢從他身邊經過，而剛剛逃離的男同學就是育康。

方毅抱著包裹慢慢走回家，再生術還有個缺點他總是忘了提起……或許不是遺忘，是刻意忽略。

「謝啦，方毅。」方芸開心接過包裹，用美工刀拆封。

「嗯。」方毅走到流理臺搓手。

「你怎麼看起來像踩到狗屎。」聽見方毅有些低落的語氣，方芸猜測。

「才沒有。」他看一眼沙發上的藏獒娃娃，抱進懷裡。

小學時被排擠，幾乎都是這隻娃娃陪伴他，或許正是因爲有它，後來才漸漸淡忘那份長達四年的孤獨。但爲何藏獒看起來不久前被揍過？哪個粗魯的傢伙這樣對它？他將它的臉轉向正面，摸摸它的頭秀秀。

然而那張無辜的小臉映入眼簾，方毅立刻將它丟到三公尺外的沙發邊緣。

方芸被嚇一大跳，「你幹麼亂丟東西？嚇死我了。」

「沒、沒事。」方毅將它抓回原位用毛毯蓋好，衝上樓躲回自己的房間。

怎麼到哪都是周予銘？太驚悚了。

段考過後，排球隊恢復晨間的練習。教練發球讓他們練接發的準確度，方毅不小心打噴一顆球，跑著將球撿回，卻在排球場邊看見一道熟悉的身影。

「學長。」周予銘拉住方毅。

方毅身體一顫，這些日子的紛亂情緒又冒出頭，確認眼前的周予銘是眞實的人而非他莫名其妙聯想產生的幻覺，才恢復鎮定用氣音問：「你怎麼在這裡？」

「我來吃早餐。」

方毅聽見這回答，難得動怒，語氣不耐，「沒看見我在練球？等等再吃。」

「不可以，我好餓，快忍不住了。」周予銘拉著方毅的隊服。

「你之前半年都可以忍了，現在半小時不能忍？」

周予銘不說話，卻也不放開他。

方毅意識到一件糟糕的事，周予銘被寵壞了，還是他寵的。他將周予銘抓著他的手撥開，疾言厲色，「不准吃，給我在這邊等。」

「學長，餓扁了。」周予銘踢腳表示抗議。

「忍著，我要去練球了。」方毅不理睬他，抱著球要走。

未料，才踏出一步，他就被周予銘再度拉住，力道還不小，導致他失去重心跌在對方身上。他焦急想爬起，周予銘張開嘴，在他手臂咬一口。

「你！」

「好了，學長你去練球吧。」得逞的周予銘鬆開方毅，讓他重新站穩，滿足嚼肉。

若非方毅是個理性文明之人，他會拿排球砸他的頭。他沉下臉，冷峻恫嚇，「周予銘，你今天禁食吧。」

「學長快去練球，教練在看你。」

周予銘沒有意識到問題嚴重性，只認為方毅人好，放學會繼續給他吃。

然而方毅這回是狠下心要給周予銘下馬威，一放學，就氣沖沖搭公車回家。

周予銘來到方毅的教室找他，發現門窗緊鎖，室內昏暗，趴在窗戶看裡頭，沒有人。他慌了，發訊息給方毅，「學長你去哪裡了？」

方毅隔十分鐘才回覆，訊息簡短，「我回家了。」

「可是我還沒吃晚餐。」

「你今天禁食。」

周予銘覺得方毅只是在整自己，或是和他開玩笑，一定還躲在校園某個地方，「學長我去找你。」

「你又不知道我家在哪裡。」

周予銘這下更加驚慌，明白方毅是認眞生氣了，便傳了一隻表情委屈的藏獒貼圖到他們的聊天室。

方毅看到後，抿嘴憋笑，這貼圖太生動，周予銘委屈的樣子宛在目前，「你爲什麼有藏獒的貼圖？」

「剛剛買的。」接著，周予銘立刻又傳了一張藏獒主人餵牠吃東西的貼圖，「這是學長。」

周予銘彷彿已經完全知道要怎麼掌控方毅的內心，他看見藏獒吃東西時的幸福笑臉，有馬上砍下一隻手，衝去學校餵食周予銘的衝動，但理智控制了他，「這不是我，我沒有要餵牠吃東西。」

周予銘失落，「馬斯洛說滿足他人生理需求是最基本的。」

方毅不禁同情馬斯洛，現代一堆人在曲解他的理論，「偷吃的人沒權利享受。」

被藏獒貼圖收服的方毅，對周予銘的怒意其實早已消散，在周予銘傳一隻道歉的藏獒後，語氣轉爲溫和，「教練不喜歡練球有人打擾，你要是餓了傳訊息給我，我會去找你。下次不可以在我練球的時候來，知道嗎？」

周予銘見事情有轉機，立刻傳送藏獒點頭的貼圖，「知道。」

他以爲方毅接著會說「那這次就原諒你，來地下室找我，給你吃肉」，但方毅按他一則訊息讚後，便不再發言。

周予銘只好自己問：「那我可以去找學長吃晚餐嗎？」

方毅隔了一分鐘後回覆，「不可以，你今天禁食。」

方毅關閉手機，開始打科展報告書。

片刻後再次開啓手機時，聊天室被一整排的大哭藏獒占據。

金髮少年每天都會搭公車或騎腳踏車來到學校門口，查看他的誘餌有沒有奏效。

可惜等待一個月，都沒有看見疑似食人獸吃到照燒人肉而倒地的畫面。

他繞至置放誘餌處，想看肉的狀況如何。他總共放三次，一次在變電箱，一次在水溝旁，一次在馬路正中央。

三處走過一遍，他發現都不見了。

少年氣得跺腳，那些肉讓他受不少皮肉之苦，還花了他好長一段時間料理，是誰把肉偷了？

他四處搜尋，忽然又被一個人拍肩。

「誰這麼不要臉又來要IG？我不給。」他怒瞪那個人，卻發現那人穿著警察制服。

「同學，我們接獲報案，近日有人在附近放毒肉毒狗，調查監視器發現您有疑似放置毒肉於附近的行爲，涉嫌虐待動物，請您配合我們調查。」

少年腦袋當機幾秒鐘，回神後，第一件事是跳上YouBike，想馬上逃離，「不，你們誤會了。」

他是要毒人，不是要毒狗。但蓄意殺人罪更重，他當然沒有這樣回答，想著先溜再說，拿出悠遊卡感應，螢幕卻顯示餘額不足。

少年暗想不妙，想暴力將腳踏車拉出，立刻被警察制服，帶回警局。

被拋棄在偏鄉，又頻繁遇到糟心事——其實這裡不算偏鄉，頂多算小一些的城市，可對住慣首都的他，此處簡直是個鳥不生蛋、狗不拉屎的地方——少年開始可憐自己。

後來，警方發現放毒肉毒狗的另有其人，他從警局被釋放。回到宿舍，他立刻洗澡跑上床，抱著小被被二號在床上難過。

第三章

少年必須思考新的獵捕方法。他至今仍深信是深測器出問題，但迫於孫先生的淫威，他必須假裝這裡有食人獸，繼續出擊。

他從小喪父喪母，被孫先生帶回家，成爲食人獸追捕大隊的成員。然而孫先生不曾給他養父該有的疼愛，只會不停派任務給他。他私底下愛罵他臭老頭，眞的與他碰面時，卻變得膽小如鼠。

孫先生那張冷若冰霜的臉太嚇人，曾經給予他的懲罰更讓他不敢違逆對方。自從那懲罰後，少年的內心缺了一角，無論再不情願，接到任務也會硬著頭皮完成。

他苦思冥想，想不到究竟有何方法能捕捉到那杳然無蹤的食人獸。繞到那間偵測器顯示有食人獸出沒的學校，坐在附近花圃上發呆，一陣子過去，一名大叔開著一輛賣串烤的餐車來到校門口。

放學時間，學生們走出學校，幾名學生聞到烤肉的香氣，到攤位前排隊。

見小販生意甚好，少年刻薄地想：這東西一支沒幾口又髒，怎麼這麼多人買？

烤肉味漸漸瀰漫大門口，他恍然大悟，這時間許多學生都飢腸轆轆，走出校門就看見烤肉攤，當然會按捺不住口腹之欲。

老闆太懂得運用他人的欲望……等等，倘若這招用在獵捕食人獸上，似乎也是個不錯的辦法。

食人獸讀一整天的書，肯定也會肚子餓，他不需要忍痛切大腿肉當作誘餌，只需在餐車上頭掛上「賣人肉」的招牌，食人獸放學肚子餓，看見就會自動前來消費。到時候他可以毫不費力將牠捕獲，也不用擔心在肉裡下毒被警察抓。

他再次佩服自己的聰明，回宿舍查詢該如何弄來一臺行動餐車，後來發現成本太高，退而求其次使用夜市擺攤的器材，執行這次的計畫。

室友看見他拿著紙板設計「賣人肉」的招牌，又產生逃出房間的念頭。

期中考結束，學校開始爲不久後的校慶園遊會做準備。

方毅的班級利用週三下午的班會時間，討論園遊會攤位的主題，一致決定設計恐怖的密室逃脫。

「不用太高的成本，不用買食材，不用在大熱天頂著太陽煮熱食，只需要想想謎團、演一下NPC就能搞定。而且一個人收一、兩百，也不會被嫌貴，怎麼想都是最佳選擇。」

於是他們迅速訂主題，開始討論分工，因想謎題、布置場地的組別需要耗費較大心力與時間，許多人爭相搶奪當日收錢或接待的工作。

面對亂哄哄的教室，班長最終決定以抽籤分配工作，並在黑板上寫下每一組的成員。

方毅的座號出現在美工組的欄位時，他有種不祥的預感，覺得自己會拖大家後腿。他的美工能力可以用「糟糕透頂」來形容，過去做出的小狗雕像，曾被美術老師誇獎是做得很好的遙控飛機的遙控器……

但來到美工組後，他的自卑瞬間沒了，在場的所有人都有和他類似的經驗，原本應該討論如何布置的會議，瞬間變成經驗分享會。

下課前十分鐘，他們才回歸正題，思考該如何解決布置難題，這時方毅突然想到某個可怕卻實用的點子，卻也明白絕對不能說出口，強制將那念頭壓下去……後來美工組的成員們決定每個人挑一些東西做，竭盡所能做到最好即可，而方毅被分配到要做放在碗裡的眼球和掛在天花板的斷肢。

會議結束後，他依照慣例來到地下室，看了一眼坐在地下室地板上啃著斷臂的周予銘，再次產生那個可怕念頭。

周予銘吃完一隻手，盯著骨頭發呆。

聽見周予銘肚子在叫，方毅把手臂伸給他，「再給你吃一根。」

周予銘一愣，感激地咬掉他的手，「謝謝學長！」

自從上次的禁食事件，周予銘開始會受寵若驚，方毅覺得自己教導有方，偶爾卻又會軟下心腸。

周予銘進食完，兩人一齊離開學校，天色微暗，暗示白天愈來愈短暫，走出校門，校門口一如往常有燒烤的味道，可是今日在門口的並不是熟悉的藍色餐車。

擺攤的小推車前圍著三名女學生，一名目測一百八十五以上的金髮少年圍著圍裙、臉色難看地烤肉。

方毅從未買過學校外的燒烤，不是特別在意，但身旁的周予銘看見招牌上的字，注意力立刻飄走。

「學長，我想買那個。」周予銘指向餐車，舔舔嘴角的碎肉。

「你買燒烤做什麼？你又不能吃。」

「可是，它招牌上寫『賣人肉』，旁邊還有一隻斷掉的手。」

方毅轉過頭，果眞看見那三個大字，揉揉眼睛，以爲自己看錯，這人該不會是姊姊的同伙？她也曾經有過相同的危險想法。但見女學生們拿到燒烤，津津有味送入口中，他和周予銘解釋：「那不是人肉，只是取一個有創意的名字而已。」

「哦，原來。」周予銘失落。

方毅有點想餵他一根手指哄哄，不過附近有人，最終他沒有這麼做，只是默默端詳那看板上的斷肢，覺得栩栩如生。他讓周予銘先回家，上前和那少年搭話，「老闆。」

「不吃人肉就滾，別浪費我時間。」

這人連招呼客人的方式也很有創意。

「我吃。」方毅配合他。

「什麼？你吃人肉嗎？」少年精神振奮。

「喔對，我要這個綠色的人肉、圓形的人肉和牛肉、豬肉、雞肉各一串。」

少年的臉垮下，憤怒地將串烤放上鐵網，動作粗魯。

「我想問你，這個斷肢怎麼做的？」

「關你屁事？我用黏土捏的。」

「做得眞像。」

「眞的嗎？哼，那是當然，因爲我很厲害。」對方雖臭著臉，眼神卻透露得意。

「能教我怎麼做嗎？」

「我才不要。看著自己的手，先捏手臂，再把手指貼上去，上色，就好了。」

「用什麼上色？」

「壓克力顏料。」

「肉快烤焦了。」

那少年趕緊拿起串烤，放入紙袋，「五十。」

「眞便宜。」

「不然五千。」

太隨便了吧。方毅忍不住在心中吐槽，遞出一枚五十元銅板，接過那袋串烤，準備帶回家孝敬老姊。

另一邊，少年還沉浸在被誇獎的喜悅，將那隻斷手拿下來觀賞，眞的很像嗎？不枉他做三天。

他拿著手在月光下揮舞，被路過的人當成精神病患。片刻後，他將手掛回招牌邊，看著今日賺到的錢，回想這個下午做的事——準備食材、布置餐車、烤肉、和女生拍照、被迫和女生聊天、教人製作假手……等等，全是一些和食人獸無關的事啊。

不行，這樣下去他永遠都不能逃離這偏遠地區。他怒拍推車，下定決心明天必須杜絕所有非相關人士上門。

少年回宿舍將招牌改成「真的賣人肉」，並於攤販貼上告示：今天正式開始賣人肉，非誠勿擾。

隔天，他再度被警察逮捕。

「有人檢舉您販賣人肉，請您配合我們調查。」

他正想狡辯些什麼，那些露骨的告示讓他啞口無言，只能嚷嚷著：「喂！我是在爲社會貢獻，你們懂什麼？」

警察們態度頓時變得強硬，強制壓他上警車，送往警局。

當天晚上，少年接到孫先生的電話。孫先生是他的監護人，他未成年，被警察帶走，警方當然通知他。

接到孫先生的電話令他一身冷汗，孫先生極少於任務時主動打電話給他，打過來通常都是想罵他。

果然，一接通電話，便聽孫先生的低嗓，「你有在使用腦子嗎？沒有的話，要不要拿去餵食人獸？」

孫先生的冷嘲熱諷，嚇得少年想立刻掛掉電話，但他不敢，要是掛孫先生電話，明天他就會被前輩們抓回孫先生面前接受審判。

「你要是再讓我接到警察的電話，你就當作任務失敗回來吧，會面臨什麼事你自己清楚。」

少年慌了，緊張地和孫先生保證，「我絕對不會再被抓了，我會注意。」

「嗯，加油。」語畢，孫先生掛斷通話。

少年驚魂未定，看床上的小被被二號一眼，將它拿到鼻子邊，深吸一口，有種傷痕累累的心靈被撫慰的感覺。

看著他拿一條像抹布的東西聞，他室友的精神再次被蹂躪……好噁，好想吐。

翌日，少年得知檢舉他的人是原本在大門口賣串烤的老闆，因爲他長太帥，賣的東西又便宜，客人一溜煙都跑去他那光顧。

少年差點趁放學時間，上前把那大叔揍一頓，礙於孫先生的警告，只好壓抑衝動，坐在學校門口瞪著因客人回流得意洋洋的老闆。

此時，一名女同學攔住買完燒烤離開的客人，「不好意思同學，我最近在做路邊小攤販相關的小論文，這邊有份問卷想拜託你們填一下可以嗎？」

方毅用少年教學的方式，試著做出一隻假斷肢和眼球，一週的時間過去，終於有個像樣的成品，將它收入書包，帶到學校。

他在公車站遇見周予銘，對方一副剛被叫醒的模樣，走在路上打呵欠，見方毅默默走到身邊，立刻精神抖擻，凝視方毅的手臂，「早餐……」

方毅頓時後悔走到他身邊，拉書包加快步伐。

周予銘追上，「學長，你書包裡裝什麼？鼓鼓的。」

「哦，手臂。」他將書包中的假肢拿出，想到可以順便問周予銘的看法。周予銘端詳那東西許久，方毅問：「如何？像嗎？」

周予銘沒有回答，張嘴咬走那東西。他咬了幾口發現怎麼都咬不斷，便長出野獸的尖牙，將那東西咬碎，一股怪味在嘴裡擴散，最後他將已成食糜狀的黏土吐在地板，「這是誰的手？好難吃。」

方毅先是愣然，而後失神蹲下，拾起四分五裂的手，心如刀絞，「……這是黏土。」

「啊，會中毒。」周予銘連忙呸了幾聲，吐口水，隨即瞥見上頭的顏料痕跡，意識到自己似乎闖了大禍，怯生生問：「學長，那是你的美勞作品喔？」

方毅一週的心血沒了，心痛過度，臉上竟毫無波瀾，靜靜撿起碎片，用衛生紙包好，沒有理會周予銘，看著作品的屍體邊走邊發呆。

周予銘又呼喚一聲：「學長。」

方毅還是低著頭。

周予銘開始拉方毅的手，卻被甩開，這時他忽然驚恐大喊：「學長！」

來不及阻止，方毅已經撞到電線桿，他愣愣地摸著被撞擊的額頭。

見狀，周予銘撲上前關心，「學長，你還好吧？」

方毅坐在地上，頭上沒有傷口，卻神情恍惚，彷彿魂被牽走，「周予銘，我要禁食你一個禮拜……不，一個月。」隨後勾起瘋癲的微笑，摸摸周予銘的頭，緊抱那坨黏土跑掉。

周予銘跪在原地發愣，緩過神時，打擊和方毅一樣大。

放學回家後，方毅將黏土埋葬在方芸的花盆中，雙手合十，替它超渡，下一秒，脖子立刻被方芸踹斷。

「把垃圾埋進我的花盆做什麼?找死嗎?」方芸將它們挖出，丟入垃圾桶。

方毅受到二次傷害，跪在垃圾桶旁哀悼，「連最後一程都走得這麼慘……」

「你到底有什麼毛病?」方芸將方毅趕出陽臺又推出房間，無情關上門。

方毅站在門口，發瘋似的眼神空洞地傻笑。房間裡盡是他與它的回憶，剩餘的黏土、扁掉的顏料罐以及用來雕刻手掌皺褶的雕刻刀。

他知道再用相同的方式做一個即可，時間還夠，但他已經沒有那個心情和衝勁，先前的念頭再次閃過腦海……他決定採用。

那方法迅速又有效，能讓每個進鬼屋的人不旦能看見逼眞的斷肢和眼球，亦能聞到令人感到壓迫的血腥味。就像賺黑心錢，低成本，高收穫，誰不愛呢?方毅邪笑。

於是園遊會前一天，他一次又一次割下手臂，將它們擺在地面，宛如藝術品，順便加幾顆眼球和耳朵，增加豐富性，再用保鮮膜封好，避免腐敗發臭。

方毅將斷肢及菜刀帶至學校，得到同學們的讚賞。

「方毅，你做得也太像了吧?」

「簡直像從身上直接割下來。」

它們確實是。方毅暗忖。

「爲什麼要用保鮮膜包著，可以拿下來嗎?」

「因爲我想保有眞實肉體的柔嫩感，不想讓黏土乾掉。」

方毅和美工組的成員一同布置密室逃脫的場景，掛上方毅的斷肢後，現場立刻有分屍案案發現場的氛圍。他看著只花一個晚上就搞定的作品，若有所思摸了摸。

九點過後，園遊會開始營業，密室逃脫陸續有客人上門，方毅在排隊的隊伍中看見周予銘和他同學，兩人不小心對上眼，沒有打招呼，撇開視線。

身爲美工組成員，方毅園遊會當天基本上沒有工作，而他和周予銘之間還有隔閡，於是離開攤位，到其他班級晃晃。

才沒走幾步，他就被一名戴黑色鴨舌帽的男子攔住。對方秀出印有QR code的A4白紙，「你好，我最近在做小論文，請問可以幫我塡一下問卷嗎？」

方毅也有做研究請人幫忙塡問卷的經驗，遇見類似的情況都會熱心幫忙。他立刻拿出手機掃描，開啓問卷，問卷的標題寫：「食人」牙慧——高中生食用人肉狀況調查。

他如同老花眼似的將螢幕放至最大，確認標題確實打了「人肉」二字，看鴨舌帽男子一眼，突然發現他是那名以「賣人肉」爲攤位名的老闆……這人對人肉的玩笑還眞是情有獨鍾。

「你是那個教我怎麼做手的老闆嗎？」

「不要認親，趕快塡。對啦，我是，原來是你。」

「你眞有創意。」

「謝謝，我知道。」

方毅忍俊不禁，對他並沒有反感，這人口氣雖差，仍會耐心回答問題。因此他打算認眞塡寫他製作的表單，即便知道只是開玩笑。

問題一：你吃人肉嗎？

◯ 是

◯ 否

第一個問題就十分幽默，他勾了「否」。

問題二：你從什麼時候開始吃人肉？

簡答文字。

他填寫：我不吃人肉。

問題三：你吃過的人數。

簡答文字。

他毫不猶豫地打字：零。

問題四：你是否見過有人在學校吃人肉？

◯ 是

◯ 否

問題五：和我描述他的長相。

詳答文字。

看見這兩個問題的方毅愣住，這人的問題怎麼就這麼巧？他還真的看過。

然而答應周予銘的事，他發誓不毀約，於是在問題四的欄位勾選「否」，提交表單，

「我填完了。」

戴鴨舌帽的少年沒有道謝，搶過他手機，點開相機和他自拍一張。

「你幹麼？」

「這是塡問卷的獎勵。」說著，他擺頭離開，去攔截下個人。

方毅覺得這人奇怪，卻也不是特別在意，繼續在操場遊蕩，被排球隊學弟阿敬拉去造訪一年二班。

一年二班的攤位賣甜品，果凍、特調飲及造型蛋糕，用裝滿冰塊的保麗龍箱保冰，客人以女性學生爲主。

方毅來到攤位，立刻知曉原因，這裡每道甜品的外觀都精心設計過，果凍被製成音符、珍珠、雲朵形狀，放入猶如傍晚天空的漸層汽水中。蛋糕主要爲動物造型，阿敬向他介紹，蛋糕是由十幾個人共同完成，不同造型的蛋糕由不同人設計。

「你們班眞少女心。」

「因爲我們班的男生沒人權。」阿敬面無表情，「不過確實滿熱銷的，而且客人都是女生，嗯，不錯。」

方毅視線將蛋糕瀏覽一遍，看見一排不知是何種動物、兩隻黑眼睛不一樣大的蛋糕，「那排黑色的是什麼？」

「呃，藏獒。」阿敬搔頭，「作者本人說的。」

方毅似乎知道作者是誰了……這傢伙明明一開始說藏獒是怪物，近日卻購買藏獒貼圖，又做藏獒蛋糕，眞是反覆無常。

方毅心念一動，掏出錢包，「我買兩個。」

「好，兩百塊。對了，這是周予銘做的，你們兩個到底怎麼認識的？」

「不跟你說。」

方毅接過兩隻歪七扭八的蛋糕，在阿敬的道謝下離開，找一個陰涼的休息處，將蛋糕盒打開。他拿起附贈的塑膠叉子，邪惡一笑，狠狠戳入那隻藏獒，覺得不夠爽快，又戳十幾下，小藏獒身上立刻坑坑洞洞。

周予銘，看你還敢不敢破壞我的作品?平常都是你在吃我，現在換我把你吞掉了。他幼稚地想，挖一口蛋糕送入口中。

當甜而不膩的味道在口中化開，方毅忘卻一切恨意——周予銘做的藏獒蛋糕怎麼這麼好吃?

轉眼將一隻藏獒吃掉，方毅腦袋裡的想法只剩「我要打開吃第二隻」。驀地，他們班接待組的成員李雅琪焦急跑來找他：「方毅，你那裡還有剩下的手嗎?」

方毅將藏獒放回盤中，「怎麼了?」

「剛剛NPC回報說，上一組客人玩完之後，斷肢突然全部都不見了，只剩下保鮮膜。可是他們明明離開前什麼都沒帶走，進去找也都沒有。」

「上一組客人是誰?」

「應該是學弟，學號是8開頭，喔對，其中一個是衣服很大件、小小隻的學弟，你看過嗎?」

方毅的腦海浮現某個黑毛傢伙啃食手臂的畫面，叉子再次刺入盤中藏獒的頭，眼中浮現殺意，將那藏獒刺得面目全非。

「沒有，我不認識他，交給我處理吧，我有多做的手。」方毅用蛋糕盒將虐待過的藏婺重新關禁閉，扳扳手指關節。

隨李雅琪跑回攤位，另一名接待同學已經放下一組人進去，李雅琪急問：「你幹麼先放人進去？道具還沒處理好，那東西是其中一個線索欸。」

那人被問得心慌，「我想說一時之間也不可能弄來這麼多手，就算少一個線索，還是能解開謎題，只是比較難而已，所以就不要讓他們繼續等。」

方毅認爲他們兩個都沒錯，但他已想好解決方案，冷靜說：「我去把它弄好。」

他拿出預備好的菜刀進入密室逃脫場地，不禁慶幸自己料想到道具可能發生損毀，將菜刀帶在手邊。

走入掛手的第二隔間，他使勁拿菜刀砍下手臂，掛上天花板，重複這個動作，切到第八隻，隔間的布簾被推開，客人們的談話聲傳來。

方毅躲入櫃子縫隙，加快切手速度，想著千萬不能被發現。

刀子敲地的聲響似乎被客人聽見，那三人狐疑上前，方毅吞吞口水。

「欸？方毅？」

熟悉的聲音驚呼，方毅抬頭，客人竟是排球隊的三位學長——隊長劉建廷、副隊蕭恩杰和楊忠霖學長。

此時，刀片恰巧插在他的手臂中，這下恐怕難以隱瞞再生能力，慶幸三位學長人都不錯，他已經想好怎麼和他們坦白。他拔出刀子，點頭打招呼：「學長好。」

「蛤？給我認眞演戲！哪有遇到認識的人直接出戲的？你不是NPC嗎？」留著平頭的楊忠霖批評，瞥見他手上刀傷癒合，嚇一大跳，「靠，這太像了吧，怎麼弄的？」

方毅一愣，猛地醒悟現在無論做什麼事，對方都只會當成演出效果。他趕緊回憶密室逃脫的劇情，選擇適合的角色將自己套入。

「你不知道嗎？這個是你們用的啊。」說著，他猛力砍下第九隻手臂，手臂落於地面，滾至三人腳邊，瞪大眼怪笑，擺出驚悚的表情。

三人往後一跳，蕭恩杰遲疑幾秒拾起地面斷肢，一滴血滴在他腳上，立刻丟棄，「等等，這是眞的嗎？」

「蕭恩杰，你在說什麼鬼話？怎麼可能是眞的？」

方毅又靠近他們一步，「當然是眞的，你們這群變態，不是把我的手砍斷，拿來當裝飾，你們忘了嗎？」

砍下第十隻手，丟向天花板，方毅收起菜刀。數量已齊，他準備找個方法落跑，但見三人緊盯他不放，等待他做出下一個詭異舉動，只好暫且繼續表演。

他將雙手伸入眼眶，挖出眼球，砸在三人身上，「你們怎麼在這裡？你們也死了嗎？哈哈哈哈。」

膽小的隊長已經躲在兩名隊友身後，方毅卻揚起瘋笑，一步步朝他逼近，將菜刀遞給隊長。

隊長疑惑地接過，方毅忽然助跑，往那把刀衝去。

刀尖刺穿方毅的腹部，鮮血流出，沾濕隊長指縫。隊長驚聲大叫，將刀子丟下，張口結舌：「你、你做什麼？」

「你們又把我殺死了，我一定要找你們報仇……我一定要找你們報仇！」方毅淒厲地尖叫，抓著臉跑出現場。

三人僵在原地，劉建廷雙腿一軟，跪在地上。

楊忠霖故作鎮定揶揄：「你、你太誇張了吧，有那麼可怕嗎？雖然眞的很像。」

「不是，我剛剛眞的刺進他肚子了，而且很深，血還流到手上。」

「怎麼可能？八成是顏料，聞聞看就知道了。」

劉建廷驚魂未定，將手指放在到鼻子邊，渾身發軟。

「是顏料吧？」

「是血的味道。」

三個大男人抱在一起大叫，坐在外頭歇息的方毅鬆一口氣，看來沒有搞砸他們的體驗。最尊敬的學長們花了兩百塊才進來這裡，他不能因爲個人疏忽，讓他們玩得不盡興，

「三位學長，謝謝光臨，歡迎找朋友過來。」

面色慘白的三人掀開帆布走出時，方毅乖巧地和三人敬禮。

但在經歷過方才事故的三人眼中，方毅再和善的笑容都變得病態。

隊長指著他大罵：「不准叫我學長，我要把你退隊，你太噁心了。」

說罷，三人像被鬼追似的落荒而逃。

方毅知道學長們不是認眞的，笑了笑，繼續坐下來擦拭菜刀，然而擦著擦著，學長的話不停迴盪耳邊。

果然，他還是很害怕那三個字。

太陽漸漸升至高空，時間已近中午，方毅和同學們一塊回教室，拿出已經變溫的藏獒

蛋糕吃。

下午的擺攤風平浪靜地結束，三名學長為了想看朋友嚇到的樣子，推薦許多人體驗，他們班因此提升不少收入。不過每個人體驗後，都說沒有三人描述得那麼可怕，八成是他們太膽小。

方毅被學長們拴脖子訊問到底怎麼回事，只能乾笑著安撫他們的情緒。

下午三點，園遊會結束，各班開始收拾環境，方毅回到場地，卸下斷肢，裝進黑色大垃圾袋裡再丟棄。

一名身材矮小的學弟突然出現在攤位前，「學長學姐，我可以幫你們清那包垃圾嗎？」

面對突如其來要求收垃圾的學弟，他們感到困惑，但見學弟堅持，又可以少處理一件事，眾人欣然答應，將垃圾遞給學弟。

周予銘抓著垃圾袋，小跑步離開，沒有前往垃圾場，而是找到無人之處，打開黑色垃圾袋。人肉氣息撲鼻，他的唾液開始分泌，黑耳朵和毛髮冒出，左右手各抓一隻斷臂，往嘴巴裡送。

凶巴巴的聲音打斷他，「不准吃，這肉放室溫一整天，等等又拉肚子。」

周予銘嚇得變回人形，將手臂丟在地面，「學、學長。」回頭，方毅正板著臉看他。

「早上那些手臂是你吃的對不對？」方毅問話語氣堅定，彷彿他作案時就在一旁目睹一切。

周予銘不敢不承認，老實點頭。

「你同學在旁邊，你怎麼吃的？」

「我趁他們在解謎時吃的，裡面很暗，躲在陰暗的地方不會被注意。」

「所以你是花錢進去吃東西的？」方毅嚴肅的臉摻上笑意。

周予銘卻更害怕，低下頭，「對不起，我太餓了。」

方毅平時人好，周予銘不怕他，但咬壞對方精心捏塑的作品後，他感受到方毅眞實的怒氣，一眼也不願看他，就像對他憎惡至極。

周予銘害怕了，怕方毅從此不給他肉吃，怕餓肚子……是嗎？可他總覺得還有更令他恐懼的事。

他絞盡腦汁思考該如何和方毅道歉，然而他胸無點墨，想不到比對不起更誠懇的話語……忽然，一隻手臂伸到他的面前。

「給你。」見周予銘茫然，方毅又說：「不是很餓嗎？附近沒人，快吃。」

方毅蹲在他身邊，伸著手臂，臉上沒有怒意、沒有厭棄，只有一如既往因害羞而隱晦的寵溺。

周予銘雖笨，可他看得懂方毅的表情，知道方毅已經原諒他，反悔曾經「禁食一個月」的氣話。他彷彿落入絕望的水中，被岸上的人救起，重新呼吸到新鮮空氣，忍不住鼻酸。

「學長，對不起。」周予銘泣下如雨，不忘咬口方毅的手臂，一面咀嚼一面抽搭，還差點嗆到口水，「我把你的作品咬壞，還破壞你們的場地，我好壞。」

「沒關係，咬壞我作品的事，我已經釋懷了。」方毅語氣溫和，「你會咬它，代表我做得很好，而且重點是製作它的過程，不是成品。」

方毅撿起地上的斷臂，重新放入黑色垃圾袋。當這些眞斷肢被掛上會場，他明白它們能達成的效果確實比原先的作品來得好，而他有嘗試做出一個像樣的作品，也算是無愧於心，這樣就夠了。

「眞的嗎？學長不氣了？」周予銘吸鼻水，咬下最後一口肉。

「嗯。」方毅遞上另一隻手臂，卻忽然變臉，「但破壞我們場地的事，你眞的欠揍，我已經準備好要處理你了，不准逃避。」

見方毅似笑非笑靠近自己，周予銘焦急解釋：「因爲我、我猜學長看見手臂不見，一定會補上，應該不會有問題，如果影響很大，我絕對不會吃。」

「我知道，我知道你想得很周全，所以才說你欠揍，根本把我當肥羊。」方毅站起，居高臨下俯視他，冷冷說：「我要再禁食你一個月，加送我一個藏麨蛋糕。」

「不要啊，學長，再不吃我會餓死。」周予銘抱著方毅的腿嚎啕大哭，忽然意識到方毅後面的話，「學長，你有買我做的藏麨喔？」

「有。」買來虐待發洩情緒。他想。

「好吃嗎？」

「不好吃爲什麼要叫你做？」

周予銘靈機一動，抓住方毅的衣角，「那我做一百個給你吃，不要禁食。」

「不要。」

「學長……」

又來了，方毅覺得自己要輸了，「我又不像你滿腦子吃。」

「學長長長……」

方毅費盡心力閃避不看周予銘，但對方的臉像裝了磁鐵，令他的視線不自主地飄過去，「……那你回答我一個問題。」

「什麼問題？」周予銘睜著大眼問：「如果是數學，我不會，不過我可以和學長一起討論。」

「我怎麼可能問你數學。」方毅有些無言，內心很快被另一種情緒占據。他望向身前那包散著異味的屍塊，「你會覺得我很噁心嗎？」

周予銘沒有聽懂，「噁心？爲什麼噁心？」

「就是一個人被咬斷手了，還可以長出來，像僵屍一樣。」

周予銘沉默，似乎陷入思考。他舔舔嘴角，轉動眼球，方毅有些猜不透這人究竟在想些什麼，露出這種幻想美食的表情？

「學長加薑絲不知道好不好吃？」

方毅差點沒忍住甩頭就走，把這隻臭怪獸拋棄在路邊，「周予銘，我眞的要禁——」

「就像有些人怕狗，可牠同時也是某些人心裡很重要的存在，那隻狗會很噁心嗎？」

周予銘凝視著方毅。

方毅搖搖頭，有些訝然，總覺得自己從未看過這樣子的周予銘，認眞地和自己聊吃以外的話題。

「那學長在家人眼裡也是很重要的存在吧？」

方毅點了點頭。

「不只家人，學長對我而言也是很重要的存在。」周予銘挨近方毅，「所以學長一點都不噁心。」

被炯炯有神的雙眼看著，方毅忽然憶起往昔，除了家人，幾乎沒有人在知道他擁有一副詭異的身軀後，還能如此毫無顧忌望著他。然而，他也想起了與周予銘初見的場景，「但你一開始見到我，不是也很害怕？」

「有些養狗的人一開始也會怕狗，認識以後就不會怕了，這種害怕是因爲我還不夠了解學長，和學長一點關係都沒有。」周予銘又更靠近方毅一些。

方毅被看僵了身子，手背忽然一陣濕熱，手上一塊肉被咬掉，「喂，偷咬！」

「好吃。」周予銘看著方毅，慢條斯理咀嚼口中的肉。

方毅嘴角抽動，覺得黑色生物在挑釁他，卻不知爲何對他的行爲沒有絲毫怒意，「你耳朵長出來一下。」

「要做什麼？」

「長出來就對了。」

一雙熊耳乖乖從周予銘的頭髮中彈出，方毅用力掐了一把。

周予銘沒有閃躲，乖乖讓他揉捏，反正他的熊耳毛多皮厚，其實不是很痛。

熊耳毛茸茸的觸感包覆指尖，方毅內心的怏怏不安平復，周予銘的耳朵是他的紓壓小物，而且還是很有用的那種，「原諒你了。」

「欸？這麼簡單嗎？」

「不然呢？」方毅湊近周予銘，假裝冷酷地笑：「還是要禁食？」

「不要！」周予銘直搖頭，眼角再度嚇出淚，「我以後一定會注意學長的感受。我知道我常常做出很過分又任性的事情，要是你生氣，你捏我耳朵、叫我幫你寫作業、作弊都好，拜託不要禁止我吃肉。」

「爲什麼？」方毅再次感到無語，他才不會叫別人幫忙寫作業，更不會作弊，這傢伙把他當成什麼人了？

周予銘咬著嘴唇，「因爲我怕忍不住。」

「你不是忍過六個月嗎？」

「但那六個月，我每天都好想去死，我不想再經歷了。」

看著周予銘低下頭揉手，方毅意外撞見他的手上有咬痕，微微愣了神。在得知周予銘餓到連密室逃脫的道具都吃，方毅確實有些憐憫與後悔，人一天不吃東西便會飢渴難耐，更何況他對他不聞不問將近兩週。

他之所以決定狠下心，是因爲知道周予銘曾經六個月不進食還活得好好的，以爲周予銘幾個禮拜沒吃東西根本不會怎樣，只是按捺不住嘴饞才一直喊餓。

如今，方毅明瞭了，每次禁食他都苦苦哀求的原因——活著，不代表他是好受的。不然周予銘也不會跪下來要求一個陌生人，把身上的肉分給他。

方毅的內心柔軟下來，化爲溪水，漫過全身，澆熄他所有對周予銘的不耐與怒氣。他蹲下，拍拍周予銘，讓對方抬起頭，堅定的眼神直視他，「好，我答應你。我收回以前的話，絕對不會再讓你餓肚子，從今天開始，每天餵你十隻手、十塊背、十塊肚子。」

周予銘呆呆地望著方毅，方毅正巧背對著夕陽，面容昏暗，雙眼卻明亮無比，照入他的眼睛，給予他希望與光……他知道自己更害怕的是什麼了，「學長……」

「嗯？」

「那有屁股嗎？」

「沒有！」

「沒關係，就算學長不給我吃屁股，我還是喜歡學長。」

聽見曖昧的語言，方毅登時渾身沸熱。

又聽周予銘說：「我以前最喜歡是巧克力蛋糕，現在是學長。」

原來是對食物的喜歡，方毅暗罵自己想多了，周予銘的腦袋只有食物，從認識他以來，這件事從未改變。他必須銘記在心，避免不小心在周予銘面前面紅耳赤。

他綁緊黑色垃圾袋的開口，於地面重重一摔，「好了，我要先處理這包東西，不能直接拿去垃圾場丟，會被當成棄屍。」

周予銘走上前，抱住那包肉，「學長，這還能吃！」

「肉放在室溫太久會壞掉。」

「我知道，學長說過了，我記得。」周予銘賣乖，「但學長你有聽過溫體牛嗎？宰六小時到八小時以內沒有冰過的牛肉。」

「……有。」

「我們來算算看，學長是早上十點多宰的，現在三點半，才過五個多小時，沒有壞。」

牛。」

周予銘使用「宰」這個字當動詞，方毅感覺自己人類的尊嚴又被踐踏，「我不是

「那溫體學長。溫體學長才宰五小時，可以吃。」

方毅翻了個白眼，決定不要再操心這混蛋的腸胃了，「拿走，不要再讓我看到它。」

「好！」周予銘像收到一包大禮物，緊緊抱住。

「要煮熟再吃。」他還是忍不住關心。

「嗯！」周予銘拎起大垃圾袋，四處張望，「我先藏起來，等等帶回家。」

「隨便你。」方毅決定回攤位幫忙。

「予銘。」

不遠處傳來一聲呼喚，方毅順著聲音來源看去，是一名看起來不是學生的年輕男子。

那人穿著一件米色襯衫外套，內部是簡單的白T和牛仔褲，頭髮微捲，戴著一副細框眼鏡，單眼皮小眼睛，有明顯的臥蠶和酒窩，使他笑起來親和又好看。

「老師！」周予銘見到他，將肉暫時擱地面，雙手揮舞打招呼。

方毅小聲問：「那是誰？」

「我們生物代課老師，上禮拜才來的。」

方毅瞄一眼周予銘看向老師的表情，和上次看見照燒「雞腿」類似，能讓他放下手邊食物，顯然十分喜愛。

他第一次看見周予銘對食物以外的東西展露喜愛，有種想和對方一較高下的衝動。

但那衝動馬上被方毅唾棄。想什麼呢？無聊。

他轉身欲走，那老師問：「要去倒垃圾嗎？垃圾場在另一邊，怎麼你來學校來得比我久，我還比你清楚？」

「不是，這包是人肉。」

方毅大驚失色回頭，「周予銘！」他知道自己說溜嘴了嗎？

「被老師知道沒關係。」周予銘卻滿不在乎。

「是人肉啊？哪裡來的？」那老師神情閃過一絲驚恐。

「學長給我的。」

「那就好。」語畢，老師便和周予銘告別。

周與銘又大動作揮手，剛聽完兩人對話的方毅，愣愣站在原地，有種被糊弄的不悅感。

這傢伙原來早把祕密告訴別人，虧他還謹守諾言不說。他瞪周予銘一眼，對方渾然忘我地抱著一包肉，壓根沒注意他的情緒。

方毅嘆一口氣，不想再理他，逕自回攤位，收拾密室逃脫的場地，只不過腦海裡還想著那老師，不禁疑惑，爲何周予銘一個禮拜就對他產生信任，將祕密全盤托出？

不過老師知道祕密後也沒有歧視周予銘，反而和他當起朋友……或許老師是個值得信任的好人。

方毅擦掉密室中的紅色液體，有些是顏料，有些是他的血，不再苦惱老師的事，和同學們將桌椅道具搬回教室。

少年躺在別人學校的司令臺後草皮，痴然如醉端詳他玩二十盤賓果獲得的戰利品——魔杖外型打火機。他按壓點火鈕，火焰自尖端噴出，像極奇幻小說中的魔法棒。

趁四下無人，少年偷偷往一片枯葉上點火，枯葉迅速燃燒殆盡。少年欣喜若狂，又偷燒許多片葉子……

「怎麼有燒焦味？要不要跟老師說一下？」

直到有人發覺，他才趕緊將魔法棒打火機藏入大衣暗袋，溜出學校。

兩小時前，他見問卷塡答人數不多，便造訪人滿爲患的賓果攤位，推銷他的問卷。女學生們紛紛答應，塡答完畢後還主動提出協助，「要不要玩一次賓果？只要五十塊，等會其他客人來，我們就叫他們幫你塡問卷。」

聽到這誘人的條件，少年毫不猶豫答應。

未料上了賭檯，他再也走不開，越玩越上癮，甚至在得知最大獎是魔杖造型打火機時，立志要換到那獎品。

花費一千元，他終於獲得獎品，離開浪費他一個多小時的地方。

然而拿到打火機時，他已然忘記自己坐進攤子的目的，只覺得用一千元換到網路價兩千元的商品賺翻了。

少年在校門口蹓躂，玩著打火機，口中喃喃自編的咒語，再次被路人以異樣眼光看待。但他這人沒神經，自顧自玩耍，站在行人專用號誌前等綠燈，忽覺這鬼城市似乎也有它的優點。

紅燈結束，綠燈亮起，他難得心情愉快穿越城市馬路，決定前往對面的麵店飽餐一頓，再騎YouBike回宿舍……震耳欲聾的鳴笛聲猛地刺入他耳中，他正想咒罵不禮讓行人的惡劣駕駛，下一秒，他已經飛在天空中。

白雲掠過他的眼前，某個瞬間，他彷彿與城市的紛紛擾擾隔絕了一般，轉頭一看，魔杖打火機還握在手中，他感到慶幸，若滾到馬路中央，一小時的心血及一千元就付諸東流了。

他想起曾經獵捕的食人獸、戴髮捲的學姊、孫先生的嘲諷、他的小被被……最後想到自己又忘記追捕食人獸的事，要是被孫先生知道，肯定免不了一頓教訓。

重重摔在地面時，周遭傳來人們的驚呼，他意識尚未完全失去，看著血液滲出，包圍他橫臥之處。

善心民眾上前替他檢查傷勢，撥打一一九，而少年想到一件極重要的事，抓住一名大伯的衣角，「能……能……」

「大家安靜！傷者要說話。」

「能不能……請你……不要叫警察來……」

大伯頓了一秒，大喊：「他說幫他叫警察。」

少年昏過去，傷勢如何他並不知曉，但他知道，他是被那選擇性失聰的大伯氣暈的。

第四章

斷一隻手臂的男人摀著鮮血直流的傷口，拐入陰暗潮濕的小巷中。

四周充斥垃圾桶的腐敗味、水溝的惡臭、野貓尖銳的叫聲、褪色的塗鴉，屋簷殘留的雨水滴在男人的頭上，一陣冰涼，使他打了個冷顫。

披頭散髮的女人從後追趕著他，雙眼血紅，嘴角沾染的肌肉組織與鮮血，來自男人汩汩冒血的傷口。

男人屏住呼吸，身體緊靠牆面，讓運作中的熱水器及住戶停放的摩托車擋住身子。

咬了他一隻手臂的瘋女人來到巷口，朝巷中探了探頭，一隻老鼠從巷子中竄出，女人尖叫，朝反方向驚慌奔逃，遠離暗巷。

男人鬆一口氣，坐在地面大口喘息，此時才終於感受到斷臂處無與倫比的疼痛，以及因失血過多導致的暈眩。他拿出手機，想打給兄弟求救，可惜電源鍵怎麼按都沒有反應，螢幕上方有個嚴重的碎痕，顯然是方才受追趕時摔至地面導致。

2 〈可愛くてごめん〉爲日本VOCALOID樂團HoneyWorks創作的歌曲，中文譯名爲〈這麼可愛眞是抱歉〉。

他忍痛起身，踉踉蹌蹌地走向巷子的另一側大街，試著尋求他人協助。

未料，才剛出巷口，就聽嬌柔的女聲，「找到阿新囉。」

血腥氣息從那女人的口腔中散出，她一把環住男人的肩，張嘴往他脖子咬。

男人沒命似的甩開她狂奔，女人撿起地面的石塊，砸向他的後腦。男人向前撲跌，正欲重新奔逃時，女人化身爲純黑怪物，將他壓制在地。

怪物張開血盆大口，罩住他視野中所有光線，曾吞過他一隻手的喉嚨是深井似的黑，暗示著他即將被永恆的漆黑吞噬。

他閉上眼，不敢面對死亡的降臨——一顆子彈射穿怪物的腦袋，壓在他胸口的力量消失，巨大身軀朝他撲倒。男人有預感會被壓死，卻動彈不得。

一名面色冷峻、留鬍鬚、高大健壯的中年男子又往那怪物身上射擊，這回發射的並非子彈，而是小指長的針。

怪物瞬間變回女人的模樣，倒在他的胸口，手放在他心臟的位置，雙眼緊閉，彷彿只是沉沉睡去，隨時能醒來對他溫柔微笑。

男人尙未弄明白情況，只知道自己得救了。他試著挪動身子，但後腦與手臂的劇痛讓他改爲痛苦地求援。

中年男子走上前，抬高他的傷處，冷淡道：「救護車一分鐘後就到了。」

一名較爲年輕、穿西裝的男子上前將女人抬入深灰色防水袋，拉上拉鍊，扛至一輛黑色轎車的後車廂，過程一句話也沒說。

救護車停在巷口，救護人員抬擔架，將男人送上救護車。

中年男子和他們點頭致謝，救護車離開案發地點。他撿起地上一條斷掉的串珠項鍊，似乎是女人化為怪物時撐斷的，水藍色的半透明珠散落滿地，最大的那顆，刻著一行英文名字。

他將珠子一顆顆拾起，費不少時間，收入一個二號密封袋中，拋給年輕男子。

年輕男子一臉困惑接下。

中年男子語氣沒有一絲起伏，命令：「今晚串好，明天早上燒她前，幫她戴上去。」

「是，孫先生。」年輕男子向中年男子微微行禮，將項鍊也放至車上，走到駕駛座，發動汽車。此時〈可愛くてごめん〉[2]鈴聲忽然響起，那年輕男子失笑，隨即意識到太過失敬，輕咳幾聲，恢復嚴肅恭謹的態度，「孫先生，您的電話響了。」

孫先生接起電話，聽沒三秒便掛斷，「沒事，是車貸廣告。」

「孫先生，您還在使用那個電話鈴聲？」年輕男子打方向燈，將車駛入夜晚的街道。

「嗯，滿不錯聽的。」

「您查過歌詞嗎？」

「沒有。」

「沒關係，不用查，有時候外文的音樂，不知道歌詞反而感受比較不會被侷限。」

「嗯，我也這樣覺得。」

年輕男子乾笑，心虛地搓了搓方向盤。在孫先生眼裡，他是有感而發才說出那話，實際上，他這麼說完全是為了自保，因為那手機鈴聲是他和某位女同事為了惡整一板一眼的上司，趁對方詢問如何換手機鈴聲時，偷偷幫他換的。

原以爲上司聽見後會立刻要求他們換掉，沒想到孫先生居然喜歡，沿用迄今。這下他們更不敢告知孫先生眞相了，深怕被叫去寫悔過書，或派去食人獸眾多的山上出任務。

幸虧孫先生不常使用網路，也不會特別去查，年輕男子寬心許多。

孫先生的電話再次響起，他努力憋笑，專注於開車。

原本靠在椅背上的孫先生猛然坐起，面色嚴肅，「是，我是，他怎麼了嗎？」

年輕男子心想，八成又是孫先生那腦袋和正常人不同、智商全分配到臉上的養子惹麻煩了。

孫先生掛斷電話，竟難得面露緊張。

「駿文他又怎……」

「把那女人載回去後，開車帶我去A醫院，累的話我自己開。」

年輕男子設定導航，發現A醫院在外縣市，並且是張駿文出任務的縣市。

他意識到事情不妙，「不用，我載您，三小時能到。」

「好，拜託了。」

說著，男子踩下油門，往高速公路飆去。

張駿文醒來時，映入眼簾的是泛黃的天花板、白晃晃的電燈、風勢極強的空調及綠色隔簾的軌道。他試著轉頭，卻發現脖子被固定住，渾身上下貼滿紗布，左腳打石膏。

他意識不清，頭疼欲裂，嘴巴無法緊閉，只能傻傻張著嘴。他唯一可以動的是雙手，在半空中揮揮，抓取眼前的金星，一張熟悉的男人面容來到眼前，一如往常板著臉。

他忽然覺得自己死了下地獄見閻羅王，似乎還比較不可怕。他用他難以正常開闔的口勉強吐出一句：「昏先哼……」

孫先生見他睜眼，面龐閃過一絲欣慰，旋即恢復冷漠，「醒了啊？」

張駿文多希望自己能再昏迷一遍……他用彆腳的演技裝睡。

孫先生皺皺眉頭，卻也沒叫醒他，反而拿出皮夾，遞幾張鈔票給隨他上樓的年輕男子，「去找間飯店休息一晚，我在這就好，明天也不用特別來，回去做你的工作。」

「是。」年輕男子接過鈔票，和孫先生鞠躬。

聽見年輕男子的聲音，張駿文鬆一口氣，原來廖禾鈞也在，他不是單獨和可怕的孫先生共處一室——不對，他馬上就要走了。

張駿文趕緊動動手想叫他回來陪自己，然而那沒良心的走得比他跑一百公尺還快，還沒成功抬起手，已聽見病房門關上的聲音。

「怎麼了？」倒是孫先生察覺他的細微動作，出言關心，但口吻更像在審問犯人。

張駿文更賣力閉眼，將眉頭擠出皺紋。

「好，沒關係，就繼續裝睡，等你醒了，我再跟你算帳。」

他的偽裝被孫先生一眼看穿。

「你應該知道，我是被警察通知來這裡的，三天兩頭給我找事，你很有種。」孫先生撥撥他頭髮，「還染金髮啊？很閒嘛。行，好了以後我會讓你不無聊的，你好好期待。」

張駿文又氣又委屈，他就算看穿，也多少可憐一下傷患吧？他挪動身子，想將頭藏進棉被中。

孫先生見狀又罵：「醫生都固定你脖子了你還動？再動你頭就要斷了。」

張駿文只好停止動作，繼續裝睡。

在醫院度過的一個多月他無時無刻不膽戰心驚，孫先生照顧人謹慎周到，替他把屎把尿、餵飯洗澡、顧及他身上的每處傷口。

孫先生名義上是他養父，但他們關係完全是上下屬，讓上司替自己洗澡，他只想拔掉腳上的石膏自己來。

他試著靠自己的能力走到廁所，卻在浴室門口摔一跤。

孫先生將他抱起，放上浴室的板凳，狠狠地瞪他一眼，「你是想著殘廢就永遠不用出任務了對吧？」

張駿文冤枉極了，認真覺得自己寧可被遺棄在醫院，也不要凶巴巴的孫先生照顧他……

所幸他恢復比常人快一些，又過幾天，已到能用拐杖自由行動的程度。他如脫韁野馬，立刻拒絕孫先生的所有協助，在病房與浴室穿梭，偶爾至醫院美食街的連鎖咖啡店消費。

他柱著拐杖回病房時，看見抱著手看球賽的孫先生，對方一見他入內就關閉電視。

「張駿文，看起來你好得差不多了，我們來談談吧。」

張駿文想立刻躺在地板裝死。但他才剛放下飲料，就被孫先生拖到沙發上，侷促地將手放在大腿，不敢看抬頭。

「這幾個月怎樣？」

「您……照顧得挺周……」

「我說，你任務的那幾個月。」孫先生打斷他，「放毒肉、賣人肉，還做了什麼呢？」

張駿文絕望，聽出孫先生的言下之意：放毒肉、賣人肉，還做了那些白痴事呢？雖然他本人一點也沒意識到他想出的點子有多荒唐。

「呃，填問卷。」他不太肯定地問：「……聰明嗎？」

「問卷？那又是什麼東西？」孫先生皺眉。

張駿文掏出手機，硬著頭皮點開問卷回應，連他都是第一次看，深怕結果不如預期而如坐針氈。

出乎意料，數據比他想像中更令人滿意，問題一的圓餅圖顯示百分之四十的人填「是」。

他彷彿看見希望，完全沒想到人心險惡，認眞填答的人根本不多，多的是覬覦他的帥臉，只爲了趕快和他拍張照敷衍的女學生。他找回自信，和孫先生邀功，「孫先生，您看，偵測器說這學校只有一個食人獸，我查了四十個人出來，厲害吧？」

張駿文抬頭，卻見孫先生鐵青著臉，那表情讓他全身發軟，若非他身上有傷，他有預感孫先生會抄起手邊的東西揍他。

「你這個渾蛋……」孫先生聲音沉得像悶雷。念在張駿文身負重傷，孫先生已經放棄計較他計畫的邏輯性，反正這種事情不是第一次發生，孩子還小，要多一點耐心——但這個人……連圓餅圖都看不懂。

「我、我怎麼了嗎？」

「連結傳給我。」

張駿文不曉得他要做什麼，不過還是聽話將連結發送至聊天室。

孫先生隨意點幾下，塡答問卷問題，提交後開口：「重刷網站。」

張駿文聽從，看見圓餅圖紅色區塊的數字從四十變成四十二點四。

「孫、孫先生，又多了二點四個食人獸了……等等，爲什麼會有零點四個人？」

「才二十個人塡啊，可悲。」

「什麼意思？不是四十二點四人嗎？」張駿文怯怯地問。

孫先生拿著手機，再出一點力，就能把機身扳斷，「張駿文，進行任務的這幾個月都沒有被我揍，你是不是坐立難安？」

「沒有！」

「那就好，不然我現在非常有心情完成你的心願。」他按捺怒氣，冷笑著走到他的背包前，拿出專門殺食人獸的槍枝，「恭喜你任務失敗，給我好好養傷，好了就滾回去接受懲處，懶得理你。」

聽見孫先生面無表情地宣告判決，張駿文焦急求饒：「孫先生，我眞不是故意的，這食人獸太狡猾，吃人都不露馬腳。」

「不露馬腳？」孫先生挑眉，「我倒認爲，他現在就是在你面前吃人了，你也會眼睜睜看著他逃走，回頭問我他怎麼沒有乖乖站著讓你抓。」

孫先生一眼也不看他，逕自往槍裡裝子彈。

張駿文跛著腳想求孫先生再給自己機會，孫先生卻用眼神將他逼回床上。

「沒你的事了，我親自去調查，敢亂跑弄傷自己，回來揍你。」

「孫先生！」

說罷，孫先生離開病房，獨留張駿文一個人在病房，慌張思考該怎麼求孫先生回心轉意。

孫東航在學校不遠處觀察每個出校門的學生，從他們的表情和舉止，他能清楚分辨是否爲食人獸。發病之後，食人獸會用渴望的表情盯著他人身上的肉，看食物和看人的神態差異，瞞不過孫東航的利眼。

然而大部分學生皆已離開校園，他仍沒看見符合特點的學生，僅有某個瘦小的男同學在出校門時，咬一口身旁較高男同學的手臂，不過鬆開嘴時，那人的手臂並沒有傷口。這更降低那男同學是食人獸的可能性，他們不可能在人肉入口還能克制吃人的衝動，尤其是已經發病將近一年的食人獸。

於是孫東航隔天來到學校腳踏車出入口對面的麵店，照樣觀察所有學生的行止。

可惜一小時下來，他仍未找到有食人獸特質的學生……張駿文說那食人獸不露馬腳，或許是眞的。

但孫東航和他那白痴養子不一樣，他能成爲眾人的領袖，有他的本事。他終止守株待兔的方法，展開新的行動。

學校沒有傳來食人獸殺人的消息，代表那食人獸正使用某些方法忍耐著食欲，極大可能是牠早在別處殺過人，儲備不少糧食，只是尚未被他們發現，或者……又是某人來攪局。

不過無論用什麼方式躲避追捕，孫東航都能用手段讓他們露出馬腳，那些貪吃的傢伙聞到濃郁的食物味，哪怕再飽足，都會變得飢渴難耐。

他只需要讓牠活動的地方飄散人肉、人血味，食人獸便會失控現身。

張駿文用過類似的方法，放置切下的肉塊，照理說食人獸會被吸引，或許是放置的地點不是食人獸會久留的地方，且剛好有人阻止那食人獸，加上張駿文自作聰明，過度料理，造成人肉味變淡，使那食人獸幸運躲過陷阱。

孫東航不會讓這種事發生，他要讓血腥味飄在食人獸必須待一整天的地方，讓食人獸想躲也躲不了——教室。

然而身爲校外人士，他該如何進入學校？

他又用一天在學校附近徘徊，發現有個身分能於午餐時間進出學校。他便上網應徵該份工作，等待著錄取通知。

同時，他也在A中的匿名網站發布食人獸通報的相關事宜，方便學生們在食人獸現身時，立刻通知他們，讓那狡猾的殺人兇手無處可逃。

園遊會結束後，緊接而來的是第二次的期中考，方毅開始埋首於課業中，偶爾找隊友們打球紓壓。

他和周予銘每天放學照常會至舊科館地下室進食、被吃與讀書。最近方毅感覺周予銘的食量大幅減少，原本答應給他每個部位吃十塊，他卻只吃下五隻手、三塊肚子、兩塊背就摸著肚子喊飽。

「飽」這字極少單獨從他口中說出，通常前方都要加上「還沒」二字，方毅頗意外，「確定嗎？我穿衣服就不脫了。」

「嗯，學長快穿，天氣越來越冷了。」

方毅被他窩心的話感動，或許這人在體貼他，才不像以前那般大量食肉。方毅扣上制服鈕扣，瞥一眼周予銘，他正在用LINE和友人聊天，邊用袖子將嘴角的口水抹掉。

方毅轉頭算著物理老師特別印給他的練習卷，圈出幾道解不出答案的，和老師約在午休時間求教。

離開舊科館，方毅提早十分鐘前往自然科辦公室，物理老師要方毅坐至擺放大疊考卷的矩形長桌等待，他先去一躺廁所。

方毅瀏覽一遍框起的題目，試著再思索解法，忽然聽見門邊老師的座位傳來微弱的談話聲，似乎是刻意壓低，若非此時自然科辦公室只剩方毅和他們，他大概聽不見那聲音。

「老師，辦公室現在沒人，我們要不要趁現在？」比同齡人稚嫩一些的聲音問。

那位老師的聲音柔和有磁性，「好，等等我。」

接著傳來衣服布料摩擦的聲音，暗示老師正掀開身上某個部位的衣物，然後是犬類動物散熱時的喘息……方毅錯愕不已，自動筆無意識地在練習卷上畫出粗黑透紙的線。

這兩個聲音他都認識，一個是周予銘，一個是校慶最後遇見的老師。他不知道他們兩個在做什麼，但那座位頻頻出現舌頭舔食東西的聲音。

「別舔那，很癢……等等，那裡也不要。啊……你直接咬掉，行嗎？」

「好的，老師。」

方毅難以繼續保持冷靜思考物理題目，那是他聽過上百遍的聲音──黑色生物咬斷他手臂，肉被牙齒絞碎，鮮血噴出，黑色生物將血吸回口中，舌頭與牙齒一齊運作製造出來的聲響。

他不會認錯，周予銘很明顯是在吃老師的肉。

方毅不假思索起身，決定上前營救老師，對方氣若游絲的呻吟，顯示他疼痛難耐，卻被周予銘緊咬不放。

然而他箭步抵達門邊，周予銘已經咬掉老師的手，愜意地按著斷臂兩端啃食。

方毅心慌又難受，知道周予銘鑄下大錯，白費一直以來的努力，成爲眞正的食人怪物。

他想立刻拖走周予銘，狠捏他幾把叫他醒醒，卻聽老師溫柔的嗓音說：「吃完就要寫考卷了，我答應會幫你，你自己也要幫自己。」

「嗯嗯。」周予銘乖巧點頭。

老師穿上外套，兩隻手穿出袖子，完好無損，只是左手比右手白皙。

方毅恍然大悟，趕緊假裝只是經過，返回長桌，盯著考卷發呆……原來老師也是再生人，沒想到這世界上除了他，還有其他再生人。

方毅在十七年的人生裡，第一次遇到這種事。他感到吃驚，不過很快便接受這個事實，他自己也是再生人，不難理解世界上有和他一樣的異類，也難怪周予銘和他關係好，畢竟周予銘只會對食物表達愛意。

曾經，方毅以爲他是周予銘唯一的「餐點」，想到這裡，他的情緒忽然從訝異轉爲失落。

片刻後，他聽見椅腳磨地的聲音以及周予銘的道謝：「謝謝老師的肉，那我回教室了。」

他錯愕自己怎麼會陷入這奇怪的情緒中，揉揉太陽穴，重新提筆寫練習卷。

周予銘的聲音從門邊傳來，「欸，是學長嗎？學長！」

方毅不禁爲他感到憂心，神經這麼大條，他在辦公室這麼久了，周予銘此刻才察覺，未來因忽略他人存在而不愼洩漏祕密的機率很高……但不知爲何，現在的方毅不太想和他對上眼。

沒聽到回應聲，周予銘以爲自己認錯人，沒停留多久便離開。

物理老師上完廁所回辦公室，開始教導方毅物理題。

方毅聽見那再生人老師的電腦打字聲，回頭偷看他一眼，對方座位上的名牌寫著「徐清」二字，右下角有「代理教師」四個小字。

回想周予銘看見老師的表情、啃肉時的滿足，那些曾經只會在舊科館地下室，和他待在一起時發生的一切，全都被搬到自然科辦公室。

周予銘沒有和自己提過，他與老師見面時，也只是神神祕祕地說「老師知道沒關係」，不告訴他實情……最終，他決定放學時間把這些事問清楚，不想再陷入奇怪的情緒。

放學時，方毅收到周予銘的訊息。

「學長，我今天有點飽，不吃了，學長可以先回家。」訊息後，是一張坐敞篷車被載走、說bye bye的藏獒貼圖。

午休時的失落重新回歸，方毅感覺自己的心像被那輛敞篷車輾過，支離破碎。

比平時早返家，方毅一進門便看見幾個月後即將學測的姊姊正在看連續劇。

畫面上女主角淚流滿面，男主角低著頭滿臉愧歉。

女主角叫他抬起頭，「你怎麼可以偷吃？」賞了男主角一個巴掌，拭淚跑走。

男主角似乎想追上，卻被身旁另一位女孩拉住，那女孩戴著綠色的髮箍，手拿著一杯綠茶。

方毅第一次被這種芭樂連續劇的劇情觸動，用洗手乳洗過手，跑回房間。

「方毅，你今天怎麼這麼早回來？科展做完了喔？」方芸在樓下喊他，卻沒有得到回應。她吃一顆桌上的花生，皺眉道：「是怎樣？失戀？」

方毅進入浴室，站在蓮蓬頭的水柱下，溫熱的水流過他的身軀，滿腦子都是女主角的那句話。

「你怎麼可以偷吃？」

你怎麼可以偷吃？你怎麼可以偷吃別人的肉？原本以爲他是獨一無二的美食，結果是他想太多，之前居然還敢用禁食威脅他，眞是自以爲是。

隔天，方毅還是和物理老師約在辦公室，也依舊提早十分鐘來到約定的地點，又見周予銘在吃徐清的手臂。

理智告訴他不需要在意。試想一個人平時都吃滷肉飯，這日心血來潮，改到便當店點一份排骨飯，滷肉飯知道這件事後吃醋，整日跑到店門口盯著對方看，這怎麼想都很莫名其妙。

然而自從認識周予銘，方毅感覺自己逐漸變成莫名其妙的人，會莫名其妙心軟、莫名其妙臉紅、莫名其妙產生「我是食物」的自我認同、莫名奇妙在看見周予銘吃其他人的肉後感到憋悶。

他躲到窗邊偷看，手放在窗檯，僅露出一雙怨氣深重的眼。

自然科辦公室裡周予銘進食甚歡，徐清撫摸黑生物身上的毛髮，「昨天沒吃學長的肉嗎？餓成這樣。」

「對啊，因爲我想留肚子吃老師，老師比學長好吃。」

黑生物的眼睛笑成細線，方毅忍不住用力捏緊窗檯，指尖肉呈現出力時會有的黃白，不知道一年二班的藏獒蛋糕還有沒有在賣，他要買十個，用叉子一一戳爛。

回到家，姊姊今天仍然在看電視劇，她解釋：「先看幾集解癮，待會讀書會更認眞。」

方毅沒心情搭理這些，看著電視螢幕，女主角正坐在書桌寫字，字跡娟秀：既然你覺得她比較好，那你就跟她去吧。我沒有關係，眞的不用在意我的感受，反正沒有我你也沒差，我不重要。眞的啦，你不要想太多，跟她去吧，我沒事。

方芸笑得癱倒在沙發，方毅不曉得她在笑些什麼，只覺得自己和女主角同病相憐。看著昨天只吃花生，今天多開一盒海苔的老姊，他又想，人原本就不會只吃一種食物，他憑什麼限制周予銘？

於是方毅強迫自己釋懷，但後來幾天看見一樣的場景，他仍舊耿耿於懷。

放學時間，周予銘沒有放他回家，急匆匆拉著他來到舊科館地下室，說他好餓。因爲方毅不太情願，所以一路上他幾乎是被周予銘拖著走。

「學長今天穿長袖，還穿背心欸。」

「很冷。」方毅冷淡應聲，緩慢脫去背心及制服，刺骨的空氣攀上身，上下排牙齒開始打顫，「你吃快點，不然我……」

他正想表示自己很冷，一條柔軟厚重的毛毯罩住他赤裸的上身，周予銘鑽入毛毯中，開始舔他的背，「這樣有比較不冷嗎？」

毛毯隔絕室外的空氣，周予銘的體溫也提供溫暖，突如其來的包覆，讓方毅的牙齒漸漸停止打顫，一股暖流流過心間。不久後，他背上滲出一些汗水，「眞聰明，還知道這個辦法。」

「上禮拜就想用了，但這幾天吃太飽，就沒有來找學長了。」

黑生物的毛髮和毯子的絨毛同時摩擦方毅的皮膚，令他感到些微癢意，「那你今天怎麼沒去吃？」

「因爲老師說，還是要多吃一點學長的肉。」

方毅心情盪到谷底，原來周予銘會來他這，還是徐清施捨的。多事，周予銘不來，他就不用受凍，他一點都不希望他來，「你比較喜歡老師的肉就去吃他的，我沒事，我眞的沒事。」

「我也有想過，可是老師說他的肉是人工培植的，有打藥，要吃學長這種天然又常在運動的，雖然硬，不過比較健康。」周予銘咬方毅一口，「而且老師代課到最近而已，我必須重新習慣吃學長的肉，今天吃才發現學長的肉其實也沒有比較差，有特別的味道。」

周予銘又舔一口方毅的脊椎，方毅毫無反應，腦袋處於當機狀態。

白肉雞由人工育種改良他可以理解，但周予銘剛剛是說老師的肉是人工培植嗎？「周予銘，你可以再說一次嗎？」

「老師的肉是人工培植……」

「什麼意思？」

「我不知道，老師就這麼說，他沒有跟我解釋清楚，老師的肉摸起來和吃起來眞的比較軟，不太像一般的人肉。」

這怪異的事情讓方毅徹底忘記周予銘帶給他的情緒，拿出手機想查查相關的事，卻沒有結果。

周予銘的頭從毛毯中探出，「學長，你什麼時候知道我吃老師肉的？」

「上禮拜。」

「那那時候在辦公室的果然是學長嗎？幸好，我擔心了好久，以爲不小心被別人看見了。」

「如果我說不是我呢？」

「一定是，我認得學長的頭髮和你們的隊服，只是我不知道爲什麼你不理我。」

方毅沉默，總不能告訴他，他吃醋了。就連他也不願承認自己居然會爲了這件事吃醋，當初他可是百般推託，最後不得已才答應周予銘當他的食物。

見方毅遲遲不回應，周予銘歪歪頭，想到什麼似的又說：「對了，學長，我還有件事要跟你說，老師有問我要不要吃他的大腿和屁股，說他被吃習慣了，不會害羞。」

聞言，方毅立刻醒神。他知道這個對他屁股念茲在茲的貪吃鬼，肯定會答應老師的請求，也就是老師曾經在某個無人之處，脫下外褲，讓周予銘……他不敢再想，瞠目結舌瞪著周予銘。

周予銘不明白方毅爲何那般看自己，「但我拒絕了。」

「爲什麼？」於常人合理的行爲，發生在周予銘身上反而使方毅不可置信。

「因爲我只要吃學長的，只要學長不給我吃，我就不吃。」

方毅更困惑，又問一次：「爲什麼？」

周予銘沒有馬上回覆，在方毅的脖子舔兩口，又鑽入毛毯，嘿嘿笑，「不跟你說。」

方毅被舔得渾身酥麻，隔著毛毯捏周予銘的耳朵，平復情緒的效果卻不怎麼好，此刻方毅很慶幸周予銘在毛毯中，因爲他臉上一片潮紅。

幾分鐘後，周予銘吃滿各部位十塊，鑽出毛毯。

方毅恍神地套上衣服，發現這個下午讀的書沒有跟上進度……晚上回家得盡快補齊。

「學長，我今天請你吃燒烤，學校對面那間。」周予銘突然提出邀請。

方毅陷入兩難，他從未吃過學校對面的日式燒烤，極想嘗試，可是吃那種東西，會花費不少時間。

周予銘開導他，「學長，如果是平常，我覺得學長回家讀書比較好，因爲我知道學長是很勤奮的人，但是你現在心情不好，去吃好吃的開心一下比較好。」

周予銘察覺他的心情，讓方毅內心一驚，又想到對方似乎根本沒意識到是他造成的，方毅的驚訝轉爲無言，「嗯，我確實需要吃一頓你請的燒烤。」

「那我們走。」周予銘將毛毯摺疊好，收回原本的大袋中。

方毅發現那毛毯上頭印著一隻雀躍進食的幼年期企鵝和一個小小火鍋圖案，似乎是知名麻辣火鍋店的贈品，忽然像在複雜的物理題中找到關鍵，「周予銘，你吃辣嗎？」

周予銘正抱著裝袋的毛毯，和企鵝一樣笨拙地轉過身，猛搖頭，「不吃，我好怕辣。」

見狀，方毅內心歡呼，表面故作鎭定，「好。」

「怎麼了學長？」周予銘歪頭。

「沒事。」

周予銘一臉疑惑，不過沒多問，乖乖跟在方毅身後。

方毅搶過他的毛毯，替他提在手上。

周予銘抬頭，望見方毅的嘴角微微上揚。

周予銘縱然嘴上說會聽徐清的話多吃方毅的肉，但隔天他體內貪吃的黑怪獸依舊領著他的腳步來到自然科辦公室。

「老師……欸？」來到門口，竟見方毅站在老師身前談話，隔著窗戶，聲音不太清晰，周予銘蹲到窗檯後，側耳傾聽，然而才竊聽幾個字，方毅就和老師告別，離開自然科辦公室。

周予銘進入辦公室，和徐清打招呼，好奇問：「老師，學長找你做什麼？」

徐清並沒有回答他的問題，只是微笑拉椅子給他坐，「嗨，予銘，你要問今天的生物小考嗎？」

周予銘心虛搖搖頭，眨眨眼，「沒有……我能再吃幾口老師的肉嗎？」

徐清笑盈盈，沒有因爲周予銘不聽話而發怒，「還是比較想吃我的肉啊……好吧！再給你吃幾口，等等我。」

徐清捲起襯衫袖子，拿起桌上一罐周予銘沒看過的藍色酒精瓶，往手上噴灑。

周予銘湊近徐清，水珠落在白皙的手臂，反射窗戶照入陽光，「老師，這是幹麼用的？」潮濕的表面令他食欲大增，他舔舔嘴角。

「哦，消毒一下比較乾淨。」

周予銘盯著光滑發亮的手臂，黑毛從體內生出，幾乎忍不住咬食的欲望。

徐清嗅嗅自己的手臂，終於放行，「吃吧。」

周予銘不假思索咬掉徐清的手臂，兩隻黑爪扣著手指和上臂，狼吞虎嚥。吃著吃著，一股特殊的氣味在他的嘴裡化開，舌頭逐漸感到刺痛，他的視線從食物上移開，皺了皺眉，「老師，你今天的肉味道怪怪的。」

「有嗎？」徐清摸摸自己新生的手臂。

周予銘又試探性咬一口，沒想到這一口竟令口腔劇烈疼痛。他回想起兒時不小心吃到辣味洋芋片的痛苦記憶，眼角滲出眼淚，把徐清的手臂丟到一旁。

「好辣好辣，我要喝水。」他用手奮力搧風，吐舌喘氣，他抿了抿腫起來的嘴唇，又繼續喘氣。

徐清拿出一個黑色保溫杯，裡頭是裝滿冰塊的水。

周予銘立刻接過往嘴裡灌，大概喝完半瓶水，辣意才稍微緩解。他心有餘悸地瞪著那隻吃一半的手，面露嫌棄，撇開頭。

「不吃了嗎？」

他肚子正咕嚕叫，然而再怎麼餓，他都吃不下辣味的食物，「不吃了，老師的肉壞掉了。」

徐清平靜地將那隻殘餘半邊肉的手臂裝入黑色垃圾袋，而後綁起，「那你去午休吧，午安。」

見美食被丟棄，周予銘心疼，卻也莫可奈何。他和徐清道別，一下課便拉著方毅到地下室，催促他脫上衣。

「你今天也沒吃老師的肉嗎？」周予銘報復性食肉，窩在毛毯裡的方毅筆尖寫著算式，明知故問。

「學長的肉比較好吃！我以後都只要吃學長的，還是學長好。」周予銘用毛毯將方毅裹緊緊，深怕不辣的肉跑掉。

方毅偷偷將徐清還給他的酒精瓶和保溫瓶放入書包中……他欺騙徐清，周予銘吃肉之前都會使用酒精消毒皮膚，還在酒精裡摻些辣椒水，知道徐清感受不到痛覺，因此不會發現，同時心疼周予銘會因爲辣而不適，還貼心替他準備冰水。

看來，徐清確實上當了。

周予銘不再吃野男人的肉，方毅神清氣爽，但他是爲了周予銘的健康著想，不是出於私心，他不允許自己說出「我希望你只吃我的肉，不然我會吃醋」這種話，這是他爲自己找的理由。

在那之後，方毅都沒有在徐清那看見周予銘的身影，除了問課業，他很滿意，心情輕快不少。

某天，方毅坐在辦公室長桌算物理時，感覺有人拍自己的肩，回過頭，是徐清。

對方推推眼鏡，與困惑的方毅對視兩秒……驀地比了一個讚，勾起讚賞的笑容，「眞壞啊，但很棒。」言罷，便走回座位。

一週後，徐清代課結束，離開學校，關於他的肉是人工培植的事方毅糾結了一陣子，然而也知道沒有機會能得到解答，於是時間久了，也慢慢淡忘這事。

奪回當食物資格的他重新承擔周予銘那沉重的愛，沉重在於那黑色生物的體重，而愛，是對食物的愛。

方毅清晨練球後回到教室，發現座位隔壁的邱顯雲不停盯著自己看。

「你幹麼？」

「我在確認你是不是食人獸。你嘴巴沒有異味，也沒有盯著我其他部位，而且有的時候中午吃很多，看來不是。」邱顯雲說了這些話後，也停止奇怪的動作。

方毅皺眉，「你在說什麼？」

「你沒看匿名A中上的貼文嗎？說最近食人獸很猖獗，要小心周遭的人。」

方毅取出手機，翻找許久才找到匿名A中的專頁，在專頁中搜尋，找到一篇關於食人獸的貼文，附著一張模糊不清的照片。

#12724

昨天我晚自習到學校關門，大概快十點才回家，經過學校後門時，看見一隻黑色的怪物，大概兩公尺高，有點像地理課本裡面的藏獒，一直盯著我的身體不放。我不知道牠想要做什麼，使勁狂奔。

牠在後方追我，張開嘴一副要把我吃掉的樣子，幸好後來我跑到人多的地方，牠似乎滿怕人潮的，馬上就跑走了。

我到家全身還在發抖，拿手機查了一下那到底是什麼東西，才知道可能是食人獸。

食人獸是一種人變成的怪物，我看新聞說，之前山區比較多，最近已經擴散到城市了，前陣子才有一個北部的男子被他變成怪物的女朋友咬斷手。想到這個我就冒冷汗，差一點就被吃掉了。

牠既然出現在學校附近，很有可能再次攻擊人，所以我找了一下遇到牠們該怎麼辦。剛好找到專門捕捉食人獸的團體發了懶人包，教我們怎麼辨識食人獸，分享給大家，避免有人受害。

一、食人獸平常是正常人的樣子，吃人時會變成兩米高的黑色怪物。
二、食人獸不能吃人類的食物，因此中午可能會不吃飯或躲起來。
三、他們看人通常會盯著他們身上的肉看。
四、食人獸常吃生食，嘴邊可能會沾血或是口腔中有血味。

如果看見牠們出沒吃人，可以立刻拍照留證，撥打121XX報案，這是捕捉大隊的號碼。

希望能幫助到大家，我不想再看見那可怕的東西了，拜託趕快來人把牠抓起來。

方毅越看越不安，貼文中描述的食人獸特質和周予銘的狀況基本一樣，這篇貼文大概不是虛構。在看見周予銘前，他根本無法想像食人獸具體的模樣，倘若這人是捏造，如此符合周予銘這隻食人獸的特質，實在是巧合得不合理。

方毅放大那張照片，黑色生物的大小和輪廓，和周予銘也有些類似，可不愛唸書的周予銘，通常一放學就會回家，不會留下來晚自習，勉強能確定那不是周予銘……難道校園附近有其他食人獸？這樣會不會傷害學校的人？

但不知道爲什麼，他更擔心的是謠言擴散，這對周予銘來說頗危險。周予銘做事不謹慎，又時常盯著他的手臂流口水，要是大家都相信這則貼文，開始注意身邊人的樣子，周予銘肯定很快就會被發現身分。

於是，方毅假裝不以爲然，「你怎麼相信這東西？」

「我原本也不相信，後來看見話劇社長在下面留言，我就信了，因爲她沒必要說謊。」

方毅將留言區點開，看見話劇社長的留言。

「我之前在舞臺教室看過，和圖片上一樣是全身黑的生物，不過關上門再打開，牠就不見了。我以爲是看錯，看到這個貼文我就知道不是錯覺。牠眞的壓著一個人在吃，還在沙發留下血跡，我以爲是顏料直接擦掉了，現在想起來超噁、超可怕。」

方毅強辯：「搞不好他們在鬧。」

「沒有，有好幾個人還說在男廁看見血，大概學期初的時候，搞不好食人獸眞的進校園了。」

方毅不禁後悔第一天遇見周予銘太過吃驚，忘記擦掉周予銘沒清乾淨的血。

「我去網路上查，也看到他說的那篇新聞。」邱顯雲指頭轉著螢光筆，「不過你不相信也沒關係，搞不好眞的是造謠，但相信總比不相信好，才不會莫名其妙被吃掉。」

語畢，邱顯雲回身面對書桌，背起第一節英文課要考的單字。

方毅又讀一遍那篇貼文，陷入煩惱……

當日下午，周予銘躲在毛毯中吃方毅的肉，今天方毅答應讓對方吃肚子，然而舊科館地下室沒有乾淨的地方讓方毅躺下，於是他站著，讓周予銘坐在椅子上，他嘴巴的高度恰巧落在他的肚臍。

周予銘的雙手環住他的腰，從左腰吃至右腰，肉長回來後又由右腰吃至左腰，像蠶寶寶吃桑葉，偶爾還會上下舔食，舌頭的力道不小。

吃著吃著，毛毯從周予銘的頭上滑落，周予銘絲毫未察覺，就讓毛毯落在一週未打掃積了灰塵的地面。

愛乾淨的方毅皺眉，「毛毯掉了，撿一下。」

周予銘不理他，繼續吃肉。

「喂，周予銘。」

「嗯？」周予銘應了聲，仍舊沒有從方毅的肉上別開目光。

「撿毛毯。」

周予銘又忽略他，方毅索性自己彎身拾取，卻被周予銘抱緊又咬緊，「啊！學長不要亂動，我還要吃。」

毛毯鋪在地上超過一分鐘，方毅感到痛苦。他只能使勁捏周予銘耳朵發洩，無奈地瞪著前方，雙手抱胸等待他進食結束。

吃完肚子的周予銘舔去嘴角的血，滿意地摸摸肚子，回頭看見心愛的企鵝毛毯在地板，趕緊撿起，「啊，髒掉了。」

方毅嘆一口氣，「周予銘，你以後不要在學校吃肉了，來我家，關在我房間吃，我家人不會來。」

「爲什麼？」

「我怕你的祕密被別人發現，你吃東西太忘我了。」

「好耶！可以去學長家，學長的房間一定很乾淨。」

「嗯，所以你不可以用髒。」方毅見他沒抓好毛毯，又一次讓它掉地板，便搶過他的毛毯，和他一起將上頭的灰塵拍淨。

等企鵝的灰肚重新恢復雪白，周予銘才將它摺疊起，放回大袋，摺得歪七扭八。

方毅和周予銘約好到他家吃肉，他將原本便一塵不染的房間又徹底打掃一遍，隔天早上醒來，卻因爲發高燒無法到校。這是他人生第一次發燒，並不知道原因爲何，當耳溫計插入他耳朵時，顯示四十點一度。

方毅身體無病痛，起初打算到學校上課，但母親看見這溫度後，立刻將已經準備跨出大門的他拖回房間，要求他在家休息。

方毅被母親關入房間，避免他偷跑去學校上課，百無聊賴下，只好拿出數學講義算題目，同時不禁懊悔沒有多帶幾本課本、講義回家，只能坐在書桌前算一整天數學。

或許是發高燒的緣故，大概算二十多道題，方毅開始昏昏欲睡，想重新提神卻難以專注，於是返回床鋪休息。他設定一個一小時後的鬧鐘，闔上眼……

然而，他這一睡就是半天過去，醒來時見天還亮著，不曉得是什麼時候。

方毅打開手機，發現鬧鐘已經響過好幾回，連忙看向時鐘——五點半。他呆了呆，窗外傳來學生們放學經過的腳踏車聲，才眞的意識到已是傍晚。

他想起床上廁所，再繼續算數學，床頭的手機忽然叮咚叮咚響。

他手機平時關靜音，拿起才發現原來設鬧鐘時不小心開錯音效，通知鈴被轉至最大，而鬧鐘仍維持靜音。

方毅被自己笨到，心想發高燒眞可怕，打開通訊軟體，查看是誰發送一連串訊息。周予銘那張吃冰淇淋沾到鼻尖的頭貼位於聊天室欄最上方，紅色圓圈顯示99+。

一時想不到他發送大量訊息的原因，方毅點開聊天室，那超過一百則訊息，都是藏獒大哭貼圖，皺著眉將訊息滑到最上方。

五點十分時，周予銘發了一則訊息：「學長你怎麼先回家了？我不知道你家在哪裡啊嗚嗚。」

方毅這才想起身爲某人的食物，他不能沒事先告知就擅自請假，否則就會發生今天這種事。

他抓了抓亂糟糟的頭髮，單手打字：「我今天發燒，沒去學校。」

「那我的晚餐怎麼辦？」

看見那則訊息，方毅原本燥熱的身體涼了半截，這人完全不在意他發燒，只在意自己沒東西吃。

他將手機放回床頭，眼神空洞地拉棉被，重新進入被窩。

似乎終於意識到不對，周予銘發來一則關心的訊息：「學長發燒很不舒服嗎？」

然而方毅已經往心裡去，沒再點開聊天室，在床上躺將近半個鐘頭，才想起某個約定坐起。

他答應周予銘不會不給他吃東西，他不能讓周予銘挨餓。他打開手機，準備回覆周予銘家中地址，房門忽然被打開——純黑色頭髮、矮小瘦弱的男孩出現在他房門口。

「學長，你有沒有很不舒服？你突然不回，我以爲你昏迷了。」

方毅驚詫，「你怎麼在這？」

「你姊姊帶我上來的。」

「不是，我是指你怎麼知道我家在哪裡？我跟你說過嗎？」

「沒有，我問江敬成的，他說他之前來你家烤過肉過。」

阿敬那傢伙，他改天要用排球攻擊他屁股，怎麼隨便洩漏別人家地址？

方毅還穿著睡衣，靠近脖頸的兩個鈕扣沒扣，他趕緊拉整衣領，但又想到待會便要脫給周予銘吃，便沒有扣上。

見周予銘始終背著書包站在門口，他下床，「進來，書包放地板就好。」

「學長的房間眞的好乾淨，地上都沒有回收物，也沒有衣服。」

「正常人房間應該都沒有？」

「我有好多紙盒，都懶得拿去丟，衣服也都放椅子。」

方毅面露嫌棄，幸虧他當初不是提議去周予銘家進行交易。他將門上鎖，坐到桌前喝一口水，解開剩下的鈕扣。

「學長，聽說發燒要吃冰淇淋，你要吃冰淇淋嗎？我去買。」周予銘忽然問。

「不用，你趕快吃一吃，我等等要去看醫生了。」

「好吧。」周予銘盤腿坐在地上，等待方毅脫去睡衣。

方毅又確認一次門已上鎖，才讓化身黑色生物的周予銘撲到肚子上。

當周予銘的牙齒刺入方毅皮膚時，他猛地喊了一聲。

周予銘被嚇得變回人形，在方毅皮膚上看見滲血的咬痕。

過去他幾乎不曾看過方毅的傷口，因爲癒合太快速，還沒反應過來，馬上又有肉可以吃。可今天他清楚看見方毅的肉被自己破壞成什麼樣子，又是怎麼癒合的。

周予銘呆坐在原地，見方毅咬緊牙關，像在忍痛，「學長，你怎麼了？」

方毅的面容很快恢復平靜，「沒有，我只是被嚇到而已。不知道爲什麼你咬我的時候，有一種怪怪的感覺，不是癢，我沒辦法形容那種感覺。」

「你還好嗎？」

「還好，現在沒有了，應該是我發燒比較敏感，你繼續吃。」

周予銘有些畏怯，先用牙齒輕輕戳一個小洞試探，「會痛嗎？」

「你在問什麼？我怎麼會痛？」

「說得也是。」周予銘還是沒有大口咬，而是咬出拇指大小的洞，「那這樣呢？」

「你快吃。」

「喔。」周予銘咬一大口，見方毅沒有反應，冷靜地算起數學，後來的表情也一派輕鬆，他才慢慢卸下顧忌，回復平時的狂放。

六點四十左右，方毅父母下班回家，說要帶方毅看醫生，於是周予銘和兩人打過招呼，背著書包離開方毅家。

「同學眞好，還來探望你。」方母說。

「他幫我拿作業來。」

「去拿健保卡，你還有在燒嗎？」

「沒了，現在很好。」就是腹上有種說不出的感覺，方毅將手放在腹部，揉著周予銘咬過的地方，那感覺並非無法忍耐，只是陌生得令他感到畏懼。

孫東航抱胸在一旁看張駿文寫任務失敗的檢討，偶爾瞄向外頭風雨欲來的昏暗天空，這時候下的雨，應該是那種結束後，便會突然入冬的雨。

張駿文氣勢薄弱地問：「那個……孫先生，我多寫三倍字數，可以抵銷其他懲處嗎？」

孫東航用冷血澆熄他的希望，「沒這種事。」

聞言，張駿文哭喪著臉繼續寫檢討。

此時〈可愛くてごめん〉鈴聲響起，張駿文以爲自己聽錯，不苟言笑的孫東航居然用這麼可愛的鈴聲。他差點笑出聲，被孫東航怒瞪，又假裝認眞寫起檢討。

孫東航接起電話，不久後走到病房外。

張駿文趁機摸魚，將筆當成魔杖，懷念他車禍中遺失的寶貝。

大概五分多鐘，孫東航返回病房，走到行李前，準備他的配備，「我出去一趟，回來我要看到你寫完。」

張駿文來不及哀求，孫東航便離開病房，病房中剩電視聲與他作伴。他用筆敲桌洩憤，加快寫檢討書的速度。

孫東航沒有告知他回來的時間，所以他只能盡量用最快的速度完成。

來到A中的孫東航穿上團膳公司的背心，推餐車進入學校。

這間餐飲公司恰巧急徵人，使他輕鬆獲得這份工作，甚至當天就可以開始工作。他帶上前幾日廖禾鈞寄來的再生人們的血包，不願浪費任何時間，在進入校園的第一天就展開行動。

他必須用最快時間逮住那已經被通緝半年的食人獸，將他對人類的傷害降到最低。

第五章

方毅高燒一週才痊癒，家人以爲他罹患怪病，帶他到大醫院，然而醫生找不出緣由，而他也只是頭昏想睡，並沒有其他症狀。住在醫院的三個晚上，他每天除了算數學，還是算數學。

直到第四天，他的高燒因不明原因退去，且沒有復發，醫生叮囑有什麼問題必須隨時回診後，就讓方毅出院了。

方毅回學校時，已是第二次段考前一天，剛上教學樓階梯，便被不知道已經守在樓梯口多長時間的周予銘撲倒。

「學長你終於回來了，我、我好餓、餓、餓扁了，我要吃。」周予銘頭上冒出半圓耳朵，張開嘴，往方毅的肩頸咬。

方毅趕緊用力敲空心的鐵欄杆發出巨響，捏他臉頰，「你醒醒，這裡是樓梯，你確定要在這裡吃？」

周予銘這才恢復人形，摀著紅腫的臉蛋，「對不起，學長，我太餓了。」

「去地下室。」方毅知道五天沒吃東西的周予銘已經快喪失理智，用最快速度往舊科館奔跑，見周予銘跑得慢還拉他一把，一到地下室，立刻開始脫上衣。

心急之下，有個鈕扣他一直剝不開，見周予銘已發出犬類散熱的喘息，隨時都有直接咬掉他的頭的衝動，伸出一隻手，「先吃這個。」繼續用單手解鈕扣。

周予銘化爲黑生物，將他的手含入口中，接著用一口利牙咬斷方毅的左手手掌——方毅的慘叫響徹地下室。

周予銘駭然，吐掉那隻手，看著方毅的手臂，血猶如噴泉般從不完整的缺口湧出……學長爲什麼叫了？他轉爲人形等待著，等他的手掌重新長出，然而只有無止境的血灑在他們之間。

方毅右手捏著左前臂，捏出深紅的指痕，五官扭曲，不停地哀號，「周予銘，你做了什麼？好奇怪……嘶……」

從未在周予銘面前哭過的方毅，雙眼竟開始滲淚，哀聲喃喃自語。

周予銘退後兩步，跌坐在地。退後的同時，他的大拇指碰到被自己咬掉的手掌，嚇得大叫收手，「啊！啊！學長你、你的手爲什麼、爲什麼沒有長出來？」

方毅使勁搖頭，「我、我也不知道……啊……爲什麼一直流血，爲什麼沒有停……嗚……」

周予銘腦袋一片空白，也跟著濕了眼眶，直到方毅的制服大半邊被斷臂湧出的血染紅，他才勉強回神，「叫、叫救護車，我叫救護車。」

他拿出手機，撥打一一九，告知學校位置，掛斷後又看向方毅，方毅疼得搖頭晃腦，忽然暈眩向後倒。他飛速起身，明明他最討厭運動，測百米時總是跑最慢，但是看到方毅的頭就要和牆面磁磚剝落造成的尖銳邊緣相撞，他的腳步像踩上彈簧，用力跳躍，攬住方毅的腰。

周予銘瘦弱的身子幾乎抱不住方毅，但他還是使出全力，讓方毅的身子停止在磁磚前，將他輕輕放在地面，蹲在他旁邊，發現對方並沒有完全昏過去。方毅的身體正強烈抽動，張著嘴哈氣，不知是粗喘抑或是嗚咽。

周予銘將他扶至角落，身上的衣物也開始被血浸透。方毅的聲音逐漸微弱，他惶惶查看方毅的身體狀況。

「為什麼……」方毅看著斷肢，比起一般人看傷口的恐慌，他更像困惑。他不像常人避開視線，而是盯著斷面，偶爾疼得呻吟。

「對啊……為、為什麼？我、我把學長的手、手，咬斷了……」周予銘渾身顫抖，不解、恐懼、難受與不捨同時籠罩他。

兩人在地下室等待救護車來臨，十多分鐘，卻宛若十年一般漫長。

方毅這個人，做什麼都要做到最好，就連第一次接觸痛覺，都是最高級的十級斷肢疼痛。

事件過後，他一度有個錯誤認知，以為正常人每日都會與這種感覺共處，慶幸自己曾經身為再生人，少受十七年的苦。後來他才從姊姊那得知，斷腕是重傷，屬於極度疼痛，家裡除了生育他們的母親，沒有人遭遇過同樣等級的疼痛。

方毅手術過後醒來時，已經是隔天。他戴著呼吸管，意識模糊，周圍是加護病房的儀器聲，令人感到壓迫。

左臂下半部腫脹難受，右手吊著點滴，他再次闔上眼，不久後又入睡。

再次醒來，他已經轉到普通病房，一家人圍在他身邊，母親摸摸他的臉，喚了他兩聲。

方毅含糊不清地給予回應，感受到三人都鬆一口氣。

姊姊也湊到床邊，興奮說：「方毅，你終於醒了，有人可以來跟我們解釋是怎麼回事了。還有你的保險終於用到了，幸好有買。」

父親則靠在牆壁，語氣平淡地敘述：「阿毅，跟你說一個笑話，醫院打電話過來的時候，我以為是詐騙。居然說我兒子的手斷掉，我跟他說沒關係，不重要，會自己長出來，就被他們罵了。」

方毅被逗樂，老姊和老爸不僅五官相似，連那張說不出什麼正經話的嘴也是同副德性。但他沒有力氣回應，只能微微勾起嘴角。

兩人立刻被母親喝斥，「阿毅剛醒你們說這個？也不注意現在什麼狀況。」

「我就是讓他開心一下，妳看我一說他就笑了，心情多好。」方父有點欠扁，被母親轟出去買午餐。

方毅受傷的是手，甦醒不久，意識很快清晰，「好渴，能喝水嗎？」

方芸替方毅倒水，方毅用右手接過。

「方毅，其實知道你手斷掉的時候我很緊張。」

方毅知道姊姊還是關心他的。

「因為這樣我以後就不能拿你來變魔術了。」

他突然不想喝她給的水了，「所以我的手斷了嗎？怎麼感覺還在？」

「斷了，不過接回去了。」

方毅掀開棉被，想看看手的狀況，卻見傷處被石膏和繃帶固定，看不見裡頭詳情。

他回想案發的情境，周予銘咬斷自己的手後，手臂傳來無法忍受的感覺。他不住大叫、哭泣，差點暈倒，被周予銘扶住，牽到角落。

救護車來的時候，這感覺也伴隨他，直到急診室有人給他打針，才稍微緩和。

「被咬的時候我有很奇怪的感覺，之前沒有過。」

「那應該就是痛。」

「很不舒服，不舒服到難以承受，如果這就是痛，你們很可憐，一直得遭遇這些。」

「你也變成可憐人了，這就是你不知人間疾苦的報應。」方芸吃著可樂果嘲笑，順便餵方毅一口，方毅不想吃，被她硬塞，「我真沒想到有一天我還需要擔心你的安危，一定是那場高燒，從今以後，你要小心一點，不要再被狗咬了，不然我會擔心死。但這到底是什麼鬼狗？嘴巴太大了吧？居然直接把手咬斷。」

暫時被擱置的記憶湧入方毅腦海，他想起被送上救護車時，周予銘紅著眼眶、雙唇顫抖和救護人員說明情況，「我、我把學長的手咬斷了。」

「什麼？」救護人員似乎是不相信，以爲聽錯。

「我把學長的手咬斷了。」周予銘複述。

「你怎麼咬的？」車內的人瞪大眼。

「因爲我是——」

「狗，是狗。」方毅擠出渾身力量打斷周予銘，說話時牽動傷口，止不住呻吟，「剛剛學校有狗……在追我們，我要趕他，牠就把我的手咬斷了。」

方毅的傷口太過疼痛，說完便難以再發言，而因爲方毅說的話比周予銘合理太多，於是救護人員選擇相信傷患本人的說法。

救護車後車門拉下，阻擋周予銘和方毅的視線，方毅對周予銘最後的印象，是他蹲下抱著臉哭的畫面，提供協助的老師在一旁安撫他，以爲他目睹慘劇驚嚇過度。

方毅在救護車內意識模糊，腦海卻頻頻閃過周予銘的哭顏。

周予銘是咬斷他手的兇手，可他無法怪罪他，或許是因爲周予銘取得他允許才那麼做的，加上他至今還是覺得喪失再生術是一場夢境。畢竟這能力陪伴他十七年，忽然消失，猶如有天被告知，頭髮剪短後不會長回來，令人難以置信，導致他每個小時都要注視著手發呆。

「爸，這確定是醫生幫我接回去的，不是自己長的嗎？」

「確定，這問題我也問醫生很多次了，他們都覺得我有病。」

方毅不怪周予銘，但是不怪罪，不代表周予銘在他內心依舊是曾經那純粹的樣子。

這晚，方毅夢見周予銘咬斷自己手的當下，因疼痛而驚醒，才發現原來是止痛藥失效。

手部的疼痛讓他咬緊牙關，呻吟吵醒母親。他感到愧疚，知道母親已許久沒深眠，爲了隨時關心自己，不像某位中年大叔，還能睡到打呼。

吃過止痛藥後，他躺回床上，等待藥效作用，疼痛減緩，再度入眠。

這次夢境依舊關於周予銘，他夢見過去每個周予銘啃咬他身體的畫面，從第一次在男廁吃掉他的頭，到後來撕咬他背和肚子，偶爾咬掉他的手，也吃過他大腿內側。

昔日，他對此毫無怯意，甚至能冷靜地算物理，經歷過手被咬斷的疼痛後，他忽然明白周予銘的行爲有多麼駭人。

如果他不是再生人，他已經在劇痛中死去好幾次。

過去他知道這些畫面嚇人，都是靠後天接收外界訊息慢慢培養起的觀念，今日才終於豁然大悟大家畏懼食人獸的原因。

脫離夢境，方毅躺在床上大口喘息，曾經導致他臉紅的瞬間，此時成爲使他顫抖的惡夢。

他翻身轉向右側，蜷縮而臥，被恐懼占據軀體，「周予銘是怪物」這個想法襲入他的認知。

周予銘緊捏大腿，口中默念著課文，強迫自己轉移注意，但周遭飄散著不知從哪來的濃濃人血味，使他情不自禁分泌唾液。罪惡的液體猶如漲潮般，積滿他的舌下空間，他閉上眼不去看同學，躲避誘惑，他們卻漸漸化爲食物的畫面，如幻燈片在他眼前播放。

不可以長出來，不可以長出來。他將野獸的毛髮推回長袖中，阻止欲望橫生，然而那黑色細毛從來不會因爲周予銘的努力就手下留情，不斷生長、延長、竄出，最後不受控制地，淹沒他的皮膚……

留院觀察一週後，方毅再次離開這個月連續住兩回的醫院，心想自己這陣子眞是多災多難。

方家的人都認爲，前陣子的高燒和此次事件有很大的關聯，他就是在發高燒的第一天第一次感受到痛，只不過他那時還不知道那就是所謂的「痛」。

母親替他整理行李時，他忽而想起已許久沒有確認時間，便詢問母親自己住院的天數。

母親查看手機日曆，「十二月八號了，你受傷的時候是十一月二十三，已經兩個多禮拜了。」

「這麼久嗎？」

「嗯，你手術完昏迷了一週，我原本很緊張，幸好醫生說你只是驚嚇過度，不是身體問題，我才放心。」

方毅看看被固定在胸前的手臂，原來那件事已經過去兩個多禮拜，當時周予銘五天沒有進食，一看見他就撲上。

這兩週他受傷痛折磨，腦袋遲鈍，沒有思考太多事，如今重新接觸醫院外的世界，猛地意識到，時常耐不住飢餓的周予銘已兩週沒有吃肉。五天沒進食，他就餓得快瘋了，而且好像又比園遊會那天擁有更強烈的吃人肉欲望……那現在呢？

黑生物的尖牙浮現腦海，方毅手腕的疼痛再次發作，他只好強迫自己不去想那怪物。可周予銘餓昏頭的模樣在腦中揮之不去，憶起他咬著嘴唇拜託他不要再禁食的樣子，心頭悶悶的。

周予銘很可怕，他卻無法克制在意周予銘的事。他不清楚什麼時候變這個樣子，每每想起周予銘，浮現的都是他充滿溫良和爛漫的容顏，而那無法和他的夢魘連結。

方毅拿出手機，點開兩人的聊天室，幸好周予銘的頭貼於他發病前拍攝，看著吃冰淇淋、臉比現在圓潤許多的少年，任誰都不會想到現在的他是會餓得發瘋的食人獸。

少一隻手，他只能用右手四指托手機，拇指敲鍵盤。

聊天室停留在周予銘的藏獒貼圖，高燒那時，他每天都會發訊息關心他，同時催促他這塊肉盡快恢復健康，供他食用。看著可愛的藏獒貼圖，他竟有些恐懼，但依舊忍不住關心周予銘的現況。

「你很久沒吃東西了，還忍得住嗎？」

「我現在身體不會再生了，很突然，可能是高燒的關係……那個代課老師也是再生人，你以後可以去找他。」

兩個小時過去，周予銘沒有已讀。

他想到那日周予銘慌張的表情，又補了句，「對了，我出院了，手接得很好，你不用擔心。只不過你以後不能吃了，所以一定要找老師。」

又過了三個小時，太陽逐漸西下，還是沒有來自周予銘的訊息通知。

「你有他的聯絡方式嗎？沒有的話去問學校。」

兩個小時又過去了。

「趕快去找老師，我允許你了，吃不健康的東西總比不吃好，老師之前的肉是我讓他噴辣椒水才會辣的，你不要怕。」

然而，天色暗下，一日將盡，依然不見聊天室的動靜，方毅有些氣惱，周予銘會不會因爲他沒有食用功能，就把他封鎖了？嗯，很像他會做的事，畢竟他滿腦子只有食物，而他也只是他的食物。

躺到床上，將受傷的左手墊高，方毅希望能暫時擱下周予銘的事，好好睡一場覺。結果躺一個多小時他仍難以入眠，除了不能自由翻身，主要還是因爲周予銘。

周予銘帶給他的恐懼、掛念、心疼，都使他焦躁不安，再三猶豫，還是決定回到學校後立刻去找對方，問清楚一切、陪他處理問題。

即便那怪物在他身上播下巨大的恐懼與疼痛，或許再次站在他面前，被吃掉的就不只手了，方毅還是按捺不住關心他的渴望。

除了肉體，方毅不知不覺把情緒也獻上了……才不是，他只是怕周予銘傷害他人。

隔日，方毅來到學校，獲得同學們的關心，大家聽說他被怪物咬斷手，都爲他的遭遇感到同情。他沒時間應付這些，連忙說自己很好，不怎麼痛，離開教室，上至一年級的樓層。

來到一年二班，教室內死氣沉沉，他瀏覽一圈，不見周予銘的身影。

他走到窗邊，和阿敬招手，猛地想到以後不能和他一起打排球，有些不捨。

「方學長好。」阿敬來到窗邊，頷首招呼，「學長你還好嗎？教練整天都在問你去哪了。」

「不好，跟他說我不能打球了，但我應該也會找時間親自跟他說明。」

「……嗯好。」阿敬平時面癱的臉難得閃過一絲哀傷，「你來找我是爲了說這個嗎？」

「不是，我要問你，周予銘去哪裡了？」

「嗯，你不知道嗎？他會吃人，被抓了。」阿敬困惑。

方毅的腦袋像被東西重擊，嗡嗡地響，雙手顫抖，「什麼？」

「他是食人獸，被抓了。我以爲你是被他咬，也知道這件事。」

「被誰抓？」不可能，他明明說是狗咬的。

「專門抓食人獸的團體，就是匿名版上說的那個。有人看到周予銘失控咬人，打電話叫追捕大隊，他就被抓走了。」阿敬忽然面色凝重，「學長我和你說，其實我們班的人和周予銘感情都不錯，大家說好之後不要再提到他的事了，不過我知道學長你只是要問清楚，所以我們去外面說。」

「周予銘到底怎麼了？」

「他大概四天前突然變怪怪的，看到人會一直流口水。有一天我練完球回教室，聞到教室附近有一股血的味道，進教室就看見周予銘不太舒服的樣子，我問他怎麼了，他不回我，身上長出一堆毛，變成一隻黑色野獸開始攻擊人。他咬破一些人的衣服，還撞壞桌椅，幸好追捕大隊的人動作很快，打電話後五分鐘內就到了，用麻醉槍讓他昏迷，把他帶走，他才沒有傷到同學。現在大家都還以爲在做夢，周予銘突然變怪物太可怕了，要不是親眼看到，我一點也不想相信他是怪物。」阿敬靠在能眺望操場的走廊護欄，兩手肘擱在欄杆，「周予銘一點都不像怪物，對不對，學長？」

方毅忽然悶不吭聲地跑掉。

見狀，阿敬疑惑喚一聲：「學長？」

方毅在走廊上狂奔，差點撞到行人，最後在周予銘第一次求他讓自己吃肉的那間廁所前停步。他現在思緒紊亂，腦袋卡住似的，無法接收阿敬傳遞的訊息。

一定是騙人的……周予銘怎麼就失控了？有那麼餓嗎？他爲了隱藏這件事努力這麼久，卻在短短兩個禮拜功虧一簣。

他好笨，怎麼沒有想過去找老師？是因爲他規定他不准吃？他怎麼可能會在這種時候還堅持這事？沒有腦袋的傢伙……他被食人獸追捕大隊抓走去哪裡了呢？被關著、被放出來，還是被射殺了？

遇到失控的動物，人們會開槍攻擊牠們，周予銘吃東西時會化爲可怕的黑色生物，他們還會把他當成人嗎？不知道，但人們不會對一個人類射麻醉槍後帶走。

他想到那篇匿名貼文曾經提過，北部有一場食人獸吃人的事件，新聞報導裡面或許會提到他們如何處置食人獸，方毅立刻掏出手機查詢。

他將新聞滑到尾端，記者於文章中寫著：女子在咬傷男友後失控，欲將他吞掉湮滅證據，追捕隊員到場後立刻開槍射殺，救下該名男子。男子被送往醫院急救，經過搶救後傷勢逐漸穩定。近期食人獸事件頻繁，請民眾務必多加留意周遭狀況，有疑似食人獸案例，立即撥打121XX向追捕大隊報案。

方毅的手顫抖愈來愈劇烈，牽動傷處，逼出他的生理眼淚。不過手上的傷不重要，他沒有關上手機，而是單手撥打那串數字。

周予銘的狀況和女子相似，又有些不同，相同的是，他也咬斷他的手；不同的是，他並沒有在學校遭到射殺，而是麻醉後帶走。

他決定打電話過去問周予銘的狀況，問他們把他帶至何處，亦可和他們再次聲明，他的傷是被狗咬，周予銘沒有傷害人。

阿敬也說，周予銘正要咬人，就被追捕大隊麻醉，並未犯下無法挽救的罪刑，他忽然極度感謝他們，救了其他同學，也救了周予銘。

周予銘不願傷害同學，方毅了解他。

撥通電話，方毅手心不斷冒汗，嘟聲約莫響了五秒，電話接通，一道客服常見女聲說：「您好，食人獸追捕大隊，請問有什麼需要協助的嗎？」

方毅心跳快速，強迫自己鎮定，「您好，想詢問四天前是不是有一件發生在A中的案件，一名學生失控咬傷人，被追捕大隊麻醉帶走。」

停頓幾秒後，女聲回應：「是的，怎麼了嗎？」

「我是他的朋友，能詢問他現在的狀況嗎？」

女聲又停頓一陣子，回覆：「不好意思，我這邊沒辦法回應您，我們一般不會透露食人獸詳細的處理狀況。」

「那我有什麼辦法可以得知他的事？」

「不然這樣好了，我把這件事告知追查組及看守組，和他們討論看看相關事宜，有結果再連絡您。」

「非常感謝您。」

「方便留個姓氏電話嗎？」

方毅將手機號碼及姓氏報給她，聽見筆摩擦紙的細微聲響。

「那就這樣囉，拜拜。」

方毅忽然想到一件事，「等等，我能問大概要多久嗎？」

「嗯，我不確定，現在他們追查組的人都在出勤，有消息會第一時間告訴您。」

「好，麻煩了。」

女人簡短回應後掛斷電話，方毅失魂落魄走回教室，面對難以掌握的結果，只能對天祈禱周予銘不會有事。

整日的課程，方毅難得心不在焉，加上他不像大部分臺灣學生選擇補習，有兩次聽講的機會，一個月沒有上課對他來說影響頗大，幾乎難以投入於陌生的單元中。

他握緊筆，在課本擦擦寫寫，本該寫算式的空白處，被他畫得一場糊塗，時不時拿起手機確認是否有來電。

邱顯雲忍不住關心，「方毅，你今天怎麼特別不認眞？眞不像你。」

方毅沒心情理會他，逕自盯著手機看。

放學時間，這時他都會在門口看見周予銘，此時已不見他小小的身影，而追捕大隊也於此刻回電，鈴響不超過一秒，方毅火速接聽。

「您好，這邊是追捕大隊，請問您是早上打電話過來的方同學嗎？」

「是，我是。」他沒想到能這麼快收到回覆。

「您是方毅嗎？」

「……我是。」她怎麼會知道？他旋即想到或許是周予銘告知，燃起希望。

「周同學目前在我們總部的看守所，昨日詢問追查及看守組的人員，他們說如果想關心周同學的情況，能撥打電話至看守所，他們會請周同學接聽。」

「好，謝謝您，非常感謝您。」

「他們還說，如果是方毅同學，希望您能北上親自探視周同學，當然，這取決於您的意願。看守所一般不會讓親屬入內，因爲內部關押的食人獸有極大危險性，您可以審慎考量，再撥打電話告知……」

「我去，我要去。」方毅趕忙回應，怕她反悔似的。

「好，不過因爲進入看守所需要有人偕同，得和您約個時間，請問您什麼時候方便呢？」

「禮拜六早上十點可以嗎？」

「可以。到時候請您報上您的身分，會有看守人員或追查組的成員帶您入內。」女子提供地址。

「謝謝您。」

結束通話後，方毅情緒激動，馬上打開臺鐵時刻表查詢系統，決定要坐哪班車，彷彿周予銘就在眼前。

回到家中，他將要坐車北上的消息告知家人，被母親拒絕：「你手現在這樣子，還要出遠門？要去看誰？」

方毅知道會是這個結果，還是努力爭取機會，「上次來我們家的學弟，他生病了。我會照顧好自己。」

方母嘆一口氣，「你生病人家也來看你了，不聞不問確實不好。嗯，我再想一下……」

等到方毅洗完澡後，母親給出答案。

「我決定讓你去，但隨時和我聯絡，你手這樣我太擔心了……還是叫你爸陪你？」

「不用。」

「你隔天要去拔固定鋼釘，記得嗎？」

「記得。」

「去看人家吧。」

方毅見母親同意，欣喜地道謝。

或許是得知周予銘平安無事，他已不像白天那般忐忑不定。他重新投入課業，靠著理解課本內容趕上進度，後來便趴在桌上睡著。

半夜從桌上甦醒，他躺回床上反而睡不著，忽然覺得整件事有點怪異。

爲什麼獨准他一人進入看守所探視周予銘？那周予銘的家人、朋友呢？是周予銘頻頻提到自己的名字，他們才破例讓他前往？其他食人獸的家屬呢？

疑惑塡滿他的腦海，他與夜間的鳥鳴相伴整晚。

周予銘一個人蜷縮在黑暗的角落，他怕黑，可三坪大的房間一直都是昏暗無光的樣子。按捺不住欲望時，他會化爲黑色怪物，與那片黑融合，才發現自己也屬於讓人畏懼的黑暗。

他討厭黑，但發狂後被看守人員打藥制服後，他才意識到更討厭自己，於是把身體藏入屬於他的角落，愈藏愈深，深到眼前不再有光，只有潮濕與絕望。

囚禁在同個空間裡的是他的同類，在經過調查後，他們會被帶走，不再回來。周予銘曾經揣測他們被帶去哪，然而日日夜夜聽著他們的嘶吼，他不敢再想像。

週六，方毅凌晨三點半便起床洗漱，戴上簡單的行李，坐公車至車站搭車。他在車上小睡片刻，再次確認從車站前往看守所的路線，才戴耳機看部電影紓壓。

路程將近四個小時，他花一小時睡覺，十分鐘查公車，還有足夠時間看完一部電影。電影播放結束，廣播唱出目的地的站名，方毅收起耳機，走至出口的等待區。

來到迷宮般的車站，他一度昏頭轉向，最終在路標的指引坐上捷運。

九點四十幾分，他從捷運站搭乘公車抵達電話中提供的地點。那是一座外牆漆成全白的建築，大門前種兩顆欖仁樹。入冬時，欖仁葉由綠轉紅，讓死寂的看守所染上一片豔紅。

普通的看守所是羈押被告之處，方毅不禁想著，這間看守所又是什麼用途？他並不覺得周予銘犯了什麼罪必須被關押至此處。但意識到手部的疼痛，他不得不承認，將周予銘與外人隔離是合理的措施。

看守所鐵門是拉上的，警衛室內無人，門邊佇立一人，他靠在門柱單手插口袋，不耐地看著手錶。

方毅不確定他是不是被派來的看守人員，上前詢問，一看驚詫不已。

那人染一頭金髮，白襯衫與西裝褲，明星長相、明星身材，搭配那不屑的表情，是曾經在校門口賣串烤，還入校園請人塡寫「高中生食用人肉狀況調查」問卷的少年。

「你怎麼在這？」看見方毅後，張駿文也一臉訝異，打量片刻，發現對方符合前輩的描述，又問：「你該不會就是方毅吧？」

「是。」

張駿文看他的表情登時轉爲厭惡，「居然是你！你知不知道你朋友把我害得多慘？」

「怎麼了？」方毅沒想到周予銘也對他造成傷害。

「他害臭老頭把二號也撕了。」

「蛤？」方毅不懂。

「算了，想到就難過。」張駿文的怒容一下子被哀傷取代，甩甩頭，粗暴地按下鐵門的遙控，「我本來還想說要是你十點沒有準時到，我要踹你一頓再帶你進去。看來不用了，你不但準時，還提早十分鐘。進來，三秒鐘關門，走太慢我就夾你，三——二——一——」

!!
企鵝娃娃
50% OFF
© 阿治 x POPO

© 阿治 x POPO
z z z

方毅通過大門，覺得這個人實在不太正常，想起他的身分，「你是追捕大隊的嗎？」

「嗯，你在問廢話嗎？」

「所以你之前一直出現在我們學校做那些事情是……」

「爲了抓你朋友。」

「是你把他帶來這裡的嗎？」

「你問題眞的很多，是我上司。」

「周予銘不是壞人。」

張駿文沒回應他，帶著他往白色建築的穿堂走去。

他們走進位於走廊盡頭的電梯，這部電梯竟比醫院搬運病床的電梯大上兩倍，方毅看向面板，最高才到五樓，往下的樓層卻多達八樓。

張駿文點擊B6的按鈕，電梯下降，燈光明明滅滅，不住破口大罵：「靠，這什麼鬼？怎麼沒人修？是在製造氛圍嗎？」

電梯抵達地下六樓，門開啓時一股潮濕的氣味撲鼻。這裡宛如流浪狗的收容所，四周盡是野獸的哮吼，往那些鐵牢看去，卻都是人類的身軀，只不過長著熊耳和長毛，不像人，可也不像獸。

方毅摀住口鼻，想到周予銘被關在這種環境，心裡難受，「爲什麼人要被關在籠子裡？」

「牠們不是人，是怪物。」張駿文語氣沒什麼情緒。抵達最尾端的鐵牢，裡頭一片漆黑，張駿文不耐煩往裡頭喊：「食人獸，被你咬斷手的朋友來看你了。」

方毅瞪大眼看張駿文，若是裡面眞的是周予銘，他想把張駿文的嘴巴縫起來。

此時牢內傳來鋃鐺之響，似乎有東西在移動，方毅同時也聽見自己的心跳聲，震耳欲聾。

那東西移動緩慢，好像生病或是受了傷，來到鐵杆前，用手抓住欄杆讓自己爬起，臉龐印上格子狀的光，方毅的心立刻被狠狠捏一把。

周予銘比過去更加羸弱，臉頰凹陷剩骨頭，手上布滿咬痕，身上還是一週前被捕時穿的制服，布料被髒汙與血跡染色，他嘴唇也被咬破，雙眼有血絲，皮膚青一塊紫一塊，不曉得怎麼造成的。

「周予銘。」方毅靠近他，彷彿踏上充滿刺的鐵板，每一步都是煎熬。

周予銘那雙在消瘦臉龐更顯深邃的眼眸，被困惑與眼淚淹沒。

「學長？學長怎麼在這裡……」他聲音嘶啞，忽然止住淚水大喊：「不，不要，學長走開。」

方毅沒有止步，繼續朝周予銘走去，想摸摸他的臉和肩膀，看這些人究竟把他欺負成什麼樣子。

周予銘忽然長毛，張嘴朝方毅咬，牙齒和方毅的手以一毫米的距離擦過。

方毅嚇得向後摔，壓到左手的傷口，劇烈疼痛使他摀著手大聲哀號，有種手掌再次斷裂的錯覺。

張駿文被這畫面嚇著，拿起一旁的木棍敲打周予銘，像在玩打地鼠，「又發瘋，這是你朋友欸，還咬人家？你這怪物。」

罵罵咧咧半分鐘，張駿文嘴巴累了，棍子仍不停歇落下。

周予銘被打得頭昏，總算恢復理智。其實他很感謝張駿文打自己，那棍子便是用來讓食人獸從發狂中清醒的，和方毅那日捏他的臉一樣。

他一面挨打，一面看著地上疼得齜牙咧嘴的方毅，彷彿受到和他相仿的痛苦，「學、學長，對不起。」

下一秒，方毅忍痛從地上爬起，搶過張駿文的棍子，再也把持不住對周予銘的疼惜，右手伸入牢中，隔著鐵柵將周予銘沾滿淚的臉攬入懷中，「我沒事，不要打他。」

方毅明白這是在找死，但他無法克制自己，明明全身都在顫抖、冷汗直流，周予銘的尖牙抵在他的腹部，他卻越抱越緊，似乎要將他護入他的心中，從此保護好，不受傷害。

直到一個人用手拎起他的衣領，將他拖離鐵牢，冷言道：「讓他咬死你，他不會比較開心。」

那人將他輕輕放下，指向鐵牢旁的標語，「那裡就貼『請勿拍打餵食』，你眼睛瞎了嗎？」

方毅轉頭看，眞有一張印Q版食人獸插畫的貼紙，下方用娃娃體寫：請勿拍打餵食，附加英文：DO NOT BEAT AND FEED!!!!!

他愣了兩秒，發現帽T腹部的布料已沾滿周予銘的口水。

此時，又聽那拎他走的男人罵：「張駿文，你就在旁邊看？人被咬死了你負責嗎？」

張駿文冤枉極了，他明明有在周予銘發瘋時給予適當的處置，只是被方毅搶走木棍。

然而孫東航面色難看，他不敢頂嘴。

「你，坐這條線後的椅子。另外，我們有監視器，若方同學再次越線，會立刻請你離開，請不要以身試法。」孫東航轉頭和方毅說話，手比向位於鐵牢一米遠處黃線旁的木椅，並用眼神示意張駿文跟他走，「張駿文和我上樓一趟，有話和你說。」

張駿文見孫東航眼裡又殺氣騰騰，顯然又因不明原因想教訓他，只能苦著臉跟上。

地下室六樓僅剩方毅待在鐵牢外，他與周予銘相視，周予銘剛發狂過，嘴唇又被自身的牙齒咬出血。

方毅後悔莫及，冷靜下來，才意識到是他的任性妄爲害周予銘挨打。

「對不起，周予銘。」方毅握緊拳頭，像過去氣惱時用指甲刺自己的肉，只是現在他已經不會傻傻地刺到骨頭。

「不要跟我對不起，學長，讓你痛，我也好對不起你。」

看守所的地下室，陷入漫長的死寂，穿插著抽泣，那是方毅的懊悔與周予銘的內疚。

第六章

幾分鐘後，隔著一米相視的兩人終於冷靜，各自擦掉臉上的汗液及淚水，周予銘先開啓了個毫不相干的話題，「學長，你也會哭？」

「我以前很少哭，開始感受到痛以後才常常忍不住，也不知道是爲什麼，可能過一陣子就好了。」

兩人又安靜一陣，周予銘的視線在方毅身上打轉，看見方毅纏著繃帶的手，「學長，你的手還好嗎？對不起，我應該先確認……不，我當初就不應該拜託你當我的食物，我沒有找到你就不會發生這些，你的手就不會——」

「別講這些了，我們聊點別的。」方毅打斷，不想讓周予銘一再愧疚，他沒有錯，只是生病，一切都是意外，沒有加害者。原本他有好多關於吃人肉方面的事想詢問周予銘，但看到對方憔悴痛苦的模樣，他決定讓那一切過去，那些他不懂的，他自己打探，打探不到，就算了，周予銘舒服最重要，「聊和吃人肉沒有關係的事。」

「好，學長。」

三十秒過去，沒有人開新話題。

「學長爲什麼不說話？」

「突然不知道說什麼。」

「我也是。」

「我們有食人以外的話題嗎？」

「好像沒有……」

也是，他們是食性關係，所有的互動，只有吃與被吃。

「好慘。」方毅抱著額頭，平常是用左手，改用右手有些不太順。

「那我們來聊吃的？」

「我剛剛就說不要了。」

「不，我不是說吃人肉。」黑暗中看不見周予銘的表情，不過方毅隱約感覺周予銘的嘴角慢慢從低垂的狀態回升，「來聊真的食物，我以前喜歡吃甜食，尤其是蛋糕和冰淇淋。」

方毅猛然醒悟，周予銘不是生來就吃人，九個月前，他也是會吃冰淇淋沾到鼻頭的正常人，那些正常人的食物，才是陪伴他最久的。

方毅點點頭，「好，聊甜食。」

「學長，你吃過最近便利商店的冰淇淋嗎？它每過一段時間就會換口味，我以前每次都會去吃。」

「我不太吃甜食。」方毅據實以告，「我只有覺得你做的藏獒蛋糕好吃。」

「蛤……學長好無聊。」周予銘在暗中癟嘴，隨即語氣恢復雀躍，「但學長覺得我做的藏獒蛋糕好吃。」

「嗯，因爲我不喜歡太甜的食物，你的蛋糕剛剛好，不會太膩。」

「有機會出去再做給學長吃。」

「好……」

「學長你豆花喜歡加豆漿還是加糖水？」

「……我只吃過加豆漿的。」

「我吃過糖水的，不過我也喜歡加豆漿。」

「嗯。」周予銘剛剛是什麼意思？

「那學長你喜歡涼麵加美乃滋嗎？」

「我覺得有點噁心。」

「哪會？超級好吃的！要加很多。」

「周予銘，什麼叫有機會出去？」

周予銘沉默一陣才又開口：「學長你知道我之前很胖嗎？國中以前都八十幾公斤，因爲我之前超愛吃，什麼都吃，去迴轉壽司都吃二十幾盤。」

「周予銘……」方毅感覺到他刻意轉移話題。

「我每次晚餐都吃五碗飯，吃到我媽生氣。」

「周予銘！」

「我去餐廳都點兩份餐，家裡像養了五個人。」

「周予銘，你剛剛到底在說什麼？」方毅早就沒有在聽他說話，「什麼叫『有機會出去』？難道會沒機會嗎？」

「我不知道。」周予銘的語氣是和方毅心情大相逕庭的平靜，「但每天都有人被帶走，就沒有再回來了。我不相信他們被放出去了，那些看守人員都說我們不可能痊癒，因爲我們生來就注定是食人獸。」

「你不是被狗咬才變成食人獸的嗎？」方毅差一點又越線，怕從此與周予銘訣別，趕緊坐回椅子。

「不是，是我搞錯了，我進來這裡才知道，我根本不是被狗咬才變這樣，只是剛好在被狗咬後發病。他們說，每個食人獸發病前都很愛吃，都是胖子，好像要用小時候把一輩子能吃的食物吃完。而我小時候就有徵兆了，所以不是那個原因。」周予銘搖了搖頭，黯淡的目光望出鐵柵，「學長，我本來就是怪物，出生就是。」

「周予銘，你不是。」

「我是，學長你也怕我了不是嗎？」

方毅無言以對。

「我是怪物，會吃人的怪物，我早就知道了，卻不承認，還不准學長說……眞沒自覺。」周予銘低頭。

方毅聽著周予銘的聲音顫抖，明明雙唇可以開合，卻說不出話。他很想再和周予銘說「有我在，你就不是怪物」，然而現在的他已經沒有能力這麼說，說了是在開空頭支票。

「不是，你不是。」他只能無力地否認。

「我是，我已經接受了，就這樣吧，我不怕。待在這裡也很好，不用每天戰戰兢兢擔心自己會傷到人，雖然很餓，但本來就應該這樣。當初求學長讓我吃是錯誤的選擇，我好壞，只想到自己，現在被關在這裡，是我應該受到的懲罰，是這樣……沒錯的……」

身後傳來腳步聲，方毅回頭，是方才那位拎自己的中年男子。

「方同學，時間差不多了，要請你先跟我上來，有些重要的事情想詢問你。」

周予銘見到中年男子，如幼犬嚇到似的，重新躲入鐵牢的角落，方毅想再次看清他的身體，卻無足夠的光線。

方毅起身，和中年男子離開，再次穿過充滿著食人獸吼叫的長廊，直到聲音被電梯門隔絕。

電梯中，方毅滿腦子都是周予銘剛剛說到快哽咽的聲音。他知道周予銘在逞強，他一點也不願接納那些，還是逼著自己接受……想到這裡，方毅的心快碎了。

孫東航將方毅帶到三樓的房間，一樓以上的樓層和地下室像兩個世界，乾淨、整潔、明亮。他們所在的房間位於電梯出來第三間，有個小型會議桌，透過窗戶能望見大門的紅色欖仁樹。

「方同學，剛剛看到你做危險的事，言語上有些冒犯，希望你見諒。喝杯茶。」

方毅沒心情喝，婉拒：「我不渴，謝謝。」

「沒事。」孫東航將茶推到一旁，遞上自己的識別證，拿出紙筆，「我叫孫東航，追捕大隊追查組組長。我想問你一些關於周同學的事，你的回答會大大幫助到他，希望你能配合我們。」

「嗯。」他能幫到周予銘嗎？

「那我先問，你們兩——」

「不好意思。」方毅打斷他，忽覺失禮，沒有接話。

「沒事，你說。」

「我能先知道，他會在這裡關多久嗎？」

孫東航放下筆，雙手肘置於桌面，表情嚴肅，「方同學，你知道周同學是食人獸，會失控吃人的事嗎？」

「我知道。」

「那接下來和你說的事，我想你能理解。」孫東航緩緩宣告：「他天生患有這種疾病，會造成他人傷害，所以在死前都不可能回歸社會了。」

方毅愕然地睜大眼，不相信自己聽到的是事實，「他要永遠被關在這種地方？」關在狹小陰暗的地方，沒有食物吃、沒有水喝，餓得發狂還得挨一頓毒打。

「是，這件事我們也很難過，可事實就是這樣。」

孫東航將視線轉向窗戶外的遠方。

「每年都會有將近數百名食人獸面臨相同的命運。其實以前有一段時間，他們被關押在這裡是有食物吃的，後來因爲製造再生人有違倫理，人權組織抗議，最後將那些食物來源者釋放，看守所才變成他們受苦受罪的地方。因此現在不只我們，大部分的食人獸們也都希望能逃離終生飢餓的生活，能少活一天是一天。」孫東航轉變語氣，「這就是我把你找來的原因。」

「什麼意思？」

「有個方法能讓周同學從這個地獄脫身，就是回答我的問題，提供我們足夠正當的理由，讓他接受安樂死。」

方毅站起，椅腳在地面刮出尖銳聲響，震驚且不解地盯著眼前的人，彷彿在等待他改口，或增添其他方法。

「我知道有點難接受，但這是一定要做的事，如果有沒辦法越過的檻，我們都會幫助你和周同學。」孫東航語氣充滿堅定，從後方書櫃拿出一本書，「我先和你解釋，爲什麼找你來才能讓他安樂死，這本是食人獸相關的法規，其中一條寫到『沒有剝奪他人生命或是沒有意圖剝奪他人生命之明顯行爲的食人獸，不能隨意將他們處死』，所以只有殺過人或做出殺人行爲的食人獸，才能以槍枝或是藥物給與他們死刑。我一般不用『死刑』這個詞彙，因爲他們沒有罪，只是罹患疾病。」

孫東航頓了頓，將書闔上，「不過像周同學這種被我們帶來看守所前完全沒咬死過人的案例不多，食人獸不吃東西雖然不會死亡，不過和正常人類相同，會於空腹時感到飢餓，通常發病就會攻擊周遭的人充飢，越吃越多，被我們抓到時通常已經吃十幾個人了。周同學的情況，自從我加入追捕隊以來，還是第一次見到。

「我們請醫生幫他診斷過，他大概三月初發病，至今已經九個月，體內卻只測出兩個人的組織殘留。一個是曾經屬於我們隊的再生人，我很早以前就知道他們會藉由這種方式提供食人獸們協助，讓那些會傷人的病患不被我們捕捉，我不知道他們抱著什麼心態，但不太意外。另一個人，就是你。」

方毅恍然大悟，猜想孫東航說的是徐清，難怪當時他會說自己的肉是人工培植。

「我們猜測他可能是靠食用你的肉才得以忍耐至今，你很厲害，也很偉大，結果出爐時，我們都不敢相信會有人願意忍痛讓食人獸咬自己的肉，減低他們的痛苦。今天和你對談，才發現你確實是很值得欽佩的人，能為親人以外的人這般付出，不簡單。」

孫東航並不知道方毅曾為再生人的事，畢竟第一次知道這個人，是從A中學生們口中得知他被周予銘咬斷手。

方毅被誇得心虛，不知該怎麼回應。

「然而這種行為不能一直持續下去，食人獸的欲望會越來越可怕，總有一天，會發生比斷手更嚴重的事情，甚至是無法挽回的事，這麼做只會讓你們雙方陷入更大的痛苦。」孫東航雙手交叉，加重語氣，「所以最好的方法，就是提供我們證言及讓我們確認你身上的傷口，證明周予銘曾經想殺害你，讓他能安樂死，得到解脫。安樂死採用藥物注射，不會對他造成任何痛楚，此外，該藥物能於死前提供食人獸飽足感，讓他們在飽餐一頓的幸福下離開，對飢餓多時的食人獸，這是最美滿的結尾。以上說的，你能明白嗎？方同學。」

語畢，孫東航重新提筆。

方毅愣愣看桌面。

「這個決定太重大，如果還需要時間想想，我會等待你。今天就不先做太正經的事，可以陪你聊聊，聊什麼都好，你也可以問我問題。」

「我能問一個有點不禮貌的問題嗎？」

「當然可以。」孫東航嘴角帶了點似有若無的笑意，他喜歡這個孩子，很老實。

「所以您一開始就拿出紙筆問我問題，是打算等證言拿到手，才告知我這些嗎？」

孫東航臉上的笑容僵了。

「用『我這麼做能幫助到周予銘』這種話，來騙我把我知道的都告訴你們，是嗎？」

方毅抬起頭，眼裡寒氣逼人，一點也沒有老實孩子好欺負的樣子。

孫東航曉得自己小看了他，他確實有那個念頭，騙方毅把話先說出口再告知實情。方毅和周予銘的感情眞切，他一眼就看出來，他也曾經有段那樣的戀情，滿懷私心，不顧大局……他擔心方毅也和曾經的他相仿，年少不經事。

而事實也確實如此，只不過這孩子相較他，更多一份機靈，知道怎麼保護他的愛人，不讓他隨意在他人手中破碎。

「嗯，抱歉，是這樣子沒錯。」孫東航也不是省油的燈，面色不改地承認錯誤，「因爲我看得出來他是你很重要、很愛的人，即便讓自己疼痛，也要換取他的自由。」

孫東航用筆在紙上點了點，將筆尖收入筆身後放下。

方毅看著孫東航，第一次被他人點明這份愛意，不由得有些緊張，「不……」

「但是情感會降低人的智商，那份感情會讓你想救活他，卻讓你忽略活著可能造成的更大悲劇。」孫東航銳利的目光穿透空氣，進入方毅的眼睛，「你應該記得周同學剛才的表情吧？他剛剛不過把你嚇跌倒，就自責得哭了，若是咬死了你，一定更痛苦，甚至會想了結自己的性命。這就是爲什麼讓他們安樂死是最好的選擇。食人獸也是人，不是怪物，他們不會想看到自己咬傷親愛的家人或朋友，周同學更是。他是一個善良的人，不希望傷害他人，這點你應該比我更清楚。

「我怕你陷入感情的兩難，才用這種方式誘導你做出正確的選擇，後來意識到這樣做是錯的，應該先把實情告訴你，讓你心裡有個底，若是無法接受，再用別的方式讓你了解這麼做的意義。所以在你詢問以後，我把一切告知你，爲的就是讓你思考，怎樣做才是對的。你很聰明，還能注意到我的心機，我相信你一定能理性地給周同學一個有尊嚴的生命終點。對吧，方同學？」

孫東航的眼神是對他的肯定，方毅卻被看得心慌。

似是感受到他的難受，孫東航語氣恢復緩和，拍拍方毅的肩膀安撫，「看你們這樣，我也很不捨，我曾經也有和你相似的經驗，那時也覺得世界不公平，偏偏是我遭遇這種事。後來受到其他人的開導，加上看了許多食人獸們的處境，才慢慢明白如何選擇是最好的。你們是第一次面對這種事，我不急著你給我們答案，一個月內，周同學都還能用低劑量藥物暫時維持正常行爲，不需要使用過激的手段控制病情。一個月後，我就不能保證了。每個食人獸都能得到善終，這是我最大的心願，希望你能往遠處想，分析每個抉擇的優劣，給出合適的答案。」

孫東航走到窗邊，直挺挺地站著，看紅葉輕落，臥在土壤，和小蟲的屍體一同枯爛。

方毅拳頭握得很緊，牙齒也咬得死緊，室內開的是暖氣，卻抵不過現實帶給他的寒冷。

他的認知中，只有罪大惡極的人才必須接受死亡的懲罰。和周予銘相處的半年，他偶爾會感受到他的任性、調皮，然而他到底是個單純善良的少年，沒有做過什麼壞事，爲什麼必須面對這些？

方毅離開看守所時已經晚上，獨自一人搭夜車回家，從繁華夜景到一片片無光的田地，聽著車輪滾過鐵軌縫隙的聲音，怔怔發呆。

周予銘在看守所憔悴瘦弱的樣子，不停在他腦海播映。他宛如坐上一艘小舟，被拋棄在汪洋大海，船上還躺著一名急需就醫的昏迷病人，然而再怎麼張望，四周仍一片霧茫茫，呼救沒有人回應，更不會有人替他指引方向。

他內心充滿無助，被前乘客手摸髒的玻璃車窗，微微倒映著他撓亂的頭髮。

孫東航所謂的幫助他、陪他聊聊，不過是想藉機說服他接受他們偏好的解決方案，並非眞心想爲他和周予銘找到適合的路。

周予銘的命運不應該由一群和他毫無關係的人決定，方毅想做出對周予銘最好的選擇，這件事，只能靠他自己。但他又不禁懷疑，這個問題眞的有答案嗎？

他能理解孫東航的話，甚至認爲他說的話沒有一句是有違道理的，然而他就是沒辦法給孫東航果斷的回答。

他搞不懂自己，也搞不懂他與周予銘亂套的生活……不，其實只有周予銘的生活變了樣，而他，是自願投身於此，只爲了再一次與周予銘四目相接。

方毅渾渾噩噩度過一週的學校生活，下課時趴在桌上，想著孫東航丟給他的選擇題——實際上孫東航只給了他一個選項，是他擅自添加許多可能性。

快入睡時，聽見有人在用手機看影片，他沒心情搭理同學在看什麼東西，只想著小睡片晌，暫時逃避難題，然而那影片的聲音卻讓他愈聽愈在意。

似乎是一段錄影，影片包含許多雜音，忽略雜音後，更多的是人群的尖叫聲，以及野獸的嘶吼。

「那個怪物是周予銘變成的。」

「把門壓好，不要讓他出來。」

方毅顫抖地走到那人身邊，發現同學在看的是一段發在匿名平臺上的影片。

化身成黑色怪物的周予銘被人拿桌椅砸著，發出哀號，卻沒有人停止動作。周予銘失控地想衝出門外，同學們用拖把棍抵禦周予銘的攻擊，直到身穿深藍襯衫及黑褲的中年男子用麻醉槍射擊周予銘。

他倒地，笨重的身子壓壞桌椅，被中年男子帶走，影片到此爲止。周予銘被抬離教室時，鏡頭隱約拍到那男人的臉，是孫東航。

方毅感覺那些打在周予銘身上的東西，全落在他的胸口，回到自己的座位，拿出手機，檢舉那篇貼文。

他將手機關閉，不願再看一眼那令他渾身不適的影片，再度閉上眼，耳邊依舊迴盪著周予銘的哀號。他聽起來疼得難以忍受，卻沒有人上前幫忙，因爲大家都怕身爲怪物的周予銘會一口奪去他們的性命。

方毅也曾經差一點葬身於他的口中……這樣子的周予銘，究竟是活著，還是安詳地死去比較好？

他不知道，只能憑空想像，決定了周予銘的死亡後，會面臨什麼。

如果周予銘不是他的誰，他或許會毫不費力地讓追捕大隊消滅他，理性地說「這對他和大家都好」。可事實並非如此，周予銘是他很重要的人，和孫東航說的一樣。

為了開導方毅讓周予銘安樂死，孫東航每週邀請他至看守所探視周予銘。

張駿文將方毅帶下B6，見兩人開始談天，便會暫時做其他工作迴避。他說他原本並非看守人員，是周予銘的事讓他暫時被調職來此反省，每次提及這事都會開始咒罵周予銘，被護航的方毅擺臉色。

方毅坐在黃線後的椅子和周予銘聊天，兩人都刻意不提及即將面對的事。他們聊美食、聊學校老師、聊去過哪裡旅遊，像剛認識的朋友。

方毅和周予銘的確是剛開始以這副模樣認識彼此——方毅的身體不再能再生，而周予銘被關在牢籠裡；方毅不是食物，周予銘不是掠食者，兩個人是正常的朋友關係，在這不正常的環境裡。

「學長，你吃過合作社的漢堡嗎？」

「沒有，合作社有漢堡？」

「對，還有烏龍麵。」說到食物，周予銘語氣興奮，「雖然我從剛進學校就不能吃正常人的食物了，但我還是會跟同學一起去逛合作社。每次看他們買東西都好羨慕，不過回教室之後，就會想到我有學長可以抱著吃，馬上就不羨慕了，學長眞的很棒。」

說著說著，周予銘流出口水。

方毅感到驚悚，安靜了。

周予銘似乎意識到不太對，立刻道歉：「沒有，我亂說的，我沒有想吃學長，我……好餓，好想喝清燉學長湯。」

周予銘長出耳朵和黑毛，開始咬鐵桿，眼睛則盯著方毅身上的肉。

警報鈴聲響起，周予銘又挨一頓打。挨打後，他不停和方毅道歉，止不住哭泣，不知是疼痛造就抑或是愧疚。

又一天，周予銘和方毅聊到壽司，周予銘說他喜歡吃黃黃軟軟的玉子燒，喜歡拿筷子將它們切成小方塊，一口放入嘴中。

方毅以為這樣子的話題安全許多，不會讓周予銘失控，但不知為何周予銘又提到和方毅吃迴轉壽司的那日，方毅挖臉上的肉給他吃。方毅暗想不妙時，周予銘已經化身成黑色怪物，在鐵牢中四處亂咬。

每次和周予銘見面，都免不了見他挨打，方毅想是他的怪病使然，才會難以自拔地想起吃肉的美好，儘管心裡難受，卻無能為力。

這日，周予銘又因為回想起方毅的腹肉，挨張駿文一頓打。因為疼痛的緣故，他坐在鐵牢的地板上抽噎。

方毅坐在遠處的位置，用言語安慰，想起影片中受大家畏懼的周予銘、孫東航的忠告、張駿文不留情的毆打，忽然問：「周予銘，你會不會很想逃離這裡？」

「想要，我好想要。」周予銘語氣帶著哭腔。

「我幫你好不好？」他的聲音輕得隨時會被地下室其他食人獸的吼聲覆蓋。

「什麼意思？學長你要怎麼做？」

「和他們說幾句話，你就可以走了，走之前還能吃一頓大餐，什麼都有，可以吃冰淇淋和蛋糕，好不好？」

「怎麼可能？」看著方毅接近瘋狂的眼神，周予銘忽然了解到什麼。他聽過看守人員描述那針頭內藥劑的神奇之處，腳軟坐下，「不，學長……學長，你要做什麼？不要……」

然而方毅已經聽不進周予銘的話，好幾個禮拜的糾結讓他神情有些恍惚，周予銘哭著說他想離開，他再也忍不住衝動。他知道在注射藥劑後周予銘會因爲飽足而開心，他好想再次見到這畫面，曾經他脫去衣服就能替周予銘達成的，如今只剩這種方式。

「周予銘，你不要怕，你很快就可以離開了。」方毅越線抱緊周予銘。

張駿文見狀上前將他拉走，怨聲載道：「你不要害我行嗎？」拖著他搭電梯上樓。

看著漸漸遠去的方毅臉上掛著明明是疼惜自己、卻又帶著那麼一丁點殘忍的笑容，周予銘蹲在牢中崩潰大哭。

他不想死，不想死在這裡……但學長要殺了他。

可是，他憑什麼不允許學長這般選擇？他咬斷學長的手，讓他這段日子受那麼多苦，甚至在還不知道他是再生人時，打算咬斷他的頭。

他曾經想奪去學長的性命。即便知道他是再生人後，他們度過一段風平浪靜的生活，他想過殺了他，依舊是不變的事實。

「別睜眼說瞎話，要不是我會再生，我已經慘死了。」

他差點害死學長，從那一天起，他就成爲該被消滅的怪物，是學長的存在，才讓他得以苟活至今，那學長結束他的性命，又有何不合理？

他的死去，能換回學長正常的生活，不用每週都舟車勞頓陪伴自己，爲了他焦心，爲了他難過，爲了他死命坐在那張離自己一公尺的椅子上，忽略身上的顫抖。

周予銘明白，他不能再任性了。

他將眼淚擦拭乾淨，看著隔壁空蕩蕩的鐵牢，開始嘗試想像死亡這件事，或許沒有人們說得那般可怕……

他還是感到恐懼。

回家的方毅恢復冷靜，同時不禁慶幸孫東航當天出勤，沒有機會當下就做出抉擇，否則他會後悔一輩子。

他再一次思考孫東航說的話，依舊無法找出最完美的方法，或許那方法根本不存在。

他點開和周予銘的聊天室，拉至聊天室的第一則訊息，回想著他們過去的相處，他們不曾合影，對話內容膚淺得只有吃肉，還眞是另類的酒肉朋友。看著周予銘那張吃冰淇淋的頭貼，方毅仍然被這酒肉朋友的笑容融化了心，他實在無法想像，那張笑臉永遠消失在這個世界。

他不想要周予銘死掉。周予銘應該活得快樂，活得悠哉，活得像是一個正常人。

最後，手機畫面停在周予銘沒有已讀的那排對話上，他看見上上禮拜，爲了周予銘而心急如焚的自己。

明明周予銘不曾給予過他什麼實質上的東西，他卻情緒混亂得彷彿周予銘給了他一切。

就算知道讓重病親人插管，只爲了延後喪失摯愛之痛的那些人很自私，但他仍然不希望周予銘離開他。

又隔一週，方毅北上探視周予銘。

周予銘正抱著一顆髒兮兮的枕頭在睡覺，睡得很沉。

張駿文想叫醒他，被方毅阻止，看著周予銘平靜的面容，想撫摸他的臉。

我到底在想什麼?方毅臉紅撇頭。

「學長，肉……」周予銘悠悠轉醒，看見方毅，眼神迷茫地流口水。他像動物般四腳著地爬到鐵牢邊，張嘴咬空氣。

片刻過去，周予銘被張駿文打醒，恍神地坐在地板，手垂在雙腿間搓揉。恢復理性後，他微弱地叫一聲：「學長。」

方毅立刻將憋了一禮拜的話吐出，「周予銘，不要理我上禮拜說的話，那是我亂說的。」

周予銘抬起頭，先是訝異，然後轉爲淡然，「不，學長，我覺得你說得很好。」

方毅愕然，「周予銘，你知道我上次說的是什麼意思嗎?不是眞的讓你吃……」

「我知道。」周予銘強忍淚意，好讓自己看起來心甘情願，「就是知道，才覺得你說得很好。學長，讓他們把我殺掉吧，本來就應該這樣，這樣才是、才是對的……」

方毅不知道爲什麼周予銘竟聽懂他的言外之意，胸口悶得快裂開來，這就代表周予銘知道了他曾經想將他推向死亡的事。

不是的，周予銘，我一點也沒有想殺你。方毅好想穿越回上週，往衝動的自己臉上抽巴掌。

「學長，今天就跟他們說吧，我今天就想丟掉這副怪物的身體了。」

「周予銘，你認眞的嗎？」難不成周予銘自己也很想死，就像孫東航口中大部分想解脫的食人獸一樣？如果是這樣的話，他不能爲了一己之利，就逼周予銘苟活。

「……認眞。」

方毅看著他，不敢置信……不，他察覺到周予銘不停吞口水，像在忍耐著什麼，維持正常的言語，甚至刻意不與他正視，像在逃避什麼。他面上坦然，身體卻焦躁不安，搔著身上的傷口，時而抓弄頭髮。

困擾方毅好幾週的事，此時有了確切的答案——周予銘不想死，他看出來了。

他要幫周予銘，他不能讓他委屈地接受死亡。

在張駿文的聯絡下，方毅找到孫東航。

孫東航將他請到三樓的房間，一樣端茶給他。

「我原本還有些困惑，怎麼都不見你尋求協助，沒想到你自己想開了，恭喜你。」孫東航拿出紙筆，「那我開始問你問題吧，大概六、七題左右而已，不多。」

孫東航看著方毅，「第一個想先請你將所有周予銘曾經威脅你生命的行爲告訴我。」

方毅沒有思考太久，「周予銘從來沒有想過殺害我，一次都沒有，所以你們沒有理由殺他。」

孫東航遲疑一秒，「方同學？需要我再和你詳細敘述我們需要什麼資訊嗎？」

「不用，我聽一次就懂了。」方毅斬釘截鐵地拒絕，並給出答案，「周予銘沒有意圖剝奪他人生命的明顯行爲，更沒有剝奪過他人的生命。根據你們的規定，不能殺他，這就是我的答案。」

孫東航看著眼前態度堅如鐵石的少年，沉思許久，放下筆，長嘆一口氣，「你很確定嗎？」

「是。」

「好，我知道了，我尊重你的選擇。」孫東航將紀錄紙放回書櫃資料夾，「我也會盡力幫助周同學，這些日子難爲你了，早點回家休息。現在外面風大，如果不介意，我載你去車站。」

「我下禮拜還可以上來看他嗎？」

孫東航平靜地說：「可以。來陪他也好，不過不要再越線了。」

「是，抱歉。」

孫東航要方毅在門口等他，幾分鐘後開著一輛公用的黑色轎車來到看守所門前，「我開車有點慢，你有耐心嗎？」

「您願意載我，我已經很感謝了。」

車子緩慢駛離大門，追查組的幾名隊員恰巧押著人來看守所，見狀開始竊竊私語，這方毅到底是何方神聖？居然讓孫東航親自接送，卻也同時爲這一無所知的孩子感到同情。

才搭車片刻，方毅便後悔上車，孫東航的行車速度不是正常人能理解的慢。他看著幾名練跑的學生從車窗旁經過，居然還超越他們，心想若非這裡是人少的郊區，他可能已經被檢舉到破產。

終於做出抉擇，方毅並沒有想像中的輕鬆，因爲他知道做出這個選擇必須承擔責任，要思考別的方式讓周予銘逃出痛苦，除了這座監獄，也包括身體本身帶給他的折磨。

週一，方毅到校後旋即找到黃老師，黃老師以爲他要問物理，沒想到卻是問一名代理老師的聯絡方式。

「怎麼了？你認識他？」

「啊……呃，他之前幫過我一點小忙，一直想找時間買禮物答謝他，但還沒送他就走了，我想要寄個東西。」

黃老師哦了一聲，他記得徐清說過他給學生的都是電話，便給了他他的電話號碼。

方毅謝過黃老師，將寫有數字的便條紙收好。放學回到家，他立刻撥打給徐清，嘟聲大概響了十幾秒，就在方毅幾乎要放棄時，電話接通，柔和溫柔的嗓音傳來。

他內心激動，趕緊表明身分：「徐老師，我是方毅，周予銘的朋友。」

「是予銘的學長嗎？找我什麼事嗎？」徐清的聲音聽起來在笑，「話說予銘最近過得如何？你肯定很認眞在餵他。」

聞言，方毅心情一沉，「周予銘現在被關在食人獸看守所。」

「蛤？他被抓了？怎麼回事？」徐清錯愕，「他除了吃你的肉，還咬了別人嗎？你怎麼沒有管好，你在做什麼？」

於是方毅將這些日子的事情告知徐清，以及從孫東航那聽來的、關於徐清的身分。

徐清沉默良久，嘆一口氣，「好吧，不能怪你，不過我走沒多久你再生術就失效了，眞是造化弄人。」

「但他們現在沒辦法殺周予銘，因爲他沒有害死過人。我想把他從那個地方帶走，爲了讓他出來不會失控傷人，我需要您的肉。」

「你知道我現在人在哪裡嗎？」

「哪裡？」

「紐西蘭。」

「怎麼跑這麼遠？」

「來度假，順便做點對世界有幫助的事，不過沒關係。」電話那頭傳來徐清的玩笑話，「聽過紐西蘭直送牛肉嗎？一週內送達，快去把周予銘搶回來，不要讓我輸給孫東航。」

方毅大概隔幾秒才緩過神，欣喜地道謝：「謝謝老師！」

徐清笑了笑，用叮嚀的語氣說：「不會，這小事。另外，保護好你的周予銘，孫東航說的都是鬼話，別聽，知道嗎？」

聽徐清這麼說，方毅安心許多，孫東航的話一直是讓他爲難的原因，既然老師也這麼說，那就不用太在意了。

一週後，方毅收到徐清的冷凍肉，大多是肚子及背部的肉，冷凍宅配規定只能二十公斤以下，徐清塞好塞滿，恰巧二十公斤，裡頭還留一張紙條：「你提供我一個新靈感，之前怎麼就沒想過用寄的？這樣我就不用親自走訪每個有食人獸地方讓他們吃肉了。我決定了，今天就開始這麼做，孫東航準備大輸特輸吧！」

方毅吃力地將宅配抬上樓，並將肉分裝，攜入幾袋至北上的行李。徐清的肉爲他的計畫點亮一盞燈，他決定先讓周予銘解飢，不繼續因飢餓發狂痛苦，至於如何逃跑，他打算再詳細規畫一番。

來到看守所，周予銘不知爲何今日待在黑暗處不願出來，不曉得是不是在睡覺，張駿文並未像往常對他惡言相向，把叫他起床的工作丟給方毅便離開。

方毅站在黃線後，拿出徐清的肉，卻遲遲沒聽見他的聲音，有些擔心，不過輕聲呼喚他後，周予銘立刻有回應，爪子爬地的聲音傳來，他在狹小的牢中已不知不覺習慣用四腳走路。

他抓著鐵桿，面態痴傻地看方毅，沒有打招呼，也沒有發言。

方毅將解凍完畢的肉從夾鏈袋中取出，伸手對周予銘晃晃，神祕兮兮，「周予銘，你看我帶什麼東西來了？」

「肉……」

「對，是老師的肉，紐西蘭直送，專門搭機來給你享用的。」方毅眼帶笑意，「這麼久沒吃東西，你一定很餓吧？老師的肉好吃，你快吃，我丟給你。」

「學長，這裡有監視器。」周予銘阻止他。

方毅回過頭，發現身後有臺監視器盯著他，「吃了會怎麼樣嗎？」

「你會被趕走。」

「不然我背著監視器，丟低一些。」

「不用了學長，我出去再吃，他們已經答應要放我出去了。」

方毅手上的肉掉到地面，腦海重播著周予銘的話，確認自己是否搞錯……放他出去是什麼意思？將他從看守所釋放？「你不是說，你會永遠被關在這？」孫東航也這麼告知他。

「嗯。」周予銘低著頭，淡淡解釋：「但他們說，那是在可能傷人的情況下，既然我沒有做過類似行爲，就不能判定我有傷人的可能性，所以他們只能把我放了。」

方毅跌坐在椅子上，遺忘撿地上的肉，熱意湧上眼眶，激動得想哭。他沒有想到，一個選擇居然能爲兩人帶來這麼大的影響。

原來孫東航把不讓周予銘安樂死講得危言聳聽，其實不過就是爲了想盡快將案子解決，而那些被帶走的食人獸，或許也眞有一部分是被釋放。

方毅慶幸自己堅持己見，換來周予銘的自由，「周予銘，你很開心吧？」

「嗯，我很開心，終於要出去了。」周予銘的語氣並沒有與言語內容吻合。

「我也開心。」

「學長明天會來嗎？」

「會，因爲寒假了，我原本訂了青旅，要待在這裡陪你很多天。」

「你要和我一起坐車回家嗎？」

「當然要，我把剩下的住宿取消。」

「好，謝謝學長。」周予銘臉上終於有笑容。

「你記得你說要做蛋糕給我嗎？原本亂立誓，現在要還債了。」方毅開玩笑地說，其實蛋糕對他而言只是小事。

「嗯。」周予銘乖乖點頭。

方毅將肉放回保冷袋，止不住笑容。他不用再苦思冥想如何營救看守所中的周予銘，之後周予銘也可以靠著徐清寄的肉充飢，無需擔心周予銘可能失控傷人，從此回歸正常生活。

「學長……對不起。」

「幹麼跟我對不起？」

周予銘沒有回應，吸吸鼻涕，忽然又變成抽噎。

方毅想，或許他太過感動，喜極而泣。

隔天，方毅從青旅來到看守所，看著看守人員將周予銘帶出，終於不再隔著鐵桿與周予銘相望，突然有抱上去的衝動。這才猛地想起，他已經主動擁抱周予銘多次，做出動作時自己也沒有意識，身體自動引領他這麼做。

周予銘異常冷靜，看見四周的人，沒有長牙吃人的跡象。

看守人員將周予銘交給方毅，他發現周予銘全身都是汙垢，便提醒他回家最重要的是得先洗澡。

「學長這麼愛乾淨，不要碰我。」

方毅毫不猶豫抱住他，他左手的外固定已經拆去，能做簡單的動作，第一件事，就是擁抱周予銘，「管他的，我要碰。」

「不怕我咬你嗎？」

「不怕。」方毅其實仍帶有恐懼，但擁抱周予銘的渴望比恐懼強上太多。

「幸好他們打了高劑量的控制藥，不然學長比我還失控，一定會完蛋。」

「我、我失控嗎？」方毅像被電到似的鬆開手，雙手無處安放。

「嗯，學長好失控，之前還一直越線，應該是你要被關進籠子。」周予銘笑聲輕盈。

方毅耳根子紅透，下一刻，他又抱緊那瘦弱的身體，「對，我就是失控。」

他已經懶得想理由，以前他連禁止周予銘吃徐清都要想個歪理。現在他承認了，他就是滿腦子都盛裝著懷裡這個人，無法想像沒有他的日子。

坐車四小時，他們抵達家鄉。

周予銘想和方毅在車站告別，可方毅難分難捨，在千方百計的強迫下，終於將方毅推上回家的公車。公車車尾消失在馬路盡頭，周予銘突往住家反方向的路走去。

他原本打算回家見見家人，看守人員說，自從他被關入看守所，家人每日都打電話來關心他狀況，想北上探視他，卻被拒絕。他知道家人再次看見他一定會和他相擁而泣，不過他不想要，因為在那之後，他就得再次離開，怕自己意志不堅，又做出逃跑的行為。

他還是找個安靜無人的地方，不造成轟動、不造成困擾，靜靜一個人面對他該面對的事就好。

回頭，他看見張駿文從車站走出，還有一些他沒見過的追查組成員，走在離他三米遠處，他們腰間都藏著槍，隨時可以將反抗的他斃命。

搭上公車的方毅，目光並沒有從周予銘身上移開。一直到公車啓動，開到周予銘的身影只剩拇指寬，依舊緊盯不放。

也正是因為這般盯視，他在公車即將轉彎的瞬間，捕捉到張駿文顯眼的金髮。

張駿文從一輛黑色轎車的後座走出，駕駛座及副駕駛走下的，分別是一名穿西裝的年輕男人和褐色捲髮的年輕女人。他們跟在周予銘身後，往車站另一方向走，而那並非周予銘過去回家的路。

方毅腦內的警報響起，公車停靠路旁，他趕忙在門關上前一刻下車，用腎上腺素給他的力量，拔腿狂奔。

然而他返回搭車之處時，早已不見周予銘和那三人蹤影，車站人來人往，行李箱車輪滾地聲、擠在接送口的汽車喇叭聲、車站街頭藝人吹奏口琴的樂音，都被隔絕在方毅耳外，他耳中只剩心臟狂跳的聲音。

他們要跟著周予銘去哪？周予銘被釋放了，為什麼沒回家？

怪不得周予銘那麼心急想把他趕走，原來是想偷偷摸摸做些瞞著他的事。

方毅氣自己沒有堅持看周予銘回家才搭車，把剛從看守所被釋放、身體虛弱的周予銘一個人丟在車站，被追捕大隊的人再次帶走。

方毅回想這幾天發生的事，想探出一些端倪，腦海卻都是周予銘看他的表情——他的神情似乎有些不太合常理。

獲知消息太興奮，他把周予銘所有的表情都解讀成和消息有關的情緒。他哭泣，是因爲即將被釋放而流下感動的眼淚……眞的是這樣嗎？

周予銘和他提到這事時，一點也沒有雀躍的情緒。他以爲他前一天就知道，已經開心一整晚，因此沒有和初次聽聞的自己有相同的興奮。

他冷靜回想，周予銘才不是這樣的人，他能爲一點小事蹦蹦跳跳好幾天，不可能這麼快就忘記即將離開看守所的喜悅。而張駿文昨日也沒有對周予銘表現出厭惡，照理說，他們好不容易捕捉到的食人獸，因證據不足即將被釋放，張駿文應該會恨得牙癢癢，對他罵罵咧咧。

這一切卻沒有發生，張駿文留給他們完整的空間，讓方毅陪伴他，就好像同情他即將面對的遭遇，決定待他和善一些。

方毅愈來愈不安，儘管尚未搞懂他們的意圖，他知曉自己必須追上去，否則周予銘會有危險。

但偌大的城市，他該如何尋覓呢？他試著從在公車上看到的畫面推斷，方才三人下車，是讓周予銘走在前頭，他們跟在後方，沒有指引動作，顯然並非打算將周予銘押去哪，而是跟著周予銘行動……周予銘會去哪？那會是個追捕大隊成員不知道、只有周予銘知道的地點。

方毅苦思好一陣子，懷疑會不會是學校。學校離車站不遠，走路十分鐘即可抵達，或許是他給孫東航的答案不能讓他們滿意，他們想親自至學校調查周予銘的罪刑，好讓他能被處死。

況且，除了前往學校的那條路，其餘兩條一條通往市場，一條通往陸橋，他想不到周予銘走那兩條路的動機。朝學校的方向前行，倘若選擇錯誤，還能尋求路上警局協助，於是他決定先前往學校看看，無論結果如何，都比佇立在車站坐以待斃好。

爲了加快速度，他騎YouBike前往，幸好小時候爲了耍酷，偷偷練習過單手騎車，少了左手輔助，依舊能騎得飛速。

四分鐘後他抵達校門口，果眞看見西裝男子及捲髮女子，他們靠在門口的圍牆，時而看手錶，時而看著車流發呆，不過不見周予銘和張駿文，因此判斷他們已經入內。

方毅停好YouBike，避免被門口兩人察覺，從後門進入校園，因爲懷疑追捕大隊打算蒐集周予銘過去危害他生命的行爲，率先跑上他和周予銘邂逅的男廁。

男廁無人，只有水流聲，於是他前往圖書館三樓，舞臺教室的門上鎖，從門底縫隙查看，裡頭沒有亮燈和腳步，確定圖書館三樓也沒有人。

剩最後一個可能的地點——舊科館地下室，那裡是他們使用最久的進食地點，或許有最多周予銘傷害自己的痕跡。

來到舊科館，方毅幸運地見到張駿文，對方守著舊科館的門口，手插口袋，神情有些不安。他從舊科館另一側的門入內，走到地下室，看見周予銘。

消瘦的少年正坐在昔日他們進食的課椅，摸著制服褲口袋，撈出藥盒。

方毅的心情和他第一次上看守所，時隔兩週終於見到周予銘一樣激動，想立刻抱緊周予銘，感受他的存在……卻目睹周予銘打開那藥盒，從裡面拿出一顆黃色膠囊，渾身顫抖放入口中。

暗想不妙，方毅衝上前扳開周予銘的嘴，要他把不明藥丸吐出。

方毅突如其來現身，周予銘嚇一大跳，膠囊卡在喉嚨，痛苦地按住前頸，雙唇微啓發青，向方毅投來求救的訊號。

見狀，方毅連忙環住周予銘的腰部，用拳頭重壓周予銘肋骨下和肚臍上方位置。因缺少一手的幫助，方毅使出渾身力量，才將膠囊從周予銘的喉嚨擠出。

沾滿唾液的膠囊落在地面，周予銘大力地咳嗽，要將五臟六腑咳出似的。

痛苦緩解後，周予銘茫然又氣惱，哭著問方毅：「學長，你怎麼在這裡？」

方毅也在喘息，出太多力，手部肌肉不由自主地抽動，「……周予銘，你先回答我，這是什麼？」指著地上的膠囊，眼神銳利地瞪周予銘。

周予銘面色惶恐，故作鎮定，「那、那那是控制我攻擊人的藥。」

「眞的嗎？」

「……眞、眞的。」

方毅用嘶啞的聲音笑了，「好，那我吃掉，我怕我不吃掉會忍不住把他們全部打一頓。」說著，將那膠囊撿起，放入口中。

周予銘大哭，拉住方毅的手，「不要！學長，那是毒，吃了你會死！我要自殺了，我騙你的，你不要吃，我不要……我不要學長死掉……」

方毅當然不是眞的打算吞那藥，見周予銘哭得撕心裂肺，使勁將膠囊丟到雜物區中，

「他們逼你的嗎？」

「不是，我自己選擇的。」

「爲什麼？我不是說會幫你嗎？我不是找到老師了嗎？」

「要是老師的再生術有一天也不見了呢？」

「周予銘，不會的，總會有方法能好好活著。」

「那是正常人的說法，食人獸活著只會傷害更多的人，我寧可死掉也不要再傷人了。我差點就咬死你和同學了，我不要再這樣了……」

方毅擁住周予銘，周予銘在他懷裡不停抽動，彷彿隨時都會哭到窒息。忽然，方毅聽見腳步聲，小聲說：「我們不要吵這個，先離開這裡。」

他拉著周予銘想起身，周予銘卻死命坐在原地。

方毅沒時間理會他的固執，直接將掙扎中的周予銘抱起，他左手尙未完全痊癒，無法公主抱，於是像抱小孩環住周予銘細瘦的腰臀。已經一個多月沒吃東西的周予銘很輕，他不算太吃力，但爲了更安全，仍要周予銘也出點力抓緊他的肩膀，兩人從通往後門的樓梯逃上樓。

張駿文翻箱倒櫃的聲音從地下室傳來，方毅抱著周予銘從後門逃離學校，直到周予銘拍打他，要他放下自己。

「答應我永遠不自殺就放你下來。」

周予銘不語。

於是方毅抱得更牢，防止他逃跑。

「學長……多管閒事。」

「你剛剛拿藥的時候在發抖，噎到的時候也在用眼神和我求救，我知道你不想死，你騙得了自己，騙不了我。對不起，我那天說了不該說的話，我錯了，你如果生氣要咬我，就咬吧，但是等回家再咬，我現在就帶你回我家。」

周予銘抓著方毅的肩膀，又哭了，「學長，我不咬你了，再咬你我會殺了自己。」

「對不起，我又說錯話了。」方毅用知覺不敏感的左手掌摸摸他的頭，誠懇地道歉。

他們穿過傍晚的車水馬龍，到了公車站前，他將周予銘放下。

周予銘不再逃跑，而是乖乖跟著方毅走。

第七章

方毅來找他、問他要不要從痛苦中解脫的那個夜晚，周予銘在鐵牢裡偷偷哭了一晚上。

半年前，方毅闖進他的生活，照亮他因飢餓和良心譴責而變得晦暗的世界，重新賜予他活著的權利。

平靜的日子，令他貪心地以爲時間能如此持續下去，一年、十年……從此，他不再是異常的存在。

咬斷方毅的手後，他終於明白，這樣的未來終究是他的幻想。他不能以正常的姿態待在人群之中，勢必要被驅逐、壓制或消滅。

雙眼腫好幾天，從小便被家人說脆弱又愛哭，但他任性，從未想過要改，可此刻他多希望自己能堅強一些，才不會每次都嚇到來查看他的孫東航。

見他心情低落，孫東航拿一個血包來給他解渴，他說他們追查組的人都會固定捐血，若食人獸實在按捺不住飢渴，會以他們的血替食人獸解渴。

然而就像人無法只靠喝水過活，這不過是暫時的應急方案，無法眞正解決他們遇到的難題。

孫東航靠在鐵牢邊的柱子，注視手髒兮兮的周予銘緩緩端起陶瓷碗飲血，「周予銘。」

和所有人相同，食人獸也是有名字的。

周予銘並未應聲。

「你學長說你從來沒有想置他於死地，我相信他，也相信你。」

周予銘放下碗，用舌頭將嘴角的血舐乾，這碗血沒有方毅的新鮮，也沒有方毅的溫熱。

「但你應該最了解自己的身體吧？真的要這樣一輩子嗎？」孫東航讓周予銘自己將碗推出，重新端起殘餘血跡的碗，「你可以想想看，晚安。」

孫東航往電梯走去，沒有回頭望周予銘，他忽然想起好多年前，也曾經有人這麼和他說。

周予銘猛地喚住他，彷彿用渾身力氣喊出，「我該怎麼做？」聲音盤桓於除了鐵牢什麼也沒有的地下室，擾醒一些正以睡眠逃避飢餓的食人獸。

孫東航轉過身，神情嚴肅，「安樂死在我們這裡是合法的，可是因爲方同學拒絕，我們不能這麼做，不過如果你在看守所外結束自己的生命，我們管不到。」

孫東航與周予銘對視幾秒，周予銘撇開頭，孫東航也沒有繼續施壓。

「大概就是這樣，如果你願意，我們會幫助你。」

說罷，孫東航離開，地下室重新陷入陰涼與死寂，周予銘驀然渾身顫抖起來。

方毅帶周予銘回到家中。

見兒子帶了個蓬頭垢面、像乞丐的男同學回家，方家兩老感到困惑，仔細看後發現是之前方毅生病來訪過的男孩，熱心關切他幾句。

方毅說，學弟和家人起爭執，需要分開幾天，彼此冷靜，因此會來家中住幾天。

方家人好客熱情，方母還主動提出爲他準備晚餐，方毅以學弟不想麻煩人拒絕了。

周予銘隨方毅上至三樓，方毅找出新浴巾和國中的睡衣，讓周予銘先去洗澡。

聽著浴室的流水聲，方毅坐在書桌前發呆。

十分鐘後，方毅想周予銘差不多洗完頭該出浴室，卻遲遲沒有傳來動靜，走到門前呼喚：「周予銘，你怎麼洗這麼久？」

沒有聲音。方毅又喊兩聲，周予銘依舊沒有回應。

方毅有股不祥的預感，周予銘兩小時前才在學校服毒自殺，浴室這麼危險的地方，他怎麼沒想到周予銘可能在浴室自我了斷？就算周予銘無意再自殺，叫這麼多聲沒有回應，也可能暈厥了。

顧不了入內會看見全身赤裸的周予銘，方毅打開門，果眞看見昏迷在牆邊的少年，蓬蓬頭還漏著水，順著他肩胛骨流下，像小型的瀑布，一路流到他的腰。

方毅沒有心思臉紅，衝入浴室，搖晃他喊：「周予銘！周予銘！」

周予銘無力地摔入他懷裡，沉沉呼吸。

察覺對方氣息未斷，方毅鬆口氣，急著想將他抱出浴室，送往醫院。

這時周予銘忽然緊捏住方毅的手，伸出舌頭舔食，「學長的肉，好好吃。」語氣輕軟，疑似夢囈。

「睡著了嗎？」方拍拍他的臉蛋，沒什麼肉。

「學長……是學長、是學長的香味。」周予銘忽然開始聞著方毅的臂彎。

「周予銘，醒來一下。」方毅用力晃動懷裡的傢伙，居然能洗到睡著，真誇張。

「學長、學長，我要睡床，我不要睡浴室。」周予銘要求，試著在他手上翻身。

方毅用食指和拇指擠壓他的臉頰，「那你還睡？快起來。」

「我要吃肉，@#!%+@$#%£，欸嘿嘿，@$#%&。」

方毅聽不懂他的外星語，拿起蓮蓬頭沖淨他頭上的泡沫，手指穿入他的黑髮。

周予銘則環住他的脖子，用舌頭舔拭他。

他深怕周予銘的牙齒突然偷襲，卻也只能置之不理。忽略面紅耳赤的感覺，他迅速將沾滿白色泡沫的生物沖洗乾淨，套上睡衣，抱回房間，讓他背靠著牆，自己則走到三層櫃拿吹風機。

周予銘的身體像果凍，不停滑成臥姿，方毅一再替他擺回坐姿，吹風機插電，順著風撥弄他的頭髮。

聽見吹風機馬達聲的周予銘驚醒，「我洗完澡了嗎？」

「洗到睡著了。」

「剩下的學長幫我洗了嗎？」

「才沒有，我幫你沖乾淨而已。」

「原來如此，謝謝學長。」周予銘再度闔上眼，呼呼大睡。

方毅輕柔地替他吹頭髮，吹到半乾時，忽然感到不太對，「不對，爲什麼我要幫你吹？我連澡都還沒洗，給我起來自己吹！」

周予銘被方毅的怒吼嚇醒，乖乖接過吹風機。

見周予銘將頭髮吹得亂七八糟，眼神恍惚，宛如夢遊，方毅又搶回吹風機，吹順周予銘頭髮，才進浴室洗澡。

沐浴後，他躡手躡腳回到房間，周予銘已躺在地板上睡著，手指捏著殘留餘溫的電線，胸口像風平時的大海，緩慢起伏。他瘦骨嶙峋的身體抵著硬梆梆的地面，薄薄的皮膚壓久了，還泛起令人心疼的微紅，方毅見狀，彎下腰，動作溫柔地將他打橫抱起，放至床上蓋棉被。

「學長，我睡地板就好。」周予銘迷迷糊糊地想爬下床。

「你剛剛在浴室裡跟我說你要睡床。」

「我好霸道。」

「沒關係，我身上的肉比較多，不像你，都沒肉。」

「鋪一點老師的肉在地板呢？」

「先不用，要鋪也是鋪枕頭。」

「學長要枕頭跟棉被嗎？」

「這是我房間，要的東西我都知道在哪裡，你不用想那麼多，睡覺。」

「哦。」

周予銘重新入睡，方毅把吹風機拿去房間外吹，避免吵到周予銘，再回房間時，周予銘已睡得香甜。

方毅悄悄將吹風機歸位，站在床邊偷看周予銘的睡顏，他雙唇輕顫，呼息無聲。他湊近一些，看得入神，忽然右手被拉扯，重心不穩，摔倒周予銘身上。

方毅想起身，周予銘卻緊捉著他，「學長，你把床讓給我睡，太不好意思了。如果一定要我睡床，我們就一起睡吧，我很瘦，不會占太多空間。」

方毅恰巧趴在周予銘的正上方，周予銘的臉上有他身軀造成的陰影，兩人呈現一種會讓人不禁想入非非的姿勢，方毅渾身發熱。

周予銘單純地看著他，似乎一點也不覺得奇怪。

方毅努力讓自己的聲音聽起來不那麼情緒高漲，「你知道不能隨便把人拉到床上嗎？」

周予銘沒有回應，方毅仔細一看，發現他竟再次入眠。

方毅注視他許久，調整著呼吸，獨自一人面對躁動的情慾。直到周予銘嘴巴微啓，口水沾濕他的枕頭套，才忽覺噁心，越過他身子，在枕頭的右半部躺下。

他刻意側臥，不與周予銘面對面，周予銘手胡亂揮舞著，打在他的左臂，他也因此看見他手背上的咬痕。

他初識周予銘時便存在一些傷痕，如今又增添許多，那不吃肉的六個月，或許除了意志力，也靠咬身上的肉來忍耐吧。

方毅輕摸咬痕，想像周予銘面臨的疼痛，握緊他的手，打算讓那痛轉移到自己身上似的。

方毅的手很溫暖，周予銘希望一輩子都能被他這般緊握著。

他翻身抱住方毅，假裝是睡夢中無意識的行爲，被緊抱的方毅全身發燙，像裝著滾水的馬克杯。

不知道什麼時候開始，周予銘覺得有方毅在，一切就能安然無事，好像來到他們倆曾經相處過的地方，了斷生命就沒有這麼可怕。

方毅卻忽然來到他面前，把他抱離地下室。

周予銘不想死，想活著，他以爲自己沒資格擁有這心願，可是方毅替他達成了。

被方毅抱起時，周予銘內心充滿著對他的厭惡，厭惡方毅願意疼惜身爲怪物的他，讓他又一次自私地想仗著方毅的溺愛，活在這個世界上。

方毅一直以來都只准自己對他好，卻不准他犧牲，他厭惡欣然接受一切的自己。他好貪心，就這麼放縱著該被箝制的欲望。

等逃過追捕大隊，他一定要下定決心逃離，從此不與方毅見面。他不想再讓方毅痛苦，即便對方心甘情願。

周予銘只能選擇以睡夢中的擁抱來回應方毅的心意，因爲他知道，再近一步，他總有一天會用他長滿尖牙的嘴巴，親手殺死他的學長。

被周予銘抱著睡一整晚，方毅醒來時除了腰痠背痛，更多的是沒睡飽的頭疼。他徹夜都在對抗著內心的衝動，他曉得周予銘對他一點感覺也沒有，不能擅作主張。

他默默從周予銘的腳下掙脫，不知道什麼時候，他們的姿勢已經從擁抱變成腿橫跨在對方身上。

時鐘顯示六點十三分，周予銘仍處於熟睡狀態，用棉被將自己裹成春捲。不，春捲餅皮薄，若是厚棉被，他更像刈包中央的那塊炕肉，至於方毅，可能是沒夾好落出餅皮的可憐酸菜，一整夜沒睡，還被寒風凍得喉嚨癢。

他將一隻手露在外頭的炕肉整塊塞回白色麵餅中，那隻手細得能輕鬆用虎口環住，想起周予銘已經一個多月沒進食，到一樓冰箱取出一包徐清的肉，又一次煮起詭異的湯品。順便蒸兩顆白饅頭和煎荷包蛋，一份留給剛考完學測、不曉得打算睡到何時的老姊，一份自己享用。

周予銘醒來時不見方毅人影，下樓尋找。

方毅將湯推到他面前，「早餐。」

「用老師的肉煮的嗎？」

「對。」

周予銘用湯匙攪拌幾圈。

「你幹麼攪拌？」

「哇，香噴噴，謝謝學長。」周予銘拉椅子坐下，小口吃起肉，吃得太急燙到舌頭，被方毅叨念幾句。吃到一半時，他忽然說：「學長，其實這幾天我不用吃肉，雖然吃了很開心，但還是不吃比較好。」

「為什麼？」

「因爲他們給我打的控制劑藥效還沒退，我覺得現在吃很浪費，想留著之後吃，才不會以後要吃的時候沒得吃。」

方毅將最後一口饅頭吃掉，見周予銘放入口中的肉量越來越吝嗇，有些憐惜，餓這麼久了，卻連一頓餐都捨不得大口吃。

於是他上樓打電話給徐清，「徐老師。」

聽見方毅有些不好意思的語氣，徐清便知道他的來意，「學長，怎麼了？糧食短缺了嗎？」

「……對。」方毅不知道怎麼連徐清都稱呼自己學長。

「好，今晚宰給你，周予銘眞貪吃啊。」徐清理所當然地使用方毅曾經覺得怪異至極的名詞。

「謝謝老師。」

「不過作爲答謝，你得回答我一個問題。」

這時電話另一頭傳來一名女子的規勸：「徐清你眞棒，在游泳池裡講電話，希望等一下你手機掉進水裡。」

「他那臺才剛換。」另一名語氣冷淡的男子補充。

徐清的輕笑透過電訊傳來，「等我幾秒鐘。」

接著方毅聽見泅水及物體離水的聲音，徐清似乎聽從女子的話離開了水池。

「抱歉，我朋友叫我不要在泳池講電話，你還在嗎？」
「在。老師要問什麼？」
「你是什麼時候開始讓予銘吃你的肉的？」
方毅回想，「大概中秋節前，九月底吧。」
「在那之前予銘有吃別人嗎？」
「沒有！」方毅加重語氣，維護周予銘清白。
徐清被他的努力給逗笑，「你知道他有做什麼事情忍耐嗎？」
方毅想起昨夜那掛在自己身上的手，「他好像會咬自己的手。」
「哦，就這個而已嗎？」
「我只知道這個，改天有機會我再問問他，看有沒有其他方法。」
「如果只靠咬自己的手撐六個月，眞的很厲害。」
「老師您怎麼知道他撐了六個月？」
「發病時長不同的食人獸，吃人的感覺都不太一樣，我從小被吃到大，所以慢慢就感覺得出來了。這是我的特殊能力，孫東航沒有，厲害吧？」
二人又閒聊幾句，才掛斷通話。
方毅回到一樓，周予銘正在將最後一塊肉切成十等分，一口一口慢慢吃。
「老師說還會寄肉來，你儘管吃。」方毅瞄一眼他手背的咬痕。
「老師人眞好。」
「我也這麼覺得。」

周予銘依舊吃得極慢，像初戴牙套的患者。

方毅有些疲倦，趴在桌上，眼睛半睜半閉看周予銘吃肉。

「學長想睡覺，可以上去補眠。」

「現在睡覺好罪惡。」

「才不會，現在的天氣，就是要窩在棉被裡冬眠。」

「我又不是熊。」

周予銘的耳朵忽然長出來。

「做什麼？收回去。」

「我是熊。」

好，謝謝你的補充。方毅懶得對此回嘴，「我等等要去念書，把之前落後的補齊。」

「又念書……學長好無趣。」

突然，門鈴聲響起。

「誰啊？」方毅走到門邊，打開內門小縫，偷看訪客身分。這是他一直以來的習慣，確保安全。

門外是一頭金髮的臭臉少年，他關上門，背對著門喘息，祈禱那人沒看清他的臉。為什麼他們知道周予銘在這裡？難道他們回家的路上被尾隨？

「追蹤器確定沒壞嗎？這東西看起來快用二十年了。」張駿文抱怨。

「張駿文，你怎麼一天到晚懷疑隊上的儀器壞掉？」年輕的男聲說。

「它們都比我老了，壞掉正常。」

「確實，你腦袋才用十六年就壞了……不，早就壞了。」

「廖禾鈞你是不是想和我打架？」

「沒禮貌，叫學長，而且你打不贏我。」

「周予銘應該在裡面，門口有他的鞋。」捲髮女子淡定插話。

「妳認得他的鞋？」廖禾鈞困惑。

「因爲我第一次看到覺得上面的企鵝很可愛。」

「那我們可以攻堅嗎？」張駿文摩拳擦掌。

廖禾鈞敲他一拳，「你有種就攻堅，被警察抓最好。」

方毅將門鎖上，拉著周予銘上樓。

周予銘手上還抓著湯匙，雙手揮舞，「啊！學長，你做什麼？」

「追捕大隊來了。」

周予銘慌張，「他們怎麼知道我在這裡？」

「他們是不是在你身上放追蹤器？跟我說在哪裡。」

兩人躲回房間，連窗戶也鎖上，周予銘盤腿坐在地板上思考，「我被抓的那天，他們好像帶我去一個像手術室的地方，把我麻醉以後，我很快就睡著了。醒來後已經在那個鐵牢，我不知道他們對我做了什麼，但脖子後面有一點刺痛，睡覺的時候會覺得壓到東西，所以我後來都側躺……會不會是那個呢？」

方毅急忙將他的後領口往下翻，撫摸他的後頸，周予銘因爲怕癢而扭動，被他抓牢。

周予銘靜止後，他果眞摸到一突起物，大概寶特瓶蓋大小，微微地震動，隔著皮膚透出紅色閃光。

他感到灰心，本想著要是周予銘告訴他追蹤器在哪，取下後丟垃圾車即可，如今這東西埋在周予銘體內，想拿也拿不起來。

這群人，說想幫助食人獸，講各種漂亮話，實際上根本沒有把他們當人看，方毅內心義憤填膺。

他偷偷走出陽臺，那三人還守在門口，無法將周予銘送往醫院取出異物。

「學長，我出去給他們抓吧，我要是自己不想死，他們不能殺我，頂多被他們關回去而已。」

方毅強硬拒絕周予銘的提議，「不行，我不要。」

他們待在房間中，一時之間不知該如何是好，門鈴此時再度響起，是帶有催促意味的連續音。

方毅緊抓著周予銘避免他逃跑，二樓傳來房間門被甩開的聲音，接著是重重的下樓梯腳步聲，大門的內門被開啓。

「找誰？」方芸的聲音帶著濃濃的起床氣。

「啊……怎麼是一個陌生的女人？」張駿文嘀咕。

「你到底找誰？」方芸的語氣稍微拔高，似乎十分不耐。

「我們是追捕大隊的成員，因爲追蹤器顯示妳家有食人獸出沒，想詢問能否讓我們入內調查？」

「搜索票。」方芸攤手。

「呃，沒有那個東西，不好意思，不過我們是特殊機構，有權……」

「說自己是特殊機構就可以闖進別人家，會不會太爽？而且我們家沒有那種東西！」

「可是追蹤器顯示……」

「你手上那個像玩具的破東西顯示我家有什麼獸，你就要闖進我家？當我白痴？」

「這不是破東西！」

「這東西很破，但不是玩具！」

廖禾鈞和張駿文齊聲替儀器發聲，但認知似乎對不上。

「沒有搜索票就不准進來，抓寶抓到別人家，現代人真的有病。」

「小姐！」

「我才高中，小姐個屁，叫我妹妹！」方芸狠狠關上門，用力踩踏階梯回房，「剛考完試還不能好好睡一覺，媽的。」

「你姊姊的戰力值好高。」周予銘瞪著大大的眼。

「嗯，眞的。」方毅不知道該感到幸運還是恐懼。

方毅再次躡手躡腳至陽臺，蹲低查看，被方芸驅趕的三人悻悻離開他們社區，到社區外的便利商店買茶葉蛋和關東煮壓驚，於門口圍成三角，似乎在討論解決方案。

他暫時放下心中大石，想起可以趁現在帶周予銘就醫，不過若走路坐公車，一定會與三人碰面，於是膽大包天地將腦筋動到方芸身上。

「周予銘，你待在房間一下，我下去找一下我姊。」

方毅深吸一口氣，敲響方芸房門。方芸大概隔兩分鐘後應門，他同時獲得和張駿文相同的怒瞪。

「有什麼事情不能等我醒來再說嗎？吵死了。」方芸抱著她的三十公分款丁丁抱枕，「而且你醒了為什麼不去應門？你知道剛剛有個神經病想闖進我們家嗎？」

「姊，妳可以開車載我和學弟去醫院嗎？學弟身體裡卡了一個東西。」

「你知道我考完駕照後完全沒上過路嗎？你們給我載真的會直接躺著進醫院，搭公車吧。」

「不行。」

「怎樣，他很嚴重喔？要不要叫救護車？」

「不用。拜託了姊，妳想要什麼酬勞，我拿今年的紅包錢買給妳，妳載我們吧。」方毅雙手合十，「而且人都是在逼不得已上路時學會開車的。」

方芸思索一番，看一眼手上的抱枕，幻想若擁有一百公分款的，能雙腿夾著它睡覺，似乎不賴，而且老爸老媽也一直要她多練習開車，才不會浪費駕訓班的錢……練習開車還能獲得獎勵，一舉兩得。

她把三十公分款抱枕丟回床上，關上門，「那我要一百公分款的丁丁抱枕。我換衣服，你們去樓下等我。」

方毅愣了片刻，意識到自己談判成功，興奮跑上樓拿一件白色帽T和長褲給周予銘換，還替他圍上一條焦糖色針織圍巾，再替他戴上帽T毛茸茸的帽子，試圖隔絕一些追蹤器的信號。

因為身材嬌小的緣故，周予銘把方毅的白色帽T穿成及膝裙，像偷拿哥哥衣服穿的小孩。

方芸拿著車鑰匙上車，研究如何發動引擎與打檔。

曾留意過父親開車的方毅，在一旁教會她怎麼發動後，開始有跳車的念頭。

方芸靠著九月時上駕訓班的記憶，將車開往離家最近的大醫院，一路上都在尖叫和罵方毅找死，一遇轉彎就嚎得像失戀，甚至差點在小巷中擦撞到亂停車的駕駛。方芸把所有能想到的詛咒全罵過一遍——亂停車的人最好被警察開罰單開到傾家蕩產，順便不小心開進河中拋錨。

歷經曲折一行人終於抵達醫院，周予銘掛一般外科，動門診手術將追蹤器取出。

手術結束時已是下午三點左右，方芸坐在等待區午睡，偶爾滑IG，方毅則不停盯著自動門，直到周予銘從內走出。

周予銘的後頸貼著一塊紗布，不停用手去搓揉，方毅見狀抓住他的手，「好了，不要摸了，很痛嗎？」

「現在還好，感覺麻藥退了才會開始痛。」

「追蹤器丟了嗎？」

「沒有，在這裡。」醫生將硬幣模樣的追蹤器用密封袋裝給周予銘。

「你繼續拿著它就沒意義了，會被追捕大隊抓到。」

「對齁，那拿去垃圾桶丟。」

「不對，等一下，先留著，給我。」方毅搶過追蹤器，收入口袋。

準備離開時，他在醫院的停車場與追捕隊的三人對上眼，確信那東西確實是追蹤器。

「方毅！他們就是早上想闖進我們家的神經病，爲什麼追過來了？」

「姊，快去開車。」

「好。」

「周予銘在那裡！原來那女的是他們的同伙。」張駿文大喊。

方毅拉著衝刺緩慢的周予銘上車，催促方芸發動引擎。

方芸現在對駕駛汽車頗爲熟悉，俐落地離開停車場，卻忽然剎車，「等一下，我要調整一下座位，椅子太後面了，有點難踩。」

「姊，他們追上來了。」

「不准催我，我快好了。」未料，方芸再次踩油門，汽車竟直直倒退，車尾撞上追捕大隊的車，發出巨大聲響，「幹，我打成R檔。」

她趕緊換成D檔，才往大馬路上駛去。

追捕大隊車上，司機廖禾鈞咒罵，「這妹妹心機好重，居然打算撞壞我們車頭！幸好我反應夠快，沒有跟著撞上去。」

「你滿聽話的嘛，人家叫你叫她妹妹，你還眞的就改口了。」捲髮女子祁佳璐瞥了他一眼，語氣冷淡。

「我原本就很尊重他人意願。」

「是嗎？所以他們想要逃跑，你才不追了嗎？」

「不是，是她開太快了，她這、這時速一百了吧？當高速公路開啊。」廖禾鈞瞪大眼。

「追上去，我不想被孫先生罵。」

「是。」廖禾鈞加速朝方芸車尾行駛。

「我們就不應該同情周予銘，答應讓他一個人執行。」祁佳璐雙手抱在胸前，語帶責備，「應該要盯緊他，親眼看到他斷氣。」

「對不起啦，妳回去再罵我行嗎？」行駛快車使廖禾鈞腎上腺素飆升，急得無心力好好和隊友道歉。

「沒有，我不罵你了，你也不是第一次做這種事了。」祁佳璐轉頭看向副駕駛座的窗外，「可能你不適合這個工作。」

過了許久，祁佳璐又說：「找個時間離職吧，你比較適合需要善意與仁慈的工作。」

廖禾鈞緊盯路況，一名老奶奶因爲步行速度慢，紅燈了還站在馬路中央。

廖禾鈞等待她穿越馬路時，被後方車輛按喇叭，「妳眞的那麼生氣喔，還叫我離職。」

「我在誇獎你。」祁佳璐的褒詞遭人誤會，不悅地翹唇，不過她面朝車窗，沒讓廖禾鈞察覺。

正欣喜甩掉三人的方芸唱起歌，用手指打拍子，命令方毅開啓廣播聽音樂。隨著歌曲一首一首播放，周遭景致愈來愈陌生，甚至逐漸荒涼，平日做事大膽的方芸開始有些不安，「方毅，我們掉頭回家吧，我不知道我再開下去會開到哪裡。」

方毅沉思，「他們已經知道我們家的位置，現在掉頭，他們一定會追回來。」

「他們到底爲什麼要追我們？」

方毅不應，周予銘逕自出聲：「因爲我會吃人。他們是專門抓食人獸的，我是食人獸，所以他們要抓我。」

「所以他們早上說的就是你嗎？」

「嗯。」

「沒想到他們是認眞的，我還把他們當抓寶的。」方芸恍然大悟，繼續開車，並沒有表現出一般人知道車裡有食人獸時會有的驚恐反應。

「妳不怕嗎？」周予銘有些吃驚。

「你會亂咬人嗎？」

「可能會。」

「方毅你給我把他用安全帶纏好。」

「我纏了。」方毅看著像高麗菜捲被纏住的周予銘。

周予銘用手指撥弄著安全帶護套上的小熊。

「怕又如何？我總不可能把你們丟在這裡。」

「姐姐人眞好。」被接納的周予銘心情愉悅。

「啊，所以你那時候是在幫他煮湯喔？」

「對。」方毅從後照鏡瞥見一臺卡車正朝他們駛近，而前方路段是黃色虛線，「姊，妳稍微開慢一點，讓到旁邊去。」

「要做什麼早點說好嗎？」方芸對於方毅忽然給出指示感到不悅。

方毅拉下車窗，等到那輛卡車加速超車，將追蹤器丟到卡車車斗，追蹤器卡在貨物間，被卡車載往山路。

看著追蹤器越來越遠，方毅忐忑不安的心情也跟著被運走，「他們應該暫時找不到我們了。」

「學長好聰明。」

「我們大概再開幾公里，等他們跟著卡車去奇怪的地方後，就可以回頭了。」方毅對方芸說。

「方毅，我今天破例讓你指使，以後可沒機會了。」方芸握緊方向盤，不太友善地笑，「你開一下定位，我想知道我們在哪裡。」

「好。」方毅取出手機，打開地圖，瞬間傻住，「我們已經到外縣市了。」

「天哪，我好猛，第一次上路居然開到外縣市了。」方芸用接近歡呼的語氣驚嘆，「方毅你說得對，果然開車這種事，還是要勇敢一點。」

暫時脫離險境，方毅才發現天空的薄雲已著火似的亮起刺眼的橙光。面對即將西下的夕陽，方毅不感惆悵，因爲一切都朝著他渴望的發展，周予銘也安然無恙在他身旁。

他此生最滿足的時刻，便是這個與周予銘一同指著窗外雲霞讚嘆的向晚。

方芸開著車，經過一小村落的觀光市集，雖然他們已到能回頭的距離，但她餓了，便停車到市集裡覓食。

她一個人走在前頭，看見好吃的便上前排隊，方毅也買一塊夾心豆干，和周予銘坐在遊客中心前的石頭長椅享用。

周予銘盯著來往旅客，因爲是週一的緣故，人潮不算太洶湧。

方毅歷經一整日劫難，沒心情注意他人，靜靜吃豆干。

周予銘忽然開口：「學長，我去一下廁所。」

方毅將口中的食物嚥下，「好啊，我陪你去。」

「不用了。」周予銘快步跑開。

不知是否爲燈光昏暗導致，方毅總覺得周予銘的皮膚特別黑，頭髮上也多出一撮熊耳朵的毛。

等了十分鐘，周予銘沒有回來，方毅擔心他，前往廁所查看。廁所前的路燈忽明忽滅，似乎是老舊設備，他走入廁所，小便斗前沒有人，只有兩間上鎖的蹲式廁所。

方毅猜測周予銘在其中一間，於是待在門口等。

第一間廁所門大開，一名穿polo衫的中年大叔走出，那周予銘就是在另一間了……不知是不是早上的湯沒有煮好，導致他拉肚子。

方毅見廁所沒有其他人，輕聲呼喚他：「周予銘，你還好嗎？」

周予銘依舊沒有回應，方毅心想他或許是擔心廁所外有其他人，才不出聲。

五分鐘後，廁所門終於開啓，然而走出的是一名國小年紀的男孩，他用異樣的眼光看方毅。

方毅有些難爲情，但尷尬的情緒僅存在一瞬就被找不到周予銘的怪疑取代。

他環顧廁所附近，不見周予銘瘦小的身影……還是他早已回到原處等待他，恰巧與他擦身而過？

方毅返回遊客中心的長椅，位子已被一家四口占去，四處遊客零零落落，照理說應該很方便找人，但將每一個人的臉龐、身形都覽過一遍，就是沒有看到周予銘。

他想起離開前，周予銘疑似冒出頭髮的耳朵……在黑夜中，其實他看不太清楚，因此他無法確定周予銘是不是又有化為怪物的跡象。

算了算，他打控制藥物已經過了整整兩天，藥物的確很有可能失效，但方毅甩頭丟棄那個想法，或許只是燈光昏暗，他眼花了，一定是的。

他在一間賣地瓜球的攤位前找到方芸，上前拍她肩膀。

方芸被嚇一大跳，「幹麼？」

「你有看到我學弟嗎？」

「沒有，你們兩個不是一直走在一起嗎？」

「他剛剛去上廁所後就不見了。」

「他會不會去別間廁所？吊橋對面還有一間，在舞臺旁邊。舞臺好像有人在表演，我等等要去看看。」

「那我先過去找他。」

方毅走過吊橋，不少情侶及家庭在橋邊拍照，街頭藝人高歌著，曲目幾乎都是老歌，掩蓋冬季小溪微弱的流水聲及人群間的談天。

他朝廁所走去，這裡的廁所更舊了些，門口橫著一灘積水。他跨過積水，進入男廁，沒有一扇門是鎖上的，小便斗前也沒有站人。

這結果在方毅意料之內，他本就認為周予銘沒必要特地跑來吊橋另一邊上廁所。

那他又會去哪？他不會進入市集買食物，那些東西他吃了就吐，難不成進入遊客中心避寒嗎？他應該不會一聲不響，自己在外頭等他，他走幾步便能通知。

方毅站在人群間，暈頭轉向，忽然，他聽見民眾的驚呼，轉頭一看，震驚不已。人群四散，一部分往吊橋另一端逃竄，舞臺前的廣場空出一大缺口，正中央是一隻渾身長滿黑毛、頭上有一對熊耳，身形肖似藏獒的生物。

那生物雙目霍霍眨眨特別顯眼，張著血盆大口，一口尖牙露在空氣中，唾液自嘴角淌下，滴在牠腳邊，方毅才注意到黑生物腳底壓著一名女童。或許是黑毛融合夜色，他總覺得今日的周予銘比平時更大一些。

女童的母親在一旁嘶吼，拿起地板上裝置藝術的粗木攻擊黑生物，想將其從女童身上趕走。

黑生物卻撞倒婦女，又一次用腳掌抵住女童胸口。女童嚇得尖叫掙扎，黑生物充耳未聞，含住女童半個身體，就要將她攔腰咬斷。

「周予銘！」方毅奔馳而上，想阻止黑生物的行爲。

猛然間，子彈射穿黑生物的心臟，黑生物應聲倒地。

腰間被咬出血的女童從黑生物的口中爬出，撲入母親懷中大哭。

那子彈彷彿也打入方毅的體內，疼得他身體彷彿隨時都會撕裂，腦袋暈眩使他看不清前方，但他依舊奔跑，直到跪倒在那漆黑的屍體旁，「周、周予銘……」

鮮血從黑生物的傷口中流出，滲入方毅膝蓋與地板的縫隙，一名身穿深藍色長袖襯衫的中年男子來到屍體前，在黑生物的腦袋補一槍。

黑生物身體受到槍擊，翻滾半圈，躺在地上一動也不動，身軀慢慢開始變化，毛髮縮回軀體中，動物腳掌變回人類的四肢。

方毅渾身顫抖，畏懼著即將看見的、周予銘瘦弱身子中兩槍而亡的畫面……然而恢復原狀的四肢卻非方毅熟悉的模樣，男人的手臂和周予銘的小腿差不多粗，整具身子的體積目測是周予銘的兩倍，嘴角及牙縫沾著血與碎肉，似乎已獵食不少人。

方毅呆坐在地，被人單手架起，推到一旁。

「你在做什麼？很危險！讓開。」中年男子上前探那食人獸的呼吸，見對方已斷氣，將屍體裝袋，扛在肩上，離開現場。

方毅看清對方的面容，以及那一貫嚴肅冷峻的態度，是追捕大隊追查組組長孫東航，只不過對方似乎並未辨出自己。他佇立在兩灘血液旁，鮮血沿著磁磚縫隙融合成面積更廣的紅，在無光的環境下，像工人失神撒出的黑色油漆。

被射殺的男人提醒了方毅必須更迅速地找到周予銘，否則下一個倒在血泊中的，就是發瘋的周予銘。

他加快腳步，奔跑在因食人獸入侵而觀光客逐漸減少的市集。

方芸行色匆匆從吊橋另一端前來找方毅，手上抓著裝地瓜球的紙袋，「方毅，我剛剛聽到有人說有吃人的怪獸被殺了，該不會是你學弟吧？你臉色好差，還好吧？」

「不是他，但我還沒找到他。」方毅喘著氣，頭還有些暈。

「我去叫遊客中心廣播。」

「不可以。」方毅拉住方芸，「有追捕大隊的人在這裡，他會被抓。」

「那你到底要怎樣？」

「市集我都找過了，我去看看附近其他地方。」

「我也去，你手機開聲音，不要等等讓我找不到你，我會揍你。」

「好。」方毅和方芸分別，往人潮稀少的步道區走去。

若周予銘的躲藏是由於藥效降低，方毅猜想，他會因害怕傷害人而跑至無人之處，於是遇到岔路時，便選擇較僻靜的道路。

一旁的路牌貼著小心野生動物出沒的告示，方毅踩上木頭階梯，咯吱作響，在路邊看見疑似斷臂的物體，嚇一大跳撿起，發現是枯木。

他拉緊刷毛外套，寒氣仍無情地襲入身軀，喉嚨愈來愈乾疼……

草叢中驀地傳來一陣窸窣細響，方毅倒退一步，喊了一聲，「周予銘？」

一隻野兔從草叢裡跳出，躲到另一個草叢後，踢起幾片枯葉。見不是周予銘，方毅感到失落，打算接著往前走，此時他聽見一陣微弱的呼喚，有人抓住他抬起的腳踝。

「學長……」

那氣音般的呼喚和風聲交纏成一響，被強勁的風綑綁帶去，然而無論周予銘的聲音再微弱，方毅依舊能捕捉到，所有關於周予銘的細微末節，他都不會忽略。

方毅用他被冷風吹啞的嗓子斥責：「周予銘，你怎麼在這？我找你找好久，你不是跟我說你要去上廁所？」

語畢，他往周予銘走去，他看不見周予銘完整的身子，只瞧見長著一對熊耳的黑色頭髮。

周予銘卻喊：「學長，不要過來。」

「那你出來。」方毅命令。

「學長，你和你姊姊回家吧，我不能走了。」

「你受傷了嗎？」方毅憂心。

「沒有，我耳朵縮不回去了，毛也開始長了，要變怪物了。」

「我不可能把你丟在這裡，我姊也是，我拿東西綁住你，帶你回家吃老師的肉。」方毅逕自闖入草叢。

周予銘利牙外露，發出一聲哮吼，林子震盪，黑鳥於枝頭間飛竄。巨響使方毅失聰幾秒，忍不住皺眉，摀住耳朵，不過仍往周予銘靠近。他撿起一根竹棍防身，但也無法確定周予銘若真的發瘋，自己是否捨得拿竹棍往他身上打。

「學長走開，再過來我要咬人了。」

「丟著你不理，你待會也會咬人。」

周予銘被方毅的話惹哭了，「可是我不想咬你啊。」

「你先咬這個，老師的。」方毅將狀似斷臂的枯枝丟給周予銘。

周予銘見狀以為是真的手，失控咬上去，牙齒冷不防地碰到硬木，疼痛灌入齒間神經，發出動物的哀號，「嗷——」

方毅內心一痛，然而他沒時間顧慮這些，安撫是等會的事。他趁周予銘疼得變回人時拆下他脖子上有些彈性疲乏的圍巾，用圍巾和枯木縛住周予銘的嘴，「走，我們回家吃肉。」

他溫柔地摸周予銘的背安撫，牽著周予銘離開黑漫漫的森林。

市集的光愈來愈近，打入周予銘被淚水濡濕的眼眸，那光好刺眼，就像方毅答應他從此不會讓他餓肚子那時，照入他眼中的希望。但他知道，全身漆黑的自己，終究只能屬於那座魆黑的林。

枯枝對他一點用也沒有，待那口無法克制生長的利牙冒出頭，他只需稍微出力，枯木便會粉碎。到時候方毅會成爲他第一個獵物，被他的牙齒撕碎。

周予銘用力甩開方毅的手，迅速奔回林子裡，任憑方毅在後方追趕嘶喊，依舊沒有停下腳步。

他不願咬傷任何人，更不願造成他人的痛苦，可若這是必然發生的事，他希望學長是他最後一個咬死的人。因此他必須離方毅越遠越好，直到方毅永遠看不見他，也無法來到他身旁。

周予銘體內的毛迅速長出，黑色生物融入那抹他最懼怕的黑暗。方毅在後方大喊他的名字，也跟著闖入黑暗。

第八章

周予銘返回林子，食人的欲望開始以乾冰昇華的速度膨脹，渾身被燥熱占據，隨時都會將他的皮膚撐破。他滴著口水，搖搖欲墜地往林子深處走去，深知此時只要有個人來到他身邊，他便會喪失理智咬死對方。

這個時間點，步道區杳無人煙，至少在天亮以前，他不會失控傷人，這樣的空間令他滿意，如果可以，他甚至希望一輩子待在這裡。

突然，一道來自遠處的亮光進入他的視野。

林子入口，持架著手機的自拍棒的男人跨過圍繩，「我現在人在溪口村的黑犬步道。為什麼叫做黑犬步道呢？因為傳說三百年前，人們在這座林子中發現一隻大怪物，全身漆黑，身上都是毛，外型和狗十分相似，因此被取名為『黑犬』。

「這座林子下午五點以後不能入內，告示牌說因為天色昏暗，容易發生危險，但其實當地居民口耳相傳，晚上不能進入林子的主要原因是那黑色怪物每到深夜就會出來捕食，進到林子的人，都會成為牠的晚餐。

「不過大家都知道我頻道不畏任何事的精神，今天我全副武裝，就是要來捕捉那黑色怪物的身影給大家看看，我們走。」

男子朝黑暗的林子走，風將樹葉吹得沙沙作響，冬季的森林沒有蟲鳴，使男子的腳步聲格外明顯。

周予銘不敢回頭，繼續往林子裡奔跑，四肢卻忽然僵住，欲望牽動他的雙腳，轉身一步一步朝男人跑去。

男子左顧右盼，用棍子敲著地面，周予銘辨出他的方向，奔跑的速度愈來愈快，跳入男人身後的草叢。

那人繼續對著手機自言自語，周予銘已然聽不清，雙手攀上男人的肩膀，站立成兩米高，舌頭從利牙間伸出，舔舐他的頭頂及脖子，男子的頭髮登時沾滿唾液。

男人被嚇得跌坐在地，手機被甩至地面，周予銘一腳踩在手機上。男人每退後一步，周予銘便跟著靠近他一些，男子扶階梯的木椿站起，拔腿狂奔。

周予銘本想過個癮就走，然而人肉的味道讓他更加飢餓，男人逃跑時，忍不住朝他追去。

他跑一步是男人的兩倍距離，男人跑上階梯，因平時極少運動，沒跑幾階，雙腿便開始疲憊痠痛。他跳上階梯扶手，迅速逼近，男子因光線不足，誤踩濕潤的枯葉，整個人向後仰，跌下階梯。

周予銘見食物滾下階梯，折返回平地，男子因受傷滿身是血，導致他食欲更盛。他壓住男人，思考要從哪個部位開始享用，內心卻同時被極大的痛苦占據，腦袋裡都是自我責罵的聲音。

他多麼希望有人將他射殺，這樣他至少不會以怪物的身分死去。然而林子裡沒有其他人，他只能再一次像他吃掉方毅頭的那日，在罪惡中被動接受自己是怪物的事實——一雙纏著繃帶的手抱住他。

「周予銘，不准吃！你聽見我說話了嗎？不准吃，不准給我亂吃！」

方毅穿著刷毛厚外套的身體緊貼他的背脊，像躺入他喜歡的被窩，柔軟包覆身軀。

男子從他離地的腿下逃生，但一起身便雙腿發軟倒地。

周予銘掙脫方毅，又往男子身上壓，男子連喊救命的力氣都沒有，顫抖著看那黑生物的嘴慢慢靠近。

他的意識模糊不清，耳邊傳來喊他的聲音，如同浸在水中似的，勉強能聽見了，卻控制不了自己。

「周予銘，你不是怪物！冷靜下來，不准吃！」方毅的嗓音已近乎沙啞，身體被周予銘拖行，依舊不放開，使勁勒著他的肚子。

不要，快離開，讓他吃了這男人，這樣他才不會咬傷學長。他試著甩掉方毅，但無論如何，方毅都會重新擁住他，甚至來到他面前，擋在他與男人之間。

「周予銘，給我停下來。」

周予銘失控向前衝，牙齒在方毅的肩頭劃出長長一道口子，血濺在方毅借給他的白色帽T。

方毅慘叫一聲，但攔著周予銘的雙手依舊高高舉著，「周予銘！」

學長，我就是怪物，拜託你走開。周予銘在心中無聲地祈求。

「周予銘，醒來，快醒來。」

學長，把我丟掉吧。

「周予銘，別吃。」

學長，你身旁就躺著一根棍子，不走，就快點拿起來打我，像張駿文那樣，或許我就能馬上恢復理智。

方毅彷彿聽見他的訴求，蹲低，撿起那根棍子。

周予銘感激，學長終於要打醒他了。

然而棍子並沒有抽到周予銘身上，方毅將那棍子拿在手中，將身上的血抹到表面。

「周予銘你看，這是人的手臂喔，過來，快過來。」

爲什麼不打他？聞到那樹枝上的血味，周予銘下意識回過身子。

方毅像誘捕小貓似的，拿著那帶血味的樹枝，將周予銘帶離男子身邊。

「你是人，你不是怪物，不要怕，我不會打你，不會像他們那樣對你。」方毅的話催眠著周予銘，「你不是怪物，周予銘。」

方毅用溫柔的態度引導著他，一點也不像面對一隻正打算殺人的怪物。

「周予銘，跟我回家吧。」他說：「我愛你。」

周予銘被帶出林子，在方毅的催眠下，吃人肉的欲望竟不知爲何慢慢淡去。他再次看見市集的光，而方毅仍在他耳邊呢喃：「周予銘，你不是怪物，你好乖。」

他想到好幾個月前，他們在迴轉壽司店，學長割下臉頰上的肉，餵入他的口中，那時學長也是用如此堅定的眼神盯著他。

「周予銘，有我在，你就不是怪物。」

他當時總認爲，是因爲兩人異於常人之處恰巧互補，方毅才會這麼安慰他，他現在終於懂了。

「有我在，你就不是怪物」並不是因爲他能吃方毅的肉，方毅才這麼說，而是即使周予銘與眾不同，方毅還是會把他當成最親愛的人呵護——這才是方毅想告訴周予銘的。

周予銘淚流滿面，眼淚流過的地方，毛髮逐漸退去，背上一陣刺痛，忽然感到很想睡，於是放任自己倒在地面。

方毅知道，他一定要阻止周予銘吃人，不只是爲了讓追捕大隊無權殺他，亦是因爲他了解，僅有如此，周予銘才有完整的心能好好活著。

見周予銘乖乖跟著他僞造的假肉離開步道區，方毅極度感動，渴望抱上去、揉揉周予銘的頭髮誇獎他「你看，你可以的，你好棒」。

肩上的傷口極度疼痛，似乎比想像中更深，血流不止，幾乎快和斷手時流的血等量，方毅因缺血而暈眩，腳步不穩，摔倒在地，卻滿懷興奮。他傻笑地想爬起，眼前一黑，側身撞地。

周予銘的口水漸漸收斂，看向人群的眼神，也不再充溢欲望。

意識逐漸模糊的方毅，欣慰地看著眼前的畫面，下一秒，一根飛鏢似的物體刺上周予銘的背。

周予銘倒地，變回人形，倒在方毅面前。

「周予銘！」方毅呼喊，扯動傷口，鮮血流淌得更洶湧。

孫東航拿著槍枝靠近兩人，槍口抵著周予銘的太陽穴，確認他是否還有攻擊人的可能性。

方毅見狀大吼：「你不能開槍！」

孫東航蹲下，冷漠地提醒：「你不要說話了，等等救護車來，帶你去醫院。」

「他沒有殺人，你不能開槍。」方毅不顧身上的傷，依舊對孫東航大吼大叫。

「方同學，你冷靜一點。」

方毅眼前又閃過一片黑，他卻硬生生爬起，「孫組長，你不可以殺周予銘，他沒有殺人，真的，我保證。」

孫東航將槍收回腰間，將瘦弱的周予銘抱起。

見周予銘重新回到追捕大隊手中，方毅用祈求的語氣呼喊：「孫組長！」

孫東航一臉鄙棄，「我不會殺他，你把我們當成什麼了？我們不會亂殺人，我們早就知道剛剛那男人吃了不少人，才會直接開槍射殺。周予銘現在只是被麻醉，不用擔心，你好好躺著，別動了。」

方毅摀著傷口忍痛說：「不是，你們不只不能殺他，也不可以虐待他，不可以打他，要讓他洗澡，睡乾淨的床。」

「你把看守所當飯店？」

方毅咬牙，語氣越來越重，「你自己也說他們不是怪物，是人。你和張駿文不一樣，我知道你是好人，你不能光說不練。」

「方同學，你眞是伶牙俐齒啊。」

「孫組長，周予銘很乖，你要好好對他，拜託你。」

「不得不說，你固執得讓人欽佩。」

「那您能答應我嗎？」方毅的眼神已經開始渙散，但他依舊努力集中精神，只爲了讓孫東航看見自己的堅持。

孫東航盯著方毅許久，而後轉開視線靜靜遠望，吊橋的背景是漫天繁星，冬季溪流水淺，潺湲近乎無聲，「我答應你了，你先休息吧。」

方毅一動也不動，孫東航以爲他失神了，回過頭，發現方毅已然昏迷。

幸虧救護車不久便來到村子，方芸也跟著弟弟駕車至醫院。

周予銘被孫東航抱上轎車，孫東航看見他脖子上的紗布，了解到某事。

在這裡看見周予銘時，他有立刻把那三個雷包屬下叫回來罵的衝動。張駿文就算了，他早就不指望他，廖禾鈞和祁佳璐待在隊裡至少十年以上，連看著人自盡，都能把人搞丟是怎麼回事？況且，周予銘身上還埋著追蹤器，丟了要找回來也不難才對。

不過看樣子，方毅那聰明的孩子，早就躲著他們把追蹤器取下。

如此一來，似乎也不能全怪他們三個，周予銘跑掉他們第一時間沒有通知他，或許是怕他追究。

他對屬下老是凶巴巴的，他們怕他很正常，不過他也曾經試著讓他們覺得自己不那麼嚴肅，例如，留著那鈴聲……他們應該有感受到他的和善吧。

在看見周予銘跟著方毅出林子的瞬間，孫東航曾經想過不搭理兩人，最好讓周予銘吞掉那壞事的傢伙，他直接以現行犯將周予銘射殺。

他靜靜看著周予銘離方毅越來越近，而方毅肩膀的血不斷湧出……最終，他反悔了，這違背他加入追捕隊的初心，他不能眼睜睜看著無辜的人被食人獸撕碎無動於衷，儘管方毅是自找的。

孫東航將周予銘射暈，阻止他攻擊，上前看見那沾血的樹枝，發現他又一次小看方毅了。

方毅靠自己的力量成功阻止周予銘傷害人，要是他年輕時也想到這方法，他的愛人就不會在算計下，在他眼前咬死他的伙伴們。

孫東航一如往常把車駛得極緩慢，車裡的時鐘顯示午夜十二點。

他趁著紅燈時，又回頭看一眼周予銘安詳的面態，不禁有些羨慕他們，那平穩的呼吸，是方毅替他留住的氣息。

車開出村莊，他長吐一口氣，嘴角微揚，內心卻空蕩蕩的，因為他已經沒有機會留住她的氣息，他的年少輕狂與愛，都隨著她的斷氣，一同蒸發在這個世上。

方毅在醫院甦醒，已經是隔天的事。

肩膀延伸至上手臂的傷口被繃帶緊纏，他睜開眼，擾人的電視聲充斥病房，他老爸在看午間新聞，「現在幾點？」

「十二點十七。」

「我怎麼又昏這麼久？我學弟呢？」

「我不知道你學弟是誰。」

「就是在我們家那個——」

「等等，阿毅，你什麼時候醒的？」方父丟下遙控器，來到方毅身邊，像在觀看動物園裡的動物，「你頭髮好好笑。」

方毅抓抓頭髮，「剛剛。」他老爸還真是愛揶揄他。

「你餓嗎？」

「有一點。」

「那等你姊來之後，我出去買東西給你吃。」

「我想吃我們家附近那間的皮蛋瘦肉粥。」

「你現在在離家超遠的醫院。」

「那隨便一間都好，謝謝爸。」

他老爸久違揉他的頭，但他曉得那絕對不是寵溺的動作，不過是單純想把他頭髮弄得更亂。

不久後，方芸來到病房和方父換班，方父拎著車鑰匙離開。

方芸情緒激昂地抱住方毅，「你終於醒了，對不起啦，我不該停在那裡吃東西的，應該趕快載你和學弟回家。你有沒有怎樣？感覺好痛，流超多血，我快嚇死了，你知道我開車到醫院整段路都在哭嗎？我以為我沒弟弟了。」

方毅原本尚未全然清醒，被方芸的大嗓門轟炸，神志立刻恢復清晰。他從方芸的懷抱中掙脫，「那他呢？」

「學弟嗎？他被抓食人獸的大叔帶走了，你不要再和他見面了，雖然他長得滿可愛的，個性也不錯，但太可怕了。要記得你現在已經是沒有再生術的人了，拜託不要再做一堆危險的事。」方芸激動地強調。

方毅神情黯然，儘管是早預測到的事，內心還是像被掏空似的，感覺人生從此少了很重要的東西，「幫我拿手機。」

「你要做什麼？」

「問問學弟狀況。」

方芸有些氣惱，「你完全沒在聽我說話嘛。」

「我要手機。」

「欠揍。」

「我要手機！」

「好啦，我找一下，誰知道你手機在哪裡？」方芸東翻西找，最後在方父的背包中找到。她遞給方毅，坐到沙發上雙手抱胸生悶氣。

方毅點開通話記錄，撥打追捕大隊的專線，一如從前的女聲接聽電話。方毅知道他們認識自己，直截了當告知來意，「我是方毅，我要找周予銘。」

電話另一頭寂靜許久，女聲才回應，「周予銘今天出國，而且已經出發了，可能沒辦法接聽。」

「他要出國？為什麼要出國？」方毅甚至懷疑他們是不是不願兩人接觸，進而欺騙自己。

「我沒有職權透露。」

「您能叫孫組長來和我解釋嗎？」

「孫組長和周予銘一起走了。」

「那誰可以和我說周予銘在哪裡？能叫他來嗎？」

「不好意思，我沒辦法幫到您。」

無法得知周予銘的情況，令方毅焦慮不安，他忍不住往最糟糕的方向想——他們瞞著自己撲殺周予銘，為了避免他再次攪局，用出國作為藉口。

若非方芸喝止，方毅會立刻扯下點滴，坐車前往看守所追究真相，將周予銘從鐵牢中拯救出，不讓他受苦。

方芸擋在病房門前，對他大聲喝斥，「方毅，你是不是瘋了？」

「姊，我想見周予銘。」

「你身上還有他咬的傷。」

「沒有，這是我自己撞到他牙齒。」

「我知道他是好人，可你這樣真的太危險。」

「姊姊，妳走開。」方毅聲音沙啞，「我想要周予銘，我想他。」

看著平時冷靜無情的弟弟，如今宛如孩童般吵嚷著，方芸猛地醒悟，周予銘對他弟弟而言，早就不只是一個普通的學弟。她恍神著，回憶他們的互動。

方毅趁虛而入，打開病房門，在門口撞上一名比他瘦小的人，險些摔倒，被那人後方的男人拉住。回過頭，他以為自己在作夢，周予銘正站在他眼前，身穿一件仿羔羊絨材質的外套，肩背鼓得快撐破的企鵝後背包。

「學長，你沒事吧？我來看你了，你要去哪裡？」

方毅像遇見好幾年沒見的人，忍不住鼻酸，上前擁住他，臉頰貼在周予銘的頭髮上，「……找你。」

周予銘也伸手回應方毅的擁抱，兩個人就在醫院的走廊上，緊抱一分多鐘。

孫東航自動迴避，守在電梯和樓梯前。

方毅鬆開周予銘後，要周予銘進病房沙發坐。

周予銘站在原地，搖搖頭，「不用了，你姊姊應該很怕我吧？她昨天看到你被咬傷，看我的眼神都變了。」

方毅看著周予銘面帶戚然，還是努力傻笑掩藏，勸慰道：「那是因為她還不夠認識你，等我和她解釋清楚，她肯定會重新接納你。」

周予銘不接受他的說法，「她這樣才是對的，像學長這樣知道我很可怕還一直靠近的人，才是笨蛋。」

方毅從小到大沒被人罵過幾次笨，居然被平時傻裡傻氣的周予銘罵，撇過頭，紅著臉問：「我們就一直站在這裡嗎？」

「沒關係，我馬上就要走了。」

「你要回看守所嗎？」方毅愕然，雖然早明白以孫東航的性格，不可能放任周予銘待在外頭太久，但面對一再的分別，依舊感到不甘。

周予銘搖搖頭，「不是，跟學長說一個好消息，追捕大隊的前成員打電話到看守所，說我的肉很特別好像可以控制這個怪病，以前的控制劑都是從植物提煉，這是他們第一次在人類身上發現類似效用的成分。他們說要把我帶到他們那裡去，研究我身體到底有什麼祕密，那個人現在是一間專門研究食人獸相關藥品的實驗室成員，聽說那裡的生活比看守所好，有人造肉可以吃，所以我可以暫時不用餓肚子，也不用住在那個可怕的地方，很棒吧？」

方毅聽著他分享他的期待，想起那女人提到的出國一事，更想起昨日早晨與徐清的談話，明白那位要把周予銘帶走的前成員正是徐清。

從孫東航說的話判斷，徐清是個很關注食人獸權益的人。他肯定是聽了周予銘靠著咬自己的肉忍耐六個月的事蹟，對周予銘產生好奇，想藉由研究周予銘身體，來讓食人獸的研究有更大的躍進。

不過方毅沒有因此寬心，徐清不會像追捕大隊那般苛刻地對待周予銘，可是他不確定被關到另一個地方，周予銘會不會過得開心舒適。他更想帶著周予銘遠走高飛，讓他過正常人的生活，自由自在。

然而冷靜下來後，他不禁懷疑這件事的可能性，畢竟周予銘本就不是正常人，任他在社會遊蕩，還得提防隨時失控的可能。儘管有徐清的肉，世上依然有太多的不測，他不能保證周予銘能靠著那些肉過一輩子，他還是得活得戰戰兢兢……或許徐清的方法才是理性的。

「那你要去哪個國家？」但方毅還是捨不得。

「我不知道，孫先生不跟我說，叫我在路上睡覺，還在後座幫我放棉被。」周予銘似乎對能睡覺感到開心。

「環境好嗎？」

「可以吃肉都好。」

「他們會對你做什麼？」

「還不知道。」

「什麼時候回來？」

「如果發現我只是一塊普通的肉，一兩個禮拜就會回來了；如果真的有用，可能會更久。」

方毅原本想問周予銘「更久」是多久，想想他大概也無從得知，於是沉默。

周予銘見他沮喪，安慰道：「學長不要太難過，他們是要研發能讓我病好的藥，搞不好有一天真的能治好，我就能回來了。」

「嗯，能這樣眞是太好了。」

「所以才要去啊。」周予銘說完這句，話鋒一轉，「對了，學長你看，我小時候買的包包，很可愛吧？」

「滿可愛的，看起來快爆炸了。」方毅將視線移到他背後的企鵝包包，順便替他提著，分擔一些重量，覺得這東西突然出現在周予銘身邊有些奇怪，不記得周予銘帶包包去看守所，「這東西你什麼時候去拿的？」

周予銘轉過身，讓方毅更清楚地看見那圓滾滾的企鵝，「哦，這是我南下的時候經過我家，孫先生答應讓我回家一趟拿的。他之前都不讓家人關心我，總是要他們把我忘掉，不過怎麼可能？他們可是我的家人，大家都在才是一個家，怎麼可能忘掉誰？可是不知道爲什麼，這次被抓，孫先生突然對我變好了，昨天還讓我和家人打電話，我好開心。」

周予銘說著，竟差一點喜極而泣。

「好久沒看到家人了，我抱著他們哭好久，雖然才見一下下又要走了，那個要研究我的人好急，一直催孫先生把我帶去找他，但能見面還是很滿足。」周予銘破涕而笑，「不過一上車，我又和孫先生吵，一定要來看學長，因爲我有東西要給學長。」

周予銘將企鵝包包取下，拉開前側的小袋，從裡頭拿出一個小夾鍊袋，放在方毅手上，夾鍊袋裡裝著兩個小黑環，也是企鵝造型。

「這什麼？」

「耳釘。」

「這是耳環，不是耳釘。」

「啊！買錯了。」周予銘有些慌張。

「你幹麼買這個給我？」

「我答應學長說要還的。」

「結果你買一個自己喜歡的，還買錯。」方毅又好氣又好笑，周予銘居然還記得這件事，連他都遺忘了。

「想看學長戴。」周予銘用小狗般的眼神看著他，彷彿能看見他的尾巴在搖。

方毅取出耳環，想滿足周予銘的願望，摸摸耳垂，耳洞卻早已癒合，只好重新將耳環收好，「改天戴給你看。」意思是，你要記得回來。

「嗯！」周予銘不曉得是不是沒聽懂，或是刻意忽略，隨意回應一聲，又拉開主袋，拿出一個保鮮盒，「還有這個。」

這個保鮮盒是他排球比賽前借給他的，好個周予銘，現在才還……隔著保鮮盒的透明蓋，方毅看見一團黑色的不明物體，「這又是什麼？」

「藏獒蛋糕。」

方毅扳開保鮮盒單側的塑膠扣，被周予銘按住手。

「先不要吃，我拿過來的時候蛋糕都不冰了，這個蛋糕要冰過比較好吃，學長你拿去冰箱冰幾個小時再吃。」

方毅暗暗好笑，他才不是和他一樣的貪吃鬼，「我沒有要吃，就是先看看。」

他打開保鮮盒，迎面而來的是濃郁的巧克力味，和園遊會那時吃到的蛋糕味道相仿，藏獒依舊歪七扭八，頭上卻多出一對熊耳，也許是在背包中搖晃，它一邊的耳朵已經裂開了一角。

方毅重新闔上保鮮盒，走回病房，放進冰箱，重新回到病房口。

這次周予銘從企鵝包包中拿出白色帽T和褲子，「最後是這個，孫先生幫我刷乾淨了，和新的一樣。」

方毅抱過那疊衣服，少了衣服的企鵝後背包，變回一隻乾癟的瘦企鵝。

周予銘拉上背包，將瘦巴巴的企鵝掛回肩上，「那就這樣囉，我要走了，拜拜。」笑著和方毅揮手，背著小包包，像要去遠足的小孩。

方毅卻攔住他，「周予銘，你想去嗎？」

他的理性告訴他不能堅持守著周予銘，讓不正常的他在社會穿梭。可要是周予銘表現出一丁點的不情願，他縱使與身旁的人爲敵，也要用自己的方式保護周予銘。

他一切都想做到最好，尤其是周予銘的事，一定會有讓周予銘即便不受拘禁，也能不傷人的辦法，他如此堅信。

方毅直視著周予銘的眼睛，任何的不誠實，他都能一眼看穿。

「我可以去。」

「我是問你想不想，不想就留下來吧，我帶你逃跑。」

周予銘低下頭，凝視著鞋尖，忽然轉身跑向電梯。

方毅跟上去時已經不見他們蹤影，人來人往的醫院大廳，橫衝直撞的方毅還差點撞到輪椅。

周予銘將所有欠他的東西全部歸還，方毅明白，這是一種變相的告別，他也清楚，周予銘早做好選擇，即便自己再次縱容他，他也要奔向他認爲對的道路。

周予銘比他成熟多了。

但是周予銘，你的圍巾還沒還，所以，你會回來的，對吧？

方毅失魂落魄返回病房，方父買來皮蛋瘦肉粥，三人一同享用。吃完後，他想起還有甜點，走到冰箱，將冰過兩小時的保鮮盒取出，打開保鮮蓋，藏匊呆笑的臉望著他，像在和他打招呼。

方毅想起園遊會時，他還在生周予銘的氣，拿塑膠叉將蛋糕戳得坑坑洞洞。現在他連挖一口吃都下不去手，希望那張臉永遠停留在面前。

蛋糕附上水氣，表層的巧克力隨時都會融化，他忍下心痛，將藏獒的耳朵挖去。湯匙碰到阻礙，耳朵的缺角露出一張紙條，上方似乎有字，方毅小心翼翼地抽起。

小學生字跡寫著「給學長」三個字，紙條被折成長方形，上方沾滿奶油。

方毅依循紙條的摺法，倒著將它拆開，鉛筆書寫的字歪斜地躺著。

學長，你是不是在我變成怪物的時候偷說愛我？我聽到了，我也愛你。但我現在已經上飛機了，你不用來追我了喔。

我其實有一點怕怕的，可是他們說一定要去，所以我就去了。本來就應該這樣，只有接受自己，才能好好活下去。

我想要接受自己，因為學長沒有把我當怪物，還願意愛我，所以我要好好活著。應該還有機會回來，等他們發明出厲害的東西，治好討厭的病，我會回來找學長。

謝謝學長答應當我的食物，學長的肉好好吃，不過我更喜歡學長的整個人。

就像學長說我不是怪物一樣，學長你不是肉，是人。

我喜歡的也是學長的人。

拜拜。

周予銘

方毅的腦袋因猝不及防的表白當機，他抓著紙的邊緣，奶油滑落至他的睡褲。他不發一語，身體微微顫抖，奶油又從睡褲落至床上。

周予銘好髒，居然把寫字的紙條直接放蛋糕裡，是想讓他吃石墨嗎？難怪周予銘不准他馬上吃，非要他等一個小時過後再吃。

周予銘總是算計他，在鴛鴦火鍋店那時也是。

他拚命把周予銘找回來，周予銘卻一再跑掉……眞的好壞，他不禁紅了眼眶。

病房中，空調無聲地運轉，點滴亦然，一滴滴流入方毅的身體裡。方毅腳踝不慎壓到冰涼的奶油，拿衛生紙擦去，但滲入床單裡的奶油怎麼擦也擦不淨，三層的衛生紙被心浮氣躁的方毅擦破，奶油弄髒他的指間。

住院幾天回到家中，信箱塞滿郵件，方毅替家裡的人收信，發現其中一封是徐清寫給他的。打開信件，上面寫著徐清有些蠻橫霸道的要求：不好意思，予銘我先借走一下。

方毅氣得將信件揉成紙團，丟進垃圾桶，不久後才撿起，壓入桌墊下。

又過一週，寒假即將結束，他到附近公園慢跑回家時，又在信箱看到相同顏色的信封。寄件人一樣是徐清，打開後，不知道該欣喜抑或是失望：對不起，學長，我可能要續借了，無限期的那種。但予銘吃我的肉吃得很開心，你不用擔心，我會把他養得白白胖胖，絕對不會讓他挨餓。

他有種被挑釁的不悅感，徐清簡直就是明目張膽挑釁元配的小三。

方毅這陣子總抱著正向心理期待每一天，周予銘會突然出現在他家門口，說他永遠不走了。

然而過了一個月，周予銘沒有回來，半年過去，他也沒有回來。

一年了，他可以停用徐清的借閱證嗎？周予銘逾期了，快點歸還。

但若是開發藥品，多少要十幾二十年吧。方毅忽然意識到痴痴等待的自己很傻，有什麼研究是能短時間成功的呢？如果是這樣，他們早就該痊癒。

於是方毅恢復正常的生活，沒有球隊的練習，他把所有時間都花在念書。

學校將廢棄的地下室改裝成演講廳，方毅至演講廳聆聽科系分享時，在門邊倉庫看見那把他過去使用過的椅子——斷一邊的椅腳，應該很快就會被拿去垃圾場丟棄了吧。

方毅將周予銘送他的耳環收在抽屜中，某一天打開抽屜，一時興起，第一次到穿環店穿耳洞，戴上企鵝耳環。

阿敬看到，不解地問：「方學長，你耳朵上的東西怎麼越來越奇怪了？企鵝？真不像學長會戴的東西。」

方毅搓搓那兩隻企鵝，沒有告訴阿敬，那是周予銘送的，只是安靜地坐在場邊，觀看阿敬對牆練球。

阿敬不小心將球打到凹凸不平的面，彈到他身後。

球最終滾到方毅腳邊，他撿起，用球砸阿敬屁股，「你欠我的。」

語罷，他離開排球場，留阿敬一個人疑惑地抱著排球，拭去眼角的汗。

回家後，方毅用棉被包住自己，躺在床上發呆，夢見周予銘抱著自己睡的那夜，恍如身體被澆上溫泉水，有股潮濕的氣息和恰到好處的溫度。

周予銘像害怕他跑掉似的，抱得牢牢的，方毅翻身，也抱住那具身體。

然而他抱到的不過是顆枕頭，他努力想從枕頭找到周予銘的特徵，用枕頭埋住鼻子，悶得快窒息仍聞不到周予銘身上那無法形容的獨特氣息，那不是周予銘，他沒有辦法催眠自己。

周予銘怎麼突然就跑走了？方毅至今仍在疑惑。

與周予銘相遇的半年，是方毅人生最珍貴的時光，儘管傷痕累累，卻心滿意足。

他用枕頭藏住了哭顏，枕套吸收他的眼淚。

方毅與月光相伴，度過孤單的夜，度過好些日子，依舊無法全然適應驀地沒了周予銘的世界。

尾聲

醫學大學的宿舍中，陳瑞鋒抱著平板和原文書回到房間，倒在床上打遊戲，決定放棄他的解剖學期中考。

解剖太難了，平面圖有看沒有懂，老師講解的錄影很詳細，一時也抓不到考點，加上專有名詞容易混淆，要是全英命題他肯定完蛋，還要背誦每條神經和血管走的出入口，想到就頭疼。

反正還有期末，他要糜爛地度過期中。

他打了幾場遊戲、和女朋友視訊，舊手機開始發熱遲鈍，連上充電線，竟直接過熱當機，只好將它丟在床上，然後發呆。

室友的位置仍是空的，架上書本井然有序，桌面及書桌的邊角不沾一絲灰塵，陳瑞鋒突然有些罪惡。他的室友一定還在交誼廳爲後天的考試努力，他那有些莫名小堅持的室友，不讀到拿A+不會罷休。

陳瑞鋒覺得室友有點怪，他其他科都會在房間裡念，唯獨每次讀解剖，都會一個人跑到室外交誼廳挑燈夜戰。那裡風大，除了講電話，幾乎不會有人在那待超過十分鐘，可他室友就愛在那無人之處念解剖。

他不禁想，他的室友該不會有什麼讀書祕訣，不想讓他人發現？他本想拿起手機，發現它依舊處於當機狀態，便將手機留在床鋪，拿房卡出門。

陳瑞鋒決定到交誼廳看看他的室友，假裝關心，實則偷窺學霸怎麼念書，順便拜託他拯救自己的期中。他們過去都是全校的前幾名，沒道理用同個方法，室友會念得比他好這麼多。

他穿著拖鞋，往交誼廳走去，隔著玻璃門，果然看見室友將充電檯燈拿到交誼廳的長桌做筆記，但除了筆記，他還捲起袖子，在手臂上畫線。

陳瑞鋒知道，對方正用身上的肌肉試著理解文字，這方法他也試過，不過沒什麼用。他記不起來的是皮膚下的構造，看似平淡無奇的一隻手，底下有上百個組織構造需要他記憶。

學霸的方法也不太管用，果然還是得靠天賦……他正想離開，室友下一秒的行為，讓他懷疑自己是不是念書念到發瘋，產生幻覺。

室友從鉛筆盒中拿出一把解剖刀，切開皮膚，將手臂上的肌肉和神經一條一條挑出來，對應課本的圖觀看，每個角度都不放過，像陳瑞鋒平時用平板看的3D解剖模型。創口正滲著血，室友卻面色平靜，注意力全放在血淋淋的肌肉上。

陳瑞鋒嚇得鬆開門，門重重闔上，砰——

「方、方、方毅，你在做什麼？」他舌頭打結，在他眼裡，現在的室友不只成績和鬼一樣，整個人也像鬼了。

「陳瑞鋒，你什麼時候來的？」方毅似乎也嚇一大跳，手一滑，肱二頭肌落在地面，濺起血花。

陳瑞鋒站太近，鞋子被噴到，驚聲大叫，「你在認肌肉嗎？」

「哦，對。」方毅捏捏他的肱橈肌。

「你、你切自己的手？」

「我想說要看實體比較好記。」

「不是，我不是問這個，你不會痛嗎？」

「我不會痛，我會再生，就像這樣。」方毅用解剖刀切開另一隻手的掌心，傷口迅速癒合。

陳瑞鋒大概花一個鐘頭，才勉爲其難接受室友會再生這件事。他的室友成績好不是沒有道理，他的大體老師就是自己。

陳瑞鋒沒這資源，再有錢都沒有。

他看著室友繼續拿解剖刀在身上亂割，刺入肩膀，鑿開他的斜方肌，扭頭觀察深層的大小菱形肌，甚至拿手機留影。陳瑞鋒覺得自己快精神異常，摀著嘴將臉轉到另一邊。

方毅叮嚀他：「你不要跟其他人說，我不想讓太多人知道。」

「我跟其他人說，也沒有人會相信我。」陳瑞鋒呵呵笑了兩聲。

「說得也是。」

「你一直都這樣讀解剖嗎？」

「差不多。」

「太狡猾了，我還要用3D軟體看半天。」陳瑞鋒羨慕。

「那你要看嗎？我借你看。」

「呃，不用了。」他不敢。

陳瑞鋒被風吹得頭疼，周遭盡是血腥味，於是返回房間避寒。他坐在床上，用力拍打臉頰，確認自己不是在作夢，同時回想著以前方毅也會在交誼廳念書，怎麼他都沒聞到血腥味？

直到十二點多，他出門曬衣服經過交誼廳，看見方毅竭力清理地上血跡，才明白箇中原因。

他愛乾淨的室友不放過任何髒汙，用抹布擦著地板縫隙，他謹慎的個性，很適合去幫殺人兇手清理命案現場。

陳瑞鋒嘆口氣，重新打開平板看共筆，像他這種沒有超能力的普通人，還是乖乖讀共筆好了，毅那種高級的讀書方式他學不來。

方毅是大一那年恢復再生術的。

他在路上遇到隨機殺人犯，對方把水果刀捅入他的腹部，臨死前，他滿腦子都是高中陪伴他半年的學弟，好想再見一次周予銘……但那刀重新拔出時，他感受不到痛，也摸不到傷口。

殺人犯拿著滴血的刀刃，眼睜睜看著被他捅的男大生把他的刀搶走，在自己身上多劃幾刀，「恢復了……」

男大生將刀丟下，剛買的水果刀滑入水溝，殺人犯原本想殺更多人，可惜凶器被方毅拿去餵水溝，計畫失敗。

殺人犯因殺人未遂被起訴，同時被診斷患有精神疾病，最終被判無罪。

方毅對判決結果不滿意，他清楚那個人是被他嚇瘋的，兇手原本滿口對社會的怨言，腦袋清晰，看見方毅後，才嚇得變啞巴，如此讓他逃過一劫，實在有違天理。

不過方毅沒有爲這事煩心太久，重要的是他再次擁有再生術的身體。他小心翼翼嘗試用針刺破皮膚，傷口以零點一秒的速度癒合，確認了他變回再生人的事。

他心驚膽戰，幸虧再生術恢復的時間來得不當不對，否則他大概已經被隨機殺人犯殺害了。

算一算，他人生照理說已經死過兩回，想到電影《絕命終結站》，突然有些害怕逃過的死劫會重新以別的方式回到他身邊……幸好再生術沒有再消失，別人想害他暫時也害不了。

他恢復再生術後的第一件事是告知家人這消息。

方芸得知後氣得跳腳，罵道：「你又要變回不懂人間疾苦的混蛋了。」

方毅笑了笑，和她保證：「不會，我斷過手了，那眞的很痛。」

方芸啞口無言，她沒斷過，原來她才是不懂人間疾苦的人。

第二件事，方毅和室友借排球，來到室外，對空打幾下，確認手傷是否痊癒——感受和往昔相似，沒有傷後的刺痛和癱軟無力。

方毅仰頭望著球面亮眼的三色，兩年沒碰球有些生疏，然而排球和手臂相撞的瞬間，他心靈某個空缺許久的空間被滿足。失去過才意識到自己很喜歡這件事，曾經感到乏味的練習項目，搬來今日，能令他興奮一整天。

他找到現任系排的隊長，同時也是他的實驗課組員，「我現在加系排可以嗎？」

「可以啊，我之前不就問過你，然後你跟我說你手受傷，不能打球？」

「現在好了。」

「那麼厲害？不是才隔四個月？」

「遇到厲害的醫生。」方毅慣性隱瞞自己的能力。

「好啊，我們練一、三、五晚上，直接來就好。」

方毅花一週的時間找尋打球的手感，並從鞋櫃翻出他塵封已久的排球鞋，隨同學和學長們一塊練球，彷彿回到高中那段令他快樂的時光。

解剖學期中考時，每條肌肉他都以圖像記憶，看見題目後，肌肉的具體位置浮現腦海，方毅順暢地寫完考卷，檢查一遍後交卷。

這場考試安排在期中考週的最後一天，交卷後也代表著期中考告終，他和隊友們相約到排球場練球。

晚上七點左右，因其他系隊借用球場，他們才將球收回球車，各自返回租屋處。

汗流浹背的方毅感受到寒風的侵襲，決定先回家沖澡，換保暖衣物，再至附近超市買食材料理晚餐。

騎機車回到宿舍，將車停在車棚，他看見有個人正鬼鬼祟祟地在門口探頭探腦，不曉得是誰。那人穿著一件黑色羽絨外套，比方毅矮半個頭，頭用外套帽子罩住，背對著他，除了身材和衣著，看不見他其他特徵。

方毅稍微湊近些，緊握後背包側袋解剖自己用的解剖刀，防備那人的突擊，卻又想到自己會再生術，慢慢鬆開手。

「你找誰嗎？我是這裡的住戶，需要我幫你叫人嗎？」方毅見他擋在門口，無法視若無睹地進屋，主動搭話。

秋天風大，那人又用厚厚的羽絨帽包住雙耳，未聽見方毅的問話。

方毅拍拍那人的肩膀，又問一次：「你好，找誰嗎？」

全身黑的不速之客轉過身，小臉被帽子遮住一半，只露出一雙眼和因寒冷而無血色的嘴唇。

方毅不太相信眼前所見，懷疑是不是太想念周予銘，才將模樣相似的人都誤認成他。才過去四年，他不會這麼快回來，他甚至想過會永遠見不到他……隨後他看見了那人脖子上的焦糖色針織圍巾——方毅一眼認出那條圍巾是他的。

那條圍巾是舅舅送他的禮物，姊姊也有一條，米白色的，兩邊的流蘇量不對稱，右密左疏，還有幾條毛線特別長。

眼前的人不太會繫圍巾，亂糟糟的擠在脖前，像他姊姊丟進洗衣籃的髒衣服。此外圍巾似乎頻繁使用，已不像過往被方毅小心呵護時那般嶄新，他曾經連借人都捨不得，如今卻陳舊地掛在周予銘的脖子上。

「周予銘？」

那人臉上原先帶點等不到人的失落，看見方毅後，臉頰肉被嘴角提高，雙眼擠成代表雀躍的小縫，像打呵欠時的小狗，「學長，你終於回來了！我在這裡等一個小時，快冷死了。」

「你怎麼在這裡？你不是出國了？」儘管冷風依舊颼颼拂來，方毅卻感受不到寒冷了。

「我和他們說想家，不想配合了，他們就答應從今以後，每三個月讓我打控制劑回家一個禮拜。」

「你怎麼知道我住這裡？」

「江敬成告訴我的，他說他來你家看過球賽。」

方毅決定改天要衝到體育大學拿排球砸阿敬的屁股。

「江敬成是好人，同學們都不敢理我了，只有他一個人還願意和我聯絡。」

「周予銘，你嚇到我了。」

「故意的，這是驚喜。」

方毅用磁釦感應解鎖大門。

周予銘拆下頸上的圍巾，圍到方毅失溫的脖子上，手笨拙地在方毅面前繞來繞去，

「學長，謝謝你的圍巾。」

周予銘方毅抓住他的手腕，用最簡單的單環打法繫上圍巾，「你把我的圍巾弄得皺巴巴。」

「學長打得好漂亮。」周予銘跟著方毅進入大門。

方毅輕輕關上門，將秋氣隔絕在室外。周予銘忽然出現在他家，讓他頓時忘記原本計畫要做的事。

周予銘離開的四年，方毅時常思念周予銘，這段期間有人和他告白，男女都有，他拒絕了。他一直在等待周予銘，十年、二十年都好，只要他回來。

沒想到，第四年他就再次回到身邊。

方毅像儲存好糧食準備過冬的松鼠，隔天醒來卻發現春天提早到來。

坐在沙發上的周予銘提醒：「學長，你身體那麼濕，要不要先洗澡？不然我會很想吃學長。」

聞言，方毅走入浴室，坐在馬桶上失神，濕答答的球衣乾了一半。等到蓮蓬頭的熱水杜沖濕他的身體，皮膚的知覺才告訴他不是作夢。

喜悅高漲得有些不切實際，他披著毛巾走出浴室，見周予銘在他宿舍四處走動，遊覽他租屋的擺設，再次提醒他一切都是真實。

周予銘離開的四年似乎長高一些，原本身高僅到他的下巴，如今抽高到他的鼻樑。那人在他的抽屜找到企鵝耳環，拿出來擺在手上。

「舊舊的，學長有在戴。」周予銘笑逐顏開。

「我戴那個被阿敬笑。」

周予銘癟嘴，「他笑什麼？討厭鬼。」

但他的稚氣，和四年前比，沒有被歲月沖淡的跡象。

方毅坐在床上，注視周予銘，想伸手摸摸他的臉，卻停在半空，下不去手。

周予銘抓住他手掌，往自己臉上貼，還上下搓揉，「學長亂摸。」

方毅臉紅，抽開手，「我沒有！你幹麼抓我的手？我要去買東西煮晚餐。」

「學長，吃喜歡的東西要果斷一點，大口大口吃。」周予銘指導。

方毅不知道他爲什麼突然說這個，「吃喜歡的東西要小口吧？」

「這樣搶不贏。」周予銘一副學識淵博地搖搖頭。

方毅不理解他在裝什麼學者，將錢包放入口袋，離開租屋。

「我要和學長去。」周予銘連忙開口。

方毅手心發燙，是從周予銘臉上盜來的熱度，此外周予銘又前來和他緊貼，兩人的手相距一釐米便會碰上，「你幹麼靠那麼近？」

「企鵝都會聚在一起取暖，越近越溫暖。」周予銘笑盈盈。

儘管方毅搞太不懂周予銘想表達什麼，卻也知道這是周予銘一直以來的樣子。

買回食材，方毅打算用快煮鍋燙青菜。處理青菜時不小心切到手——至今他切菜仍使用從小到大的方式，因此喪失再生術的兩年，家人都不給他碰刀子——周予銘在一旁驚呼，卻見他的傷口立刻癒合。

「學長，你又會再生了！」周予銘坐起，盯著方毅的手指。

「嗯，大概兩年前恢復的。」

「你左手跟肩膀的傷呢？」

「也好了。」

周予銘將臉貼近方毅的左手腕，仔細打量，確認已經沒有斷過的痕跡，低聲說：「太好了。」

方毅了解到一件事，咬傷自己一直是周予銘心裡的結，他痊癒的不只是傷疤，也包含周予銘記憶中始終未癒合的創口。

這讓方毅再次感謝再生術的恢復，他希望周予銘心中永遠不要藏著疙瘩。

搞定晚餐，清洗快煮鍋時，周予銘側躺在方毅的沙發上閉眼，方毅將快煮鍋放回窗戶旁矮櫃上曬乾，抓棉被丟在他身上。

不過周予銘並沒有睡著，聽見方毅的聲音，起身坐在沙發上，「我今天可以睡學長家嗎？」

「可以，床給你睡。」

「學長也要睡床，我要和學長擠在一起。」

「不會腰痠背痛嗎？」

「不會。」

周予銘像越過障礙的貓咪，從沙發跳上方毅的床，被方毅趕下，「先洗澡，髒死了。」

聞言，周予銘乖乖進浴室，浴後又借穿方毅的睡衣。

兩人躺在床上，窗外微弱的路燈光芒，讓室內殘餘一些光線。方毅身材比周予銘壯一些，他刻意縮小身子躺平，讓周予銘有空間可以翻身。

周予銘轉過身子，面向方毅，「學長，你有吃飽嗎？」

「吃飽了。你問這什麼長輩問題？」

「你吃飽了，但我好餓，我整天都沒有吃東西。」

方毅聞言一驚，周予銘的餓，不是吃一頓宵夜就可以簡單解決的，「你不是有打控制劑嗎？」

「對啊，可是劑量不足，好像快無效了。」周予銘輕聲細語，腳在棉被中踢了踢，製造被單摩擦的聲音。

「劑量不足？那些研究人員怎麼有點兩光？」方毅替周予銘感到緊張。

「我不知道，怎麼辦，怎麼辦呢？」周予銘卻老神在在，左右滾動，不知在做什麼，翻至方毅身上，又滾回床上。

儘管方毅想起自己的身體已經恢復再生術，對被周予銘吃一事仍帶有陰影，不過在恢復再生術的兩年，他慢慢知道再生術失效的主要原因——使用過度。若短時間內太頻繁割自己身體念書，他便會感覺通體發熱，皮膚些微刺痛，在那之後的幾天，被紙割到都要兩三天才癒合。

於是，那幾天方毅嘗試不讓自己受傷，休息幾十天，身體又恢復再生術。

之後他便靠這種方式避免再生術消失，也行之有效，瞭解身體的規律，便不再因隨時可能喪失的再生術不安。因此當周予銘喊餓時，他有了讓周予銘吃自己的肉解饞的念頭，給他吃一些，再生術不會消失，若是刺痛，立即停止即可。

周予銘盯著方毅的臉，方毅知道他不是在看自己，而是在看他身上的肉，臉上的愉悅也是出於對食物的興奮。

周予銘的手攀到他身上，他明白那是想占有食物的舉動。

「你吃一點我的肉解饞吧，不要忍著。」方毅寵周予銘的習慣發作，一方面是想避免周予銘傷害其他人，另一方面，也是不願讓他在回家的路上爲了忍耐而受苦。

「眞的嗎？學長。」

「眞的。」方毅於被中默默解開衣扣，沒有衣服布料阻隔的上身，更深刻感受到身旁周予銘的體溫，「我脫好了。」

「那我咬了。」

方毅等待周予銘鑽入被窩，咬自己的肉，然而周予銘並沒有這麼做，反而直視著他，將雙手放在他的兩側下頷，緩緩逼近他。

懵然間，方毅的唇瓣與周予銘微張的嘴相撞。

血液奔上方毅的腦門，想提醒周予銘他要給他吃的部位並不是嘴唇，周予銘的唇隨即將他出聲的工具擒拿。

隨後周予銘小蛇似的吐出舌尖，拍弄方毅的唇，打濕表面的乾皮，稍微將口張大些，用牙齒挑逗他的末梢神經，並不將他的唇肉咬下充飢，而是輕齧他粉紅色的嫩肉。

他的動作比起進食，更像接吻，方毅像冷不防掉入敵人陷阱的幼獸，神智朦朧恍惚。

周予銘知道他做了會讓人產生妄念的事嗎？感受到他渾身滾燙，兩眼迷茫嗎？

他曉得自己想給他吃的部位是腹部，而不是嘴唇嗎？應該不知道，他的舌頭越來越深入，彷彿認定了方毅的唇才是他的餐點。

方毅也覺得自己好奇怪，竟不拒絕他，任他嘗他的口腔上皮，在嘴唇咬出血滴。

吮過方毅唇舌，探清每個細胞的滋味，周予銘將與方毅交纏的舌抽離，骯髒地用方毅的睡衣袖口抹抹嘴，「我吃飽了，可以忍一個禮拜不吃肉了。」

方毅舌上有著陌生又私密的味道，源於周予銘的入侵。他身體僵硬，近乎抽筋，聲音輕飄飄的，「周予銘，你根本沒有咬……」

「學長想要我再吃一點嗎？」周予銘問。

「不是……」方毅認為周予銘故意曲解他的意思。

「你剛剛說你脫好了是什麼意思？你想要我對你做什麼嗎？」

「不是！我是說我脫好衣服要給你吃肚子。」

「那我還要繼續吃嗎？」

「你吃飽就不用了。」

「但有的時候吃飽了，還是會想吃。」周予銘又一次朝他接近，捏捏方毅翹至前方的頭髮，「如果眼前擺著美食的話。」

周予銘沒有立即動作，用眼神確認著方毅的意願。

方毅太過錯愕，原想拒絕，身體卻不由自主地癱軟，任周予銘擺布。

周予銘手伸到方毅的後腦，將他的唇按到自己的嘴邊。方毅閉上眼，以為他會再次舔吮自己的嘴唇，周予銘卻沒有親上，而是詢問：「學長，蛋糕裡的紙條你有看到嗎？還是把他吃掉了？」

「我看了。」他再笨也不會吃掉一張半個掌心大的紙。

「上面的內容，你還記得嗎？」

「記得。」

「學長你記得你說過的話嗎？」

「……記得。」

「四年了，我還是一樣沒有變，學長呢？」

方毅的後頸及背部升溫，曾經的情愫一股腦兒湧上，使他毫不費力便獲知內心的答案，那些情感從未被時間稀釋，反而被如火的想念蒸發了水分，愈加濃烈。

方毅隔了許久，終於有能力好好出聲，「我也沒有。」

周予銘放下憂慮，雖然他相信方毅會和他一樣記得兩人的告白，可面對時光荏苒，他仍需一個確切的回答。

「對不起，學長，我之前擔心太多，只能用那種方式回覆你。但我以後每三個月，都能來黏在學長身邊，所以我想要親口和你說。」他爲曾經的告別道歉，頓了頓，將延宕四年、暫用紙條存放的話說出口，「我喜歡學長，不是對食物的喜歡，是對人。」

方毅隔著昏暗與周予銘對望，周予銘的表白宛如一場強震，毫無預警，將他的世界塑造成另一番模樣。天搖地動中坍塌的是與他共處長達四年的空虛，迎來的海嘯是被解放的激情。

微妙的食性關係有了變化，他們以人的身分，擁有新的彼此。

方毅等了四年，漫長卻又出乎意料短暫，矛盾的詞彙相遇，恰巧能精準地描述方毅的心理。

「好突然啊，周予銘。」方毅說話時的氣息吹在周予銘臉上。其實不只現在，自從與周予銘重逢的那瞬間起，一切都跳出方毅的日常程序。

「對不起，又嚇到你了。」周予銘鼻子吐出的熱氣也撲上方毅。

「我眞的嚇到了。」

「是驚喜還是驚嚇？」

「……驚喜。」

方毅的手下意識攀上周予銘，想和他靠得更近。

周予銘再次吻上方毅的唇，兩人互捧對方的臉，賣力地在敏感部位製造刺激。

來到方毅的租屋處前，周予銘猶豫過，猶豫他究竟要和學長相敬如賓相處幾天便離開，或是親口告訴方毅他的眞情。

要是有人和他擔保，治療他疾病的藥物能研發成功，他會毫不躊躇地選擇後者，但現在他對未來沒有把握，不敢靠方毅太近。

意外得知方毅再生術恢復的事實，像上天給他的賞賜，苦惱解決，使他下定決心。他要改變他與方毅的關係，他不想要學長只是他曾經的食物。

得知方毅的心意後，他第二次的吻更加狂放，和過去吃方毅的肉一樣，不浪費一分一秒地和方毅口內皮膚接觸。

方毅也知道周予銘的飢餓不過是幌子，想要得到滿足的不是他的胃，是他的心。方毅不再懷疑周予銘是不是把他當食物而畏縮，完全釋放他的渴望。

片刻後，兩人精疲力盡地躺在床上，明明僅僅接吻，汗已經浸濕兩人的上衣。

周予銘替只有沉沉呼吸聲的房間添聲，「學長，十二點了，生日快樂，剛剛那是你的生日禮物，喜歡嗎？」

「你怎麼知道今天我生日？」

「江敬成告訴我的。」

夠了，這個人可以停止分享他的個資嗎？是時候把砸他的排球換成保齡球了。

「學長，你沒有回答我的問題。」周予銘滾入方毅懷中，抬頭看他，討取他的回應。

「喜歡。」方毅用手指順著他的頭髮。

「今天從家裡搭好久的火車上來，好想睡覺。」周予銘把耳朵靠在方毅的心臟邊，而後雙臂攤開，打呵欠，滾出方毅的懷抱，漸漸入睡。

方毅有些慾求不滿，沒想到周予銘會在親吻後停止，他以為周予銘會更瘋狂地進攻。他雙頰漲紅，告訴自己今日是傾訴彼此感情的第一天，進度不用這麼快，時間不晚了，該睡了。

然而周予銘強制將他沒有動作的手拉至身邊，像繫安全帶，讓方毅的手臂緊緊拴住他。他心神不寧，暗罵周予銘這人眞促狹，老是捉弄他，讓他拿不定主意。

周予銘睡著了，像嗜睡的小孩，在陌生的地方也不會認床，倒是住一年半的租客輾轉難眠。

後來的幾天，周予銘在方毅的租屋處生活，恰逢週末不用上課，方毅便騎車載周予銘四處兜風。

他們晃至海邊玩水、繞去山上賞夜景，附近公園辦活動，施放煙火，兩人停在路邊觀看。

原本打算逛夜市，但方毅考量到夜市沒有周予銘能吃的東西——其實有觀光客能吃，但周予銘吃了會被射殺——於是回到租屋，煮些東西吃。

吃飽後，他們用方毅的電腦看《進擊的巨人》——周予銘選的。

方毅不清楚原來周予銘喜歡看動漫，他早在這部作品剛上線時便追完漫畫全集及動畫，不過還是陪著周予銘從第一集開始看。

結果周予銘居然在看到主角艾蓮的母親被巨人殘殺時流口水，兩眼發光……方毅懂了，周予銘把《進擊的巨人》當美食番看，氣得想把他趕出房門。眞想叫兵長來砍這褻瀆他心目中神作的惡徒的後頸，太可惡了。

觀賞至第五集左右，艾蓮遭到巨人咬斷手後呑食，周予銘終於忍不住，趴在方毅的沙發上踢腿，「好餓，好餓，看他們吃，我也好想吃，我都沒得吃。」

方毅不想搭理他。

周予銘爬到他身上，躺著仰頭看方毅，「餓了，餵食。」

方毅的大腿被他的頭髮搔癢，「你是眞餓還假餓？」

「你覺得呢？」周予銘嘿嘿笑。

方毅看見他眼裡的調皮，絲毫沒有飢餓的樣子，猛地明白他的餓只是嘴上喊喊，他想吃的不是食物，是別的東西。

方毅不懂，爲什麼這人可以看巨人看到想做那種事？然而被他熾熱地看著，方毅也沒了重溫動畫的心情。

他收拾桌上餐具後，進入被周予銘用過而潮濕的浴室，刻意將身子洗得乾淨。平時他已經夠龜毛，今日可能再努力一些，某個部位就會破皮……他知道周予銘想做什麼，進而對自己的行爲感到害臊。

他故作鎮定地站在床邊，整理被周予銘翻亂的床，「你要吃什麼？吃手好嗎？」

「不要！」周予銘大聲拒絕，「你看那個巨人，一定也是吃手吃膩了，才把艾蓮的手吐出來，你還叫我吃手？好壞。」

「那你想吃什麼？」

「吃學長身上最嫩的部位。」

方毅回憶高中那時發生的事，兩頰發燙，故意忽略周予銘曾經說的話，「大腿內側嗎？」

「不是，學長你不要裝傻。」周予銘揭穿他的行爲，純眞的臉忽然染上邪惡，「學長明明知道我認爲最嫩的肉是什麼，來床上。」

周予銘以命令的口吻和方毅說話，令方毅產生莫名其妙的快感，不過他依舊翻著他的棉被，心想這傢伙怎麼可以命令他？

周予銘從床上跳起，跑到方毅身後，將他推倒並壓住，「學長以前都有食物的自覺，現在沒有了，要重新訓練。」

方毅瞬間有股想逃走的衝動，「我以前才沒有。」

周予銘雙手緊按方毅，像逮到美食的獵豹，不過沒有長出黑毛與尖牙，而是以人類的模樣，張開小嘴，「我要自己打開食物包裝嗎？」

「你、你在說什麼？」方毅被周予銘含蓄卻色情的話勾得滿臉通紅。

「嗯，看來是要。」周予銘頑劣地笑，如同將烤盤上的肉翻面翻過方毅，手抓住方毅褲子的鬆緊帶，一把扯下。

方毅將臉埋入枕頭，手足失措，不知道該怎麼做，反正周予銘會教他吧，赤裸的部位開始有些癢意，周予銘雙手抓著他的腰，潮濕柔軟的東西在他皮膚上來回擺動。方毅猜測那是舌頭，曾經當了周予銘半年的食物，對那感覺非常熟悉，私密部位被舔拭，讓他愈來愈興奮。

下一秒，令人出戲的咀嚼聲飄入他耳中。

方毅疑惑地移開枕頭打探，一團深黑的毛團罩在他的腰部，周予銘洋溢著幸福的表情，正在享用他的屁股。

他一愣，甚至一度懷疑，大家口中的男歡女愛，是不是就是吃對方的臀肉——不，他們是男歡男愛。不過他的知識立刻告訴自己這是錯誤的認知，他瞠目結舌，「周予銘，你怎麼眞的吃？」

周予銘抬眼，嘴巴還含著碎肉，一臉純潔地歪頭，「什麼眞吃？我本來就說要吃肉啊，看巨人們吃肉我好餓，而且我沒吃過學長的屁股，想吃吃看。」

方毅覺得自己再次被糊弄，一天到晚讓他懷疑自己是不是性慾高漲，周予銘根本是故意的。

周予銘一面吃，還會發出咂嘴聲，方毅越聽越氣惱，「周予銘，你好煩。」

氣惱間，還有些失望，他以爲，能是別的事情。

「學長怎麼看起來有點失望呢？」這絲失落被周予銘捕捉到，他眨眨眼，「難道學長想要別的東西？」

方毅頓時拍床強調：「我沒有！」

「欸？學長好像洗澡洗得很乾淨。」

「我一直都洗得很乾淨！」他大吼。

「學長臉好紅。」

「沒有！是燈光。」

「學長感覺硬——」

「你要吃就吃，不要亂看！」方毅快被周予銘惹昏頭了，過於激動，屁股扭動幅度太大，被周予銘按住。

「不可以動。」周予銘重新將舌頭放上方毅的臀峰，品嘗他的美食。

方毅滿腹盡是對周予銘的怨懟，臉卻不止發紅，紅得他感到羞恥，再次躲入枕頭中，不再看周予銘。

隔著枕頭，他卻忽聽周予銘說：「好，乖巧的食物有獎勵。」

方毅皺眉，「什麼鬼？」

他探出頭，發現周予銘的臉上充滿柔情與感激。

「高中的時候，學長一直都對我很好，我一要賴，學長就會幫我實現願望。我很早就知道這件事，所以在那之後，都會利用學長的心軟，來達成我想要的事。我真的很壞，但我不是故意把學長當笨蛋的，所以現在換學長有需求了，我一定要幫學長。」周予銘拿紙巾將嘴巴擦乾淨，「來吧，學長，你想要什麼，跟我說。」

方毅越聽越發現不對勁，性慾全無，僅剩一股油然而生的憤怒，「周予銘，你剛剛說什麼？把我當笨蛋？給我說清楚！」

但那可惡的生物不理會他，逕自攀爬至他身上，坐在他的腿上。

「學長害羞不敢回答嗎？好，反正我知道學長想要什麼，那我就自己幫學長實現願望。」

周予銘將方毅的褲子又扯掉一些，使褲管摺疊起，掛在腳踝，用指甲輕輕刮過新長肉的屁股。

方毅感受到危機的迫近，下意識掙扎，周予銘卻將手探入他的寬鬆睡衣，使他渾身酥軟得無法行動。

周予銘將方毅的腿從床沿抬上床，讓他膝蓋跪床，臀部與肩背自然而然成漂亮的曲線，然後又咬了一口方毅的臀肉。

「周予銘，你到底想幹麼？你這餓死鬼。」

「學長，我現在一點都不餓，餓的是你，換我餵飽你了。」周予銘的舌頭，慢慢從臀峰兩塊肉，移到中央……

十年後的同個時間，方毅從醫院回到家中，脫去厚外套，整平後掛上衣架，打開電燈，倒熱水喝，打算洗過澡後就去補眠，回頭卻見一名哭腫雙眼、裹著棉被的人類，站在他身後。

方毅嚇一大跳，仔細一看，那人竟是周予銘。他給了周予銘一把家裡的鑰匙，他隨時可以進來，但他上個月才回實驗室，照理說兩個月後才會見到他，「周予銘，還沒三個月吧？你怎麼回來了？」

周予銘沒有馬上回答，用棉被包住他。被厚棉被包住，軟綿綿的很舒服，然而方毅想起自己還沒洗澡，立刻將棉被拎開丟至沙發上，只留周予銘一人在他面前。

「學長，他們把我治好了，我從此以後不是怪物了。」周予銘說得有些含糊，方毅一時沒明白他在說些什麼，直到打開電視，新聞播報著藥品成功研發的消息，才恍然大悟。

原來周予銘的眼淚是出於喜悅，那折磨他青春歲月、導致他成為如今模樣的疾病，終於永遠離開他的生命。他無須再靠抑制劑才能回到家人身邊，也不會再有失控傷人的風險。

這確實值得一個三十歲的人，為此哭得一把鼻涕一把眼淚。

不過方毅並沒有順著周予銘的話語喝采，他面色平淡，似乎不太有精神。

周予銘茫然地看著他，以為學長會和他抱在一起喜極而泣，「學長。」

方毅關掉電視，周予銘黏到他身邊，忽然，方毅將他攬入懷中斥責。

「你本來就不是怪物。我說過好多遍，你都沒在聽。」下一秒，方毅的冷漠迅速被淡淡的笑意取代，手穿入他的頭髮，揉揉他的頭，「所以，你之後都會留在臺灣嗎？」

「我之後都留在你身邊，永遠不走了。」周予銘趴在方毅身上。

方毅在他額頭上吻一口，脖子被周予銘的牙齒攻擊，同時感到僥倖，幸好他有再生術，否則以後都得戴圍巾遮齒痕。

然而事情似乎沒有研究人員想得這麼簡單，周予銘或許是失敗案例，治癒後，依舊時常偷咬方毅的肉。

只不過方毅不會看見他露出過往那種飢餓的表情，從而得知那一切都是周予銘腦袋能夠掌控的行爲，他只是有意欺負自己。

方毅曾試圖逃脫，但他的身體太誠實，總是徹底敗給這道上天派給他的難題，並且以另外一種方式，被周予銘啃得精光。

夜深人靜的公寓中，全身赤裸的方毅躺在床上，紅著臉央求：「周、周予銘，你能咬掉再慢慢吃嗎？趴在我身上舔，很癢……啊……」

「不可以喔，學長。因爲學長身上有很好吃的味道，要趴在上面慢慢享用才對。」周予銘門齒微微刺穿方毅的胸肌，然後一路舔到肚臍。周予銘的左手臂環著方毅的上身，來回搓弄，右手攀到下半身，輕輕揉捏，「學長怎麼全身都是水？這樣我會忍不住把你吃掉。」

「是你弄的……」

「那我要不要把學長弄得更色香味俱全？」

破碎的字句從方毅口中吐出：「哈……哈……不要……」

「又沒有食物的自覺了，要重新訓練。」

「不要……」

「我的食物沒有拒絕權。」周予銘的舌頭又一次遊走在他的皮膚。

方毅被他抬起腿，搓揉臀部，重拍幾下，白皙的兩團肉被蹂躪得又紅又熱，不輸此時他臉頰的顏色，「你、你做什麼？」喉嚨無法自拔地發出微弱的喘息。

「我在加熱食物。」周予銘緊接著往下摩擦方毅的腿根。

阻止周予銘自殺、被周予銘拉上床的那夜，方毅曾想過自己或許能擔任主導的一方。但他錯得徹底，他這麼被動又閉俗，周予銘終究得是肆無忌憚的掠食者，而他是任人宰割的獵物。

周予銘幸福地趴在方毅充滿咬痕與唾液的身體上，抓起一旁的紅繩，將學長捆成方便享用的肉粽。

無法動彈的方毅，只得滿臉通紅地，成爲周予銘今夜的晚餐。

全文完

番外
張駿文的臭抹布

接到張駿文爲了拯救被食人獸咬走的包包擅自離隊，差點被食人獸咬重傷的消息，孫東航差點砸破手上的玻璃水杯。他勉強按捺怒氣將水杯摔到桌上，水從杯緣濺出，沾濕電話線。

「那包包是金子做的啊？爲了它連命都不要了？」

「報告組長，因爲裡面有他的兩條毛巾。」電話另一頭的小組長回想昨日的情景，祁佳璐無論怎麼拖張駿文走，他都堅持掙脫與那隻咬他包包的食人獸搏鬥，一奪回包包就拿出那兩條皺得像發霉豆皮的毛巾，檢查它們有無汙損。

孫東航擦拭桌面積水的手停止動作，覺得這是他今年聽到最可笑的笑話了，但是他笑不出來。

「蛤？我說過幾次，叫他不要去哪裡住都帶那個垃圾，他欠揍是不是？還是腦子破了，都裝屎啊？到底是誰教的？」他不小心罵到自己，「一回來就叫他拿那鬼東西來找我，我要看看那到底是什麼寶物，能讓他拚命成那個樣子。」

孫東航掛掉電話，話筒和電話機相撞，小組長耳朵一痛。而孫東航的辦公桌前，話說一半被電話鈴聲打斷的廖禾鈞也揉揉耳朵，不禁後悔選在這時來呈報調查進度。

孫東航的凶狠不是一天兩天的事，他當組長的這些年，底下的追捕隊員都了解到一件事，孫東航生氣時離他越遠越好，否則極高可能和惹事的一起被罵。

廖禾鈞決定找個理由逃脫，上前端起僅剩不到三分之一滿的水杯，和孫東航點個頭就打算落跑。

「等一下，你不是才講到一半嗎？要去哪裡？」孫東航看著離門越來越近的廖禾鈞。

「我給您倒一杯新的水。」不等孫東航回應，廖禾鈞快步溜出辦公室，關上門，往茶水間走。

大概拖十分鐘，他才躡手躡腳回到孫東航的辦公室門口，推開一小縫，觀察孫東航臉上的怒氣值。如果過高，他要再找別的事避難。

所幸孫東航儘管時常動怒，恢復冷靜的速度也挺快，廖禾鈞看著孫東航平靜的表情，鬆一口氣，走進辦公室，將剩餘沒報告完的內容呈給孫東航，結束他的工作。

爲了讓張駿文成爲優秀的食人獸追捕隊員，孫東航從小嚴厲訓練他，派他擔任各個任務的助手，好讓他能盡早獨當一面。

然而張駿文從來不給他面子，每回任務不是失敗就是傷勢慘重，或是衍生一堆問題要孫東航善後。這次竟然爲了破抹布毀了他們的誘捕計畫——縱然最後靠著一名資深隊員的射擊技巧，成功逮捕食人獸歸案，但張駿文的罪過不可抹去，如果他沒有惹麻煩，組員早就可以收隊回家過年。

孫東航瞪視眼前面上充滿恐懼的小孩。他常常對他動手動腳，想必這小孩肯定害怕挨打。

「孫先生、孫組長，我昨天被咬到好痛，能不能不要踹我？」張駿文見孫東航從座位站起，朝他靠近，慌張地後退。

孫東航今日有別的打算，他接到電話的當下，就發了這個毒誓，「把你的臭抹布拿過來。」

張駿文沒反應過來，「……蛤？」

孫東航懶得囉嗦，直接搶過他的包包，拉開拉鍊，隨意抓出一條舊毛巾，拿起筆筒裡的剪刀，對上毛巾的邊緣。

張駿文猛地撲到他身上，「你打我，不要剪……」

孫東航的剪刀不小心滑傷張駿文的帥臉，張駿文緊緊抱著毛巾，將它護在懷中。

見他爲了拯救他的破毛巾，連剪刀都不怕，孫東航惱火更盛，奪過臭抹布，長長剪兩刀，揉一揉，丟入垃圾筒中。

張駿文哭著奔到垃圾筒邊。

「誰讓你撿的？站好！」

張駿文難得不聽從孫東航的指示，手往垃圾筒裡翻。

孫東航一把拎起他的後領，「廖禾鈞，把垃圾拿去倒。」

廖禾鈞不過是碰巧經過辦公室，就慘遭孫東航凶狠地使喚，突然覺得自己今年的運勢十分糟糕。

張駿文身爲一百八十六公分的長腿大帥哥，被拎在孫東航手裡卻猶若掙扎的小雞，廖禾鈞看張駿文一眼，綁起垃圾離開。

「一號！」張駿文見狀大叫。

直到廖禾鈞離開，孫東航才放下他，把他關在辦公室裡寫檢討書，待張駿文被釋放時，垃圾車剛好載走垃圾。張駿文追出去，垃圾車早已不知去向。

孫東航這招極有用，自從他的一號小被被消滅，張駿文開始對孫東航唯命是從。孫東航要他練習射擊，他就把假食人獸射得滿身洞；孫東航派他隨小組長去實習，他就乖乖前往過去會使些小心機逃避面對的食人獸密集地。

而每回孫東航闖入他的臥室，他都會趕緊把他的小被被二號藏匿好，不讓孫東航有機可趁。

孫東航見他看自己的表情多了份防備，明白他心裡八成藏著千咒萬罵，不過他不介意，這樣反而好管教。

九月底，位於南部的某間高中出現食人獸的蹤影，孫東航猜想這次的食人獸是高中生羅病化成，殺傷力較低，於是派給張駿文負責。怕張駿文打鬥能力尚不足，不要求他剷除目標，只命令他找到目標身分，告知其他組員前往追捕。

「不要給我捅婁子，要是失敗了，」孫東航想了想什麼懲罰對張駿文最有用，「你第二條抹布也不要了。」

張駿文瞪大眼，猛力搖頭，但他越排斥，代表這懲罰越有用。

孫東航擺擺手，「去吧。」

張駿文哭喪著臉離開，回宿舍將小被被二號放入行李箱。他想想，還是乾脆離家出走呢？免得二號也慘遭孫東航毒手。可這方法終究不切實際，他絕對會被孫東航找回家，只好把過去前輩們給他的作戰筆記全數讀過，努力了解食人獸習性，暗暗發誓絕對要完成任務，保護好他的寶貝。

可惜這次的目標食人獸在方毅的干擾下，好幾個月過去都沒留下蹤跡。在一場車禍後，孫東航宣告他任務失敗。

回到總部，他偷偷摸摸提著裝有二號的行李箱找無人的小徑走。他必須儘早回到家，把二號藏在房間最隱密的角落。

幸運的是，路上無人攔截他，他成功留住二號，以爲難關就這麼度過了。

幾週後，他猜想孫東航已遺忘這事，想重新取出二號陪伴自己睡覺，打開角落收納箱，二號已然消失。

他狂奔至總部找孫東航，隊員們正在開會，他唐突撞入會議室，「我的二號呢？」

孫東航臉綠了，這小孩完全不懂得看時機，「滾出去。」

「二號在哪裡？」張駿文眼角含淚。

孫東航無視他的悲傷，拎起他後領，把他丟出會議室，鎖門。

張駿文在外敲門，敲得隊員們不堪其擾，孫東航又出門，直接送他到一樓，趕他離開。

孫東航上樓後，張駿文坐在樓梯口，望著天空發呆，直到他們開會結束。

廖禾鈞經過他身旁，拍拍他的肩膀，投一罐販賣機可樂安慰他。

「你就只會聽他的話。」張駿文揮走那罐可樂，離開廖禾鈞身邊，失魂落魄走向總部大門。

「欸，我沒有。」廖禾鈞冤枉反駁，張駿文未理會他。

張駿文曾經的笑容和兩條毛巾一同消失——雖然他總是佯裝凶狠，其實隊員們都知道他是個單純的男孩——他站在鐵牢前瞪周予銘，對方不知是出於私怨，總以爲是自己的模樣受到他的憎惡。

幾個月後，逃跑的周予銘在溪口村被孫東航找到，在前往過去和追捕大隊合作製造再生人的實驗室前，廖禾鈞開車載周予銘回家整理行李。

孫東航一路陪伴，畢竟他答應方毅要好好照顧周予銘。

走出家門，周予銘肩背一個企鵝後背包，右手提一行李袋，身上還披著一條毛毯，布料陳舊，和張駿文的那兩條毛巾有些相像。

「你帶那個幹麼?」孫東航對那兩條臭抹布的情緒不禁延伸到企鵝毛毯上。

「因爲之後會很孤單，它會陪我，這上面有我和學長的回憶。」

周予銘上車，孫東航和他的父母說明狀況後，也跨入副駕駛。安靜的車廂內，孫東航忽然想起十三年前，在東部山區的食人獸據點找到張駿文的情景，當時張駿文也和周予銘一樣披著毛巾，小小的身子縮在角落，防備地瞪視他們。

離開方毅所在的醫院，廖禾鈞開上高速公路，孫東航開啓廣播，隨意轉臺，最後停在一個訪談節目上。

「每個人都有很珍惜的東西，雖然有時候會令人有點難以理解。我之前有個朋友，她去哪裡都會帶著一件又髒又皺巴巴的小孩睡褲放在床邊，偶爾還會當成圍巾。」

「睡褲當成圍巾，太好笑了吧。」

「她說那是她之前幫女兒買的，花色挑好久，努力想女兒會喜歡什麼，但後來女兒車禍去世了，所以她到哪都帶著這條睡褲，感覺她還在她身邊。」

周予銘在車上沉沉睡去，明明有替他準備棉被，他偏偏要蓋自己帶的毛毯，孫東航見狀，將廣播關閉，也閉目休息。

車下高速公路，實驗室位於城市濱海的一角，說出國是欺騙方毅，避免方毅擅自跑來找周予銘。他們經過能望得見藍海與白浪的公路，廖禾鈞按下窗，車內的皮革味被清爽的海風拂去，「孫先生，我們之前來過這附近執行任務，那時候我才剛入隊不久。就是找到張駿文的那次，當時徐清作誘餌，他還問大家結束以後要不要去海邊玩水，眞是把好多事情都當成遊戲。」

廖禾鈞的眼眸裡映著山和海浪。

「那時候，張駿文縮著身體，身上披著兩條毛巾，窩在一間一間並排的鐵皮屋前。我覺得好奇怪，爲什麼他待在那種地方，卻沒有被咬傷一絲一毫。」廖禾鈞的聲音輕輕的，「他媽媽眞的很偉大，爲了他，讓自己生活在那種地方。」

「廖禾鈞，你今天眞多話，你想說什麼？」

「孫先生，我曾經看過一本雜誌，它說，人總要有些能依賴的東西，才不會失重。」廖禾鈞說得口乾舌燥，幾乎不曾鼓起勇氣和孫先生說過自己的想法，緊張盯視前方，「我覺得您不該這樣子。」

車內僅有周予銘細微的鼾聲，遲遲未聞孫東航回覆，廖禾鈞偷偷瞄一眼，孫先生正在看窗外，面無表情。他不敢再多說什麼，一路開到目的地。

整理家中儲藏室，孫東航在損壞的行李箱中找到一條針織圍脖。

因爲內袋破裂，圍脖滑到防水的內袋和箱殼之間，夾在最深處，難怪當初孫東航尋好些時日，始終找不著它。他做事謹愼，幾乎沒有遺失東西的經驗，那時低落許久，第一次的糊塗，就發生在他最重要的事物上。

失而復得的圍脖捧在手上，孫東航瞥一眼角落的花紋，坐在鏡子前，將圍脖套上脖子。

冰冷的頸漸漸溫熱，汗水滲出，孫東航雙手捏著柔軟的邊緣，掌心輕輕移動，讓那份柔軟滲入皮膚。

「小姐，我們昨天來你們這裡用餐，不小心掉了一個娃娃，是一隻黑色的狗狗，大概和手掌一樣大，能麻煩你們幫我們找找嗎？拜託了，它對我兒子來說很重要，我們今天還特地從外縣市趕回來。」

傍晚至總部附近的餐廳用餐，孫東航撞見一名著急的母親。

店員們在母親的要求下，開始四處尋找他們的狗娃娃，餐廳的地面是黑色的，必須蹲低才能確保不遺漏每個角落。幾位店員面露不耐，孫東航剛好待在他們身旁的位置，聽見他們不滿的竊竊私語。

但看一眼哭腫眼睛的孩子，他們最後還是加入尋找的行列，有些愛抱怨的人其實都很善良，他們一面抱怨，卻會將事情慢慢做完。

孫東航吃著義大利麵，目光也隨意地在地面搜索，忽然在桌下看見閃著銀光的小東西，似乎是吊飾的扣環。他彎腰拎起那東西，差一點把口裡的麵條吐出——扣環繫著一隻和食人獸有些相像的娃娃……怎麼有人把這東西做成娃娃？

娃娃頭上有頂白色小帽子和灰色圍巾，他一愣，好多年前，也有個人在變成食人獸後，要他替自己戴上帽子，和娃娃簡直一個樣子。

「或許這樣，我就能在飢餓時，想起自己是人。」她說。

孫東航猛地回過神，舉高娃娃，「是這個嗎？」

「沒錯，就是它，太謝謝您了，先生。」那母親轉過頭，大聲呼喊，接過那隻娃娃，不停和孫東航握手道謝，孩子看見寶貝回到身邊，破涕為笑。

「小事。」孫東航繼續享用他的義大利麵。

店長人好，請他吃一盤薯條。但他不愛吃炸的，於是請店家替他打包，帶回家給張駿文。

張駿文拒絕了他的好意，說自己不餓，躲入房間。

他們已經維持這樣的互動好幾個月了，孫東航皺眉，怒喊他幾聲，然而房門是張駿文的防護罩，有它擋著他就能暫時不活在孫東航的陰影下。

孫東航回房自己解決那包薯條，吃著吃著，心情愈發沉悶。

他有必要這樣嗎？如同那對母子，爲了個小東西還從外縣市跑來……也和曾經沿著旅程走過的路線返回、尋找那條圍脖的他一樣。

眞是無聊。

廖禾鈞取出他藏在置物櫃的束口袋，確認裡頭的東西安然無恙，悄悄下樓，經過辦公大樓，有道聲音喚住他。

「廖禾鈞，你要做什麼？」

廖禾鈞聽見那聲音，急著想跑。

孫東航卻箭步向前，按住他的肩膀，「你在心虛什麼？」

被他一抓，廖禾鈞手上的束口袋晃到孫東航面前，他急忙遮掩，孫東航從未束緊的開口瞄見熟悉的影子。

「給我。」

「不要！」廖禾鈞脫口而出，被自己的大膽嚇到。

孫東航也嚇一跳，沉聲道：「我不是叫你丟掉了嗎？」

「我覺得張駿文太可憐了。」

「然後你就糊弄我？」

廖禾鈞聽見自己的心跳聲、呼吸聲，「因爲您太強硬了，有的時候對張駿文好苛刻，對我們也是。」

天哪，他是不是瘋了？居然和孫東航說這些。他覺得孫東航會趕走他，畢竟從來沒見過人敢反抗孫東航……被趕走會怎樣嗎？他耳邊響起祁佳璐的聲音。

「找個時間離職吧，你比較適合需要善意與仁慈的工作。」

他曾經以爲她在嘲諷他，現在回想起來，或許不是這麼一回事。他決定使出待在孫東航身邊這段日子所累積的自保能力逃離，避免張駿文的抹布們再次慘遭毒手。

然而，下一秒，他聽見一個意想不到的聲音。

「謝謝你。」

聲音來自孫東航口中，他以爲聽錯，回過頭。

孫東航又小聲道謝一遍。

「您爲什麼和我道謝？」廖禾鈞茫然。

「我最近一直在煩惱，要怎麼補償張駿文，我覺得我可能做錯了。」孫東航難得將尖銳嚴峻的目光收起。

廖禾鈞瞠目結舌，「您說，您覺得不該把它們丟掉嗎？」

「你幹麼一個問題問那麼多遍？聽不懂人話？」孫東航瞪他。

廖禾鈞渾身一震，「沒有，對不起。」

兩個人沉默地站在路中央，廖禾鈞沒能立刻反應過來，腦海還在組裝接收到的訊息。

孫東航打破寧靜，搔搔頭髮，「嗯，就這樣，你拿去還他吧，我不會攔你。」說著，轉身想走。

廖禾鈞叫住他，「等等，孫先生，我把它們給您，您親自還給他好不好？」

孫東航轉過頭，皺眉，「為什麼要叫我做這種事？」

「我覺得還是交給您比較好。」廖禾鈞不等孫東航同意，將東西塞到他手上，「但您不能再把它們丟掉了。」

「我不要，你自己拿去還他。」孫東航面容染上不悅，以命令口吻說話，想拿上司的威信壓他。

「我等等有工作，要趕快走了，孫先生再見。」廖禾鈞一如往常當機立斷逃跑，不一會便不見蹤影。

孫東航滿不情願瞪著手上的東西，卻小心翼翼打開，破碎的布料靜靜躺在袋中，一股異味飄出。

還是再把這鬼東西拿去丟吧？臭死了。可是這般埋怨的他，仍舊妥善收起那東西。

當天晚上，他取出已經沉睡二十幾年的針線盒，笨拙穿線，試著修復破布，還幾度戳傷指腹，彷彿在修補他和張駿文之間的裂縫，重建殘破不堪的父子關係。

孫東航將縫補過後的小被被丟在張駿文的床角，這是他第一次從孫東航身上感受到稀薄的父愛。

「喂，臭抹布還給你。」

張駿文張著大眼跑到床沿，捧起他的一號和二號，雙手發抖。

「不准再帶出門了，要是下次食人獸眞的把它咬了，你跟我哭我也沒辦法救你。」

張駿文捏緊被被們，有些膽怯地喊著：「這不是臭抹布。」

「誰理你，我買晚餐了，你快下來吃。」

孫東航逃避和張駿文對視，邁開步伐往房門外衝，站在走廊上卻依舊忍不住回頭偷看張駿文，發現他將臉埋在髒兮兮的毛巾裡，哭得激烈。

居然拿那種東西擦眼淚，孫東航很嫌棄，但或許也只有那東西擦得乾他的眼淚。

將圍脖和張駿文的毛巾們放入尺寸合適的洗衣袋，孫東航按下開關。

父子倆站在洗衣機前，看逐漸加速運轉的內槽。

在他的百般勸說下，張駿文終於同意讓他的臭抹布們洗澡。而孫東航亦經過百般糾結，克服內心的依戀，下定決定清洗認爲還沾著她指紋和氣息的圍脖。

張駿文想起小時候，母親也曾這般站在他身邊，一起望著童裝和長裙一塊旋轉、浸濕。

二十多年前的某個午後，孫東航也曾和女友在這曬衣間裡，一同晾曬飄著薰衣草洗衣精氣味的衣物。被鐵窗切割的光印在女友臉上，她的眼睛在發亮，皮膚也是。

他和張駿文，都曾經在孤單中成長或變老，像被野獸咬傷的斑馬，一起倒在殘酷的草原上。

然而孫東航如今有了新的體悟，生命裡那些殘忍的失去，或許是爲了讓他遇見另一場美好。

「孫先生，你怎麼摸我頭髮？」

「這個稱呼不好，太生疏了，你以後換方式叫我。」

「蛤？」張駿文有些呆滯，「孫東航嗎？」

孫東航難得的溫情被竄出的怒火燒毀，他的脾氣不是一朝一夕便能改善的，尤其又是面對沒神經的張駿文。他揍臭小孩的手臂一拳，氣呼呼地離開，留張駿文一個人在洗衣機前一面哀著一面揉手臂。

「臭老頭。」

番外
白糖粿

治療食人獸怪病的藥物成功開發後，周予銘開始他的療程，暫時不適合到外工作，於是方毅訓練骯髒的周予銘學會整理家裡，兩人達成一內一外的家庭分工。

縱然周予銘偶爾還是會把他的企鵝娃娃亂丟，或掉些黑毛在地面——治療期間，他飢餓時仍會化身成食人獸，只是不再需要食人肉解飢——但周予銘已能掌握方毅大部分的生活習慣，明白如何維護好他們的家。

這日，周予銘用除塵紙拖去地上的毛髮，順便將兩人的衣服洗淨晾曬，準備好餐盤放在客廳桌上，等待方毅回家餵食。

他到窗前打算偷窺方毅的車，瞧見一輛白色的轎車開入公寓的地下停車場，興奮跑到門前開鎖，坐在門前的椅子晃腿。

大門喀啦一聲開啓，身穿灰色襯衫的方毅提著一個環保購物袋入內，用門口的酒精噴全身上下。

周予銘立刻抱上去，趴在對方的肩膀上。

方毅捏捏他的頭頂，以往都會擁住他，但今日他只單手拍他兩下，要他鬆開自己。

周予銘困惑，忽聽門外一聲低如鼾聲的吠叫，抬頭就見方毅牽著寵物繩，一隻身形結實、擁有圓滾滾頭和一身長毛的奶油色中型犬跨入大門。

周予銘鬆開方毅，盯著那四肢著地、身高大概到方毅膝蓋的生物。牠眼尾微微下垂有點無神，看似正在皺眉，耳朵毛絨而上翹，嘴巴微張，舌頭是紫藍色的。

他認得這種狗，兒時在圖鑑上看過，和藏獒一樣都來自中國，外型似雄獅而被取名爲「鬆獅」，「學長，怎麼有狗？」

方毅用濕紙巾替那鬆獅擦淨毛髮，帶牠進入屋子，「白糖粿從今天開始會住在我們家，你們要好好相處。」

掠過呆站的周予銘走到廚房洗手，方毅裝一盆水端到客廳角落，返回廚房取出購物袋中的食材，開啓電陶爐料理晚餐。

白糖粿來到客廳，緩慢遊走在屋中，探索新環境，找個喜歡的區域趴下休息。

周予銘跑到廚房，挨到方毅身邊，「學長，牠從哪裡來的？好肥。」

「朋友那裡，現在才一歲多。」

「你要養牠嗎？」

「嗯……對。」

周予銘不可置信，潔癖學長居然養狗，甚至連名字都取好了，取一個他喜歡吃的食物。

方毅往鍋裡放白花椰菜，周予銘啊一聲，用大湯匙一一撈出，「學長，我不喜歡花椰菜。」

「這不是給你吃的。」方毅將花椰菜夾回鍋內，水滾幾分鐘後放雞肉丸，接著出鍋，用鐵盤盛裝，走到客廳，放到長方形矮桌旁，「白糖粿，快來。」

白糖粿看見食物後站起，搖晃牠裹滿厚毛的粗尾巴走來，將頭埋入鮮食中享用晚餐。

方毅蹲在白糖粿身旁觀看牠進食，嘴角帶著笑意。

居然先準備牠的，臭學長。周予銘也蹲到方毅身邊腹誹心謗。

忽然，吃飯到一半的白糖粿抬起頭咀嚼，吸滿湯汁的毛髮滴下油膩的液體，地面濕了一片。

「喂，你怎麼亂滴湯汁？好髒，學長會生氣。」負責打掃家裡的周予銘大叫，趕忙到廁所拿抹布，擦拭盤前的磁磚。

白糖粿似乎以為他要搶食，朝他低吼，周予銘嚇得往後縮。

方毅接過他的抹布，出乎意料毫不在意，「沒關係，不要打擾牠。」

洗淨抹布後，方毅繼續觀賞白糖粿的吃相。

周予銘呆了，方毅竟沒有安慰受驚嚇的他，反而撫摸起白糖粿的乳白色毛髮，露出過去抱周予銘時的幸福表情。

周予銘冷不防咬學長一口表示抗議，方毅輕輕推開他，「我身體髒，不要偷咬。」

「那你趕快去洗澡！然後我們吃飯。」

「我再看一下。」方毅一分目光也不分給周予銘，全留給眼前的小東西。

周予銘掛到方毅身上，搡他的肩膀，「學長，學長！」

方毅的魂彷彿被白糖粿偷走，成為由白糖粿控制的空殼。

「學長！」

「好吃嗎？」方毅和白糖粿對話。

周予銘瞪大眼睛，難以置信。曾經，他享有學長完整的愛和關注，這天有個空降生物瓜分了學長的心。

周予銘在這個家有了情敵，方毅回家第一時間不是關心周予銘，而是擁抱他的白糖粿，替牠準備晚餐。他嚷嚷也要吃，方毅總說餵完白糖粿再準備，導致貪吃的周予銘幾次想搶白糖粿的鮮食吃。

當然，通常都以差點被白糖粿咬作終。

某天，周予銘看著白糖粿體積大概三顆籃球大的身軀，思索自己倘若化身食人獸比牠大多少倍……他決定給白糖粿下馬威，趁學長出門買醬油，周予銘長出長毛和耳朵，站在白糖粿身前，用力踏步。

「ㄖㄨㄚ！」他大吼，叫醒睡夢中的白糖粿。

白糖粿睡眼惺忪，一臉沒搞清楚狀況，僅是抬頭看一眼周予銘，便趴下繼續睡覺。

周予銘見逞凶鬥狠無用，又發出一聲更響亮的厲吼，白糖粿依舊沒搭理他。

他怒火更盛，區區白糖粿憑什麼忽略他的挑釁？他向前一步，黑短的前肢放在白糖粿身上，出力踩幾腳。

白糖粿似乎把他的踩踏當成按摩，舒服地翻面，讓周予銘替牠按其他部位。

周予銘感到羞辱，瞬間喪失理智，踹白糖粿一腳。

白糖粿猛地醒來，朝他的前肢咬去。

周予銘的前肢多出一道齒痕，疼得轉回人形，摀腿哀號。此時方毅返家，周予銘撲向他，用力哭訴：「學長，白糖粿咬我。」

方毅趕緊放下醬油，檢查周予銘滲血的傷口。

周予銘暗想疼自己的學長肯定會氣得把白糖粿送走，未料方毅查看後質問：「你是不是挑釁白糖粿？」

周予銘不知道方毅怎麼猜到的，理直氣壯搖頭，「沒有，我只是經過，牠就咬我。」

白糖粿在一旁凶狠吠叫，周予銘知道牠無法澄清，暗自竊喜。

但方毅沒有被混淆視聽，「白糖粿不會主動咬人，一定是你先欺負牠。我們去打破傷風，下次不要這樣了。」

方毅簡單包紮他的傷口，要他換衣服去醫院。

周予銘頓時感到天崩地裂，詭計失敗，還得多挨一針。

一旁的白糖粿悠哉地趴下睡覺，嘴角是勝利的微笑。

周予銘決定展開第二個計畫。

一天的傍晚，在方毅平時下班時間的前十分鐘，周予銘在儲藏室製造白糖粿喜愛的番茄雞腿肉味。白糖粿嗅到香氣後入內，周予銘關上門，反鎖，「在我和學長先吃完晚餐前，你就在裡面餓肚子吧。」

周予銘看不慣總提前他飽餐一頓的白糖粿，決定以後都這麼做，不過畢竟沒有想傷害白糖粿的念頭，選擇的儲藏室有窗可以通風，還替牠準備水喝。

方毅返家後，詢問白糖粿去哪了，周予銘騙他白糖粿出門找狗朋友玩。

「白糖粿什麼時候有朋友了？」方毅疑惑。

頂樓傳來撞門的聲響，方毅皺眉睨周予銘一眼，上樓打開儲藏室的門，發現窗戶緊閉，白糖粿可憐兮兮趴在門前，一副快窒息的模樣。方毅連忙抱起牠，「周予銘，是你把牠關在這裡的嗎？你想悶死牠嗎？」

周予銘慌了，他記得自己有開窗，「我、我沒有要悶死他。」

「所以是你做的？太壞了。」

「學長，我沒有！」周予銘想抱方毅，卻被推開。

「走開，我都不知道你那麼壞，今天晚上不給你咬了。」語畢，方毅帶白糖粿下樓喝水。

周予銘冤枉又困惑，緊追方毅屁股後，不停辯解。

白糖粿趴在方毅的肩膀上，臉朝後，剛好對上周予銘的視線，對周予銘露出壞笑，絲毫沒有方才不適的跡象。

周予銘瞬間明白來龍去脈，窗戶是白糖粿關的，牠陷害他。他鬥不贏牠的，白糖粿用眼神這麼告訴他，氣得他想上前揍白糖粿一拳。

方毅轉過頭瞪他，「你又想怎樣？」

「沒、沒有……」周予銘低下頭，收回手。

白糖粿矯揉造作呻吟，方毅拍拍牠的背脊安撫。

周予銘一個人佇立樓梯間，委屈咬唇。

後來，他不再尋白糖粿的麻煩，使用其他方式博取學長的愛。

方毅摸白糖粿頭時，他化身食人獸，模仿狗的坐姿，坐到方毅身前，「我也要！」

「不要，你這壞蛋，不摸你。」方毅還在爲前幾日的事情生氣，故意將白糖粿抱到懷裡，在周予銘面前你儂我儂。

見狀，周予銘只好垂頭喪氣跑出門散心。

經過寵物美容院，美容師姐姐正在替一隻小型犬染尾巴毛色，他走入美容院，「姐姐，我也要染毛。」

「我們這裡是寵物美容喔。」

周予銘瞬間化爲熊耳藏獒，「那這樣子可以嗎？」

美容師姐姐嚇暈，甦醒後，她顫抖著將周予銘的毛髮染成奶油色。

周予銘回家後，趴到白糖粿旁，方毅見狀，以爲是別人家的狗擅闖家中，將牠請離家門。

「學長，是我。」周予銘變回人形。

「你怎麼變這奇怪的顏色？」方毅瞠目結舌。

「我這樣可愛嗎？」

「不可愛，我要把它洗掉。」當晚，方毅替周予銘搓一晚上的澡，周予銘的毛髮才稍微掉色，灰中夾黑。

周予銘模仿白糖粿的行徑持續了一週，白糖粿舔方毅的臉，周予銘也舔；白糖粿蹭方毅，周予銘也蹭。白糖粿被他學得煩，咬掉他的一小撮毛恐嚇，他終於停止動作，被白糖粿咬破的小腿還在痛，他沒膽再受一次。

八月二十一號是周予銘的生日，他對方毅的慶祝已不帶一絲期待，再好的生日，都會有白糖粿在一旁當電燈泡，甚至他更像電燈泡，白糖粿才是正宮。

不巧，這日又碰上白糖粿發燒，方毅將牠帶到獸醫院就醫，周予銘被一個人留在家裡，獨自吃生日晚餐。

周予銘沒有胃口，將方毅精心料理的餐點滯留桌上，躲到棉被中，偷偷啜泣。

他比不上白糖粿，牠擁有和他一樣毛茸茸的身軀和短短肥肥的腿，沒有和他同樣嗜血的尖牙。牠不會干擾方毅做正事，不會無理取鬧，知道如何討方毅歡心，讓方毅忍不住揉牠的頭。

牠身軀嬌小適合擁抱，不像周予銘，壓在方毅身上，總是讓對方動彈不得，簡直輸得徹底。

他緊抱方毅去年生日送他的企鵝抱枕，懷念曾經專屬於牠的疼愛，他喜歡的企鵝枕套吸收他的淚水，印上水痕。

驀地，棉被被掀起，溫柔的聲音傳來，他想那是他的幻覺，學長帶白糖粿看醫生，不可能這麼快回家。

「周予銘，快起來。」方毅搖晃周予銘瘦小的身子，「不要哭，對不起，我好像玩得太過了。」

周予銘睜開眼睛。

「生日快樂，周予銘。」方毅端著企鵝造型的蛋糕，「我愛你。」

周予銘坐起，呆滯望向方毅。

「我沒有要養白糖粿，他是我朋友的狗，暫時給我照顧而已。」

「可是你說……」

「我騙你的，我想說，你生日快到了，逗你一下。」方毅不好意思地抓抓頭，「牠沒有發燒，我只是把牠送回去，然後去拿蛋糕了。」

周予銘愣神好一陣子，淚眶似拔開塞的管線，湧出大量淚水。

「學長學會欺負我了，學長學壞了。」周予銘嚎啕大哭，抱住方毅的腰，這段日子的難受乘著眼淚宣洩出，浸濕方毅的T恤。

「平常都是你在欺負我。」

「可是我是怪物，要是沒有學長的喜歡，我就沒人要了，我會很慌張。」

「周予銘，你聽好。」方毅嚴肅地端起周予銘的臉，「就算沒有人愛你，你也要知道，你不是怪物，你只是和別人有點不同而已。而且，你要好起來了。」

「但我就是會怕。」周予銘埋臉抽泣。

方毅頓時恨起戲耍他的自己，相處這麼久，怎麼還是會不小心沒顧慮到周予銘的心情？周予銘的自卑，藏在他純真的外表下，從未消失過，他該意識到的，真是不稱職的男友，「對不起，我不會再這樣了。」

「學長，我真的沒有悶白糖粿，我只是把牠關起來，我有開窗戶，也有開門，是牠自己關起來的。」

方毅撫他柔軟的頭髮，「我朋友說白糖粿確實心機很重，他養的鬆獅都呆呆傻傻的很可愛，就白糖粿跟變異一樣恐怖，簡直像有人附身在牠的身體裡。」

「所以學長相信我了？」

「當然，我不該把你想那麼壞，你從以前就一直很善良。」

周予銘抱方毅抱得更緊。

「許願吧，蠟要流下來了。」方毅輕輕扳開腰上的周予銘，蠟燭火光在昏暗的房間和他們的眼裡閃爍。

「我希望能趕快變回正常人。」

「嗯，一定會。」

「希望學長不要再帶野狗回家。」

「牠不是野狗。」方毅失笑。

「這和野男人是一樣的概念。」周予銘噘嘴，「第三個……」

「別說出來。」

「我知道。」周予銘默默許下一個願望，吹熄蠟燭。

「我們去客廳吃蛋糕。」方毅摟著周予銘離開房間。

客廳的沙發上有個禮物盒，周予銘驚喜，心急開箱。

「是布偶裝！」周予銘立刻將企鵝造型的連身服套身上，露出一顆頭，發現盒子中還有一件尺寸大一號的，「怎麼有兩件？」

「不是布偶裝，是睡衣。」方毅也拆開一件造型睡衣，扮成企鵝，這樣周予銘晚上就不會只抱企鵝不抱他了，「這件是我的。」

「企鵝學長，好喜歡。」周予銘心情轉好，坐在方毅腿上，鑽進睡衣連帽中，舔他的脖子，「以後只准我舔，不准給野狗舔。」

「嗯，好的。」方毅撫摸他的頭髮，「眞好奇你第三個許什麼願。」

「是祕密。」周予銘在方毅的脖子輕輕咬出一道齒痕。

後記
生命中的幸福

寫作是紀錄某個年華的認知和感知，那些思維和情緒反應當下不知特別，長大才會發覺它的珍貴。因此能迷上寫作是件幸福的事，所有的悲傷都能被丟入作品，一切遭遇都不會被評判好壞，它們是文字的種子，我慢慢不再受憂憤禁錮。

《咬肉》是我第一本完稿的書，也是目前唯一完稿的作品，因爲我有個新手作者常患的毛病——太鑽牛角尖（雖然已寫七年根本不是新手嗚嗚），導致寫作過程常妄自菲薄，最終棄坑。感謝學長和小怪獸，一定是你們太可愛，我才有辦法牢牢牽著你們奔至終點。

不少人詢問我創造故事的契機，我必須慚愧地回答：「對不起，我忘記了。」

依稀記得是我躺在床上想到的，靈感總會在莫名其妙的時間蹦出，有時甚至在快入眠時拜訪，此時再懶惰也要鑽出被窩記錄，否則健忘的我肯定留不住它們。

但或許這一切也有跡可循，記得先前參加創作班，有個即興劇課程教我們任何元素都能抓在一起成爲故事。從那之後，我開始時不時在腦海裡煮黑暗料理，毫不相干的元素也試著拼湊，《咬肉》就是其中一碗詭異的湯品，我斗膽把它端出來了。

不禁想感謝創作班的老師們，如何創作完整的故事、如何刺激題材的產出，都是他們教會我的，也感謝願意辦理創作班的POPO，那三日至今仍是我快樂的回憶。

說說關於《咬肉》的一些事。

最初是想寫再生人攻、食人受（連諧音梗都想好了）的故事，方毅用肉掌控周予銘，而周予銘是個聽學長話的好孩子。結果獸之可愛表情徹底摧毀方毅的原則，我力挽狂瀾，他依舊淪陷，於是放棄了，順理成章讓大隻毛茸茸生物爬到學長身上。

此外，第三章方毅問周予銘會不會覺得自己噁心，周予銘的回答，是出於我的感悟。我從小怕狗，主要原因是無法預測牠們的行爲。

寫下這本書後，我偶然發現一種叫「鬆獅」的狗，和我想像中的幼年食人獸相像，於是開始滑牠們的短片，讓牠們佔據IG推薦。

某天走在路上，我發現自己較能用冷靜的態度看待迎面走來的狗狗們，因爲觀看短片的過程，我慢慢了解牠們的習性，也就不再害怕了。

但我仍舊提醒自己，不能喪失對怕狗人們的體諒，也仍舊厭惡那些認爲自己的寵物可愛、不危險就放任牠們亂接近人的主人。對我來說，怕狗、怕蛇、怕蟑螂是一樣的事情，每個恐懼都該被平等對待。

稱呼食人獸時，我總是思考該用「牠」抑或是「他」，他們一方面擁有野獸的軀體和衝動，一方面也有人的心靈。最後我決定根據不同角色的認知，讓他們使用不同的稱呼方法，如張駿文認爲食人獸是怪物，就會使用「牠」，孫東航則使用「他」，因此能從稱呼探出角色們對食人獸的想法。

寫下這本書的二零二三，我經歷好多事，失去摯愛、獲得嚮往許久的獎項。周予銘在離開家之前說了「大家都在才是一個家」。其實我偶爾仍會緊抓那份難受，想著她也喜歡BL，如果能讓她看看這本書該有多好。

她不只是陪在我身邊的人，亦是組成我的一部分，組成我認知的世界，組成我的喜悅。可後來想想，一切難受，都是曾經的喜悅造成的，之所以在失去她時哭泣，是因爲我曾與她一同歡笑過。

美好即便短暫，它的存在卻是事實，好像紙膠帶，只要有一小段是喜愛的圖案就足夠了。我把這段紙膠帶貼在書桌前，貼在檯燈上，貼在我隨身的筆記本，貼在心壁，一直攏它在身邊。

不小心扯遠了，最後想祝福大家都能找到熱愛之事，讓它成爲生命中的花園。

非常開心七年前的我在朋友的推薦下辦POPO帳號，寫作是一個人的事情，但POPO讓它變得不再孤獨。

我也很感謝始終支持我的父母、願意認可這本書的博客來和華文大賞、我的編輯辰柔、爲這本書繪製封面的九日曦、和所有出版社的人員。當然還有連載期間支持的讀者、鼓勵我的朋友，以及閱讀完這本書的你們，有你們陪我一起走到這一頁，我很幸福，請接受我的愛心攻擊：♡♡♡♡♡！

阿沿

國家圖書館出版品預行編目資料

請讓我咬口你的肉／阿沿著. -- 初版. -- 臺北市：POPO原創出版，城邦原創股份有限公司出版：英屬蓋曼群島商家庭傳媒股份有限公司城邦分公司發行, 2024.06
面；　公分. --
ISBN 978-626-7455-23-4（平裝）

863.57　　113008454

請讓我咬口你的肉

作　　者／阿沿
責任編輯／林辰柔　　行銷業務／林政杰　　版　　權／李婷雯

內容運營組長／李曉芳
副總經理／陳靜芬
總　經　理／黃淑貞
發　行　人／何飛鵬
法律顧問／元禾法律事務所　王子文律師
出　　版／POPO原創出版
城邦原創股份有限公司
台北市南港區昆陽街 16 號 4 樓
電話：(02) 2509-5506　傳眞：(02) 2500-1933
email：service@popo.tw
發　　行／英屬蓋曼群島商家庭傳媒股份有限公司城邦分公司
聯絡地址：台北市南港區昆陽街 16 號 8 樓
書虫客服服務專線：(02) 25007718・(02) 25007719
24小時傳眞服務：(02) 25001990・(02) 25001991
服務時間：週一至週五09:30-12:00・13:30-17:00
郵撥帳號：19863813　戶名：書虫股份有限公司
讀者服務信箱 email：service@readingclub.com.tw
城邦讀書花園網址：www.cite.com.tw
香港發行所／城邦（香港）出版集團有限公司
地址：香港九龍九龍城土瓜灣道86號順聯工業大廈6樓A室
email：hkcite@biznetvigator.com
電話：(852) 25086231　傳眞：(852) 25789337
馬新發行所／城邦（馬新）出版集團 Cité(M)Sdn. Bhd.
41, Jalan Radin Anum, Bandar Baru Sri Petaling,
57000 Kuala Lumpur, Malaysia.
電話：(603) 90563833　傳眞：(603) 90576622
email：services@cite.my

封面插畫／九日曦
封面設計／恬恙
電腦排版／游淑萍
印　　刷／漾格科技股份有限公司
經　銷　商／聯合發行股份有限公司
電話：(02)2917-8022　傳眞：(02)2911-0053

■ 2024 年6月初版　　Printed in Taiwan

定價／340元

POPO原創出版 www.popo.tw　城邦讀書花園 www.cite.com.tw

ISBN　978-626-7455-23-4